U0465641

私房心语

孙洪师◎编选

中国书籍出版社
China Book Press

图书在版编目（CIP）数据

私房心语 / 孙洪师编选. —北京：中国书籍出版社，2014.6
（中国书籍文学馆·精品赏析）
ISBN 978-7-5068-3987-7

Ⅰ. ①私… Ⅱ. ①孙… Ⅲ. ①散文集—世界 Ⅳ. ①I16

中国版本图书馆 CIP 数据核字（2013）第 305303 号

私房心语

孙洪师　编选

图书策划	武　斌　崔付建
责任编辑	杨铠瑞
责任印制	孙马飞　张智勇
出版发行	中国书籍出版社
地　　址	北京市丰台区三路居路 97 号（邮编：100073）
电　　话	（010）52257143（总编室）（010）52257153（发行部）
电子邮箱	chinabp@vip.sina.com
经　　销	全国新华书店
印　　刷	北京世纪雨田印刷有限公司
开　　本	710 毫米 ×960 毫米　1/16
字　　数	238 千字
印　　张	20
版　　次	2014 年 6 月第 1 版　2016 年 8 月第 2 次印刷
书　　号	ISBN 978-7-5068-3987-7
定　　价	39.80 元

版权所有　翻印必究

目 录

- 003 幸福的家庭·[中国]鲁迅
- 010 两地书·致鲁迅·[中国]许广平
- 013 永久的同道·[中国]许广平
- 016 初恋·[中国]周作人
- 018 爱眉小札·[中国]徐志摩
- 021 西山情思·[中国]陆小曼
- 025 致霓君·[中国]朱湘
- 030 寄给一个失恋人的信（一）·[中国]梁遇春
- 035 无穷红艳烟尘里·[中国]石评梅
- 037 朝霞映着我的脸·[中国]石评梅
- 040 玫瑰的刺·[中国]庐隐
- 043 恋爱不是游戏·[中国]庐隐
- 045 爱流汐涨·[中国]许地山
- 048 月朦胧，鸟朦胧·[中国]朱自清
- 050 择偶记·[中国]朱自清
- 053 萧伯纳的夫人·[中国]邹韬奋
- 057 珍珠耳坠子·[中国]胡也频
- 063 两个家·[中国]夏丏尊
- 067 我是自然界最伟大的奇迹·[美国]奥格·曼狄诺
- 070 斗志昂扬的人·[苏联]高尔基
- 073 单纯·[法国]弗朗索瓦·费奈隆
- 075 与爱同行·[印度]泰戈尔

我似乎看见你了

- 079 给陆小曼的一封信 · [中国] 徐志摩
- 082 思念的痛苦 · [中国] 陆小曼
- 085 海上通信 · [中国] 郁达夫
- 092 寄山中的玉薇 · [中国] 石评梅
- 096 低头怅望水中月 · [中国] 石评梅
- 098 华严泷下 · [中国] 庐隐
- 103 碧涛之滨 · [中国] 庐隐
- 106 几个欢乐的日子 · [中国] 萧红
- 110 我所见的叶圣陶 · [中国] 朱自清
- 114 生日 · [中国] 柔石
- 124 钢铁假山 · [中国] 夏丏尊
- 127 做客 · [中国] 缪崇群
- 131 快乐不是自来水 · [美国] 迪尼斯·普雷格
- 135 归零 · [英国] 罗什

女孩是天生的

- 141 西溪的晴雨 · [中国] 郁达夫
- 144 海上 · [中国] 郁达夫
- 149 心灵之感受 · [中国] 瞿秋白
- 152 心之波 · [中国] 石评梅
- 157 偶然草 · [中国] 石评梅
- 159 归来 · [中国] 石评梅
- 162 露沙 · [中国] 石评梅
- 166 月下的回忆 · [中国] 庐隐

170 ● 思潮·[中国]庐隐

174 ● 月夜孤舟·[中国]庐隐

177 ● 希望固然有·[中国]萧红

180 ● 感情的碎片·[中国]萧红

182 ● 想入非非·[中国]朱湘

187 ● 对花·[中国]柔石

189 ● 房东太太·[中国]朱自清

195 ● 桨声灯影里的秦淮河·[中国]朱自清

203 ● 快乐的真谛·[美国]诺宾·基尔福德

205 ● 珍爱光明·[美国]海伦·凯勒

207 ● 如果我是富豪·[法国]卢梭

210 ● 同情百万富翁·[英国]萧伯纳

212 ● 湖畔相遇·[法国]马塞尔·普鲁斯特

215 ● 对你总有一种内疚感·[法国]西蒙娜·德·波伏娃

219 ● 你的西蒙娜就这样朝夕同你相处·[俄国]茨维塔耶娃

225 ● 北戴河海滨的幻想·[中国]徐志摩

229 ● 印度洋上的秋思·[中国]徐志摩

235 ● 立秋之夜·[中国]郁达夫

237 ● 苏州烟雨记·[中国]郁达夫

247 ● 故都的秋·[中国]郁达夫

251 ● 象牙戒指·[中国]石评梅

254 ● 龙潭之滨·[中国]石评梅

003

- 258 ● 我愿秋常驻人间·[中国]庐隐
- 260 ● 憧憬·[中国]庐隐
- 265 ● 西窗风雨·[中国]庐隐
- 269 ● 鲁迅先生的万年青·[中国]萧红
- 271 ● 春意挂上了树梢·[中国]萧红
- 274 ● 江行的晨暮·[中国]朱湘
- 276 ● 故乡的杨梅·[中国]鲁彦
- 280 ● 怀晚晴老人·[中国]夏丏尊
- 283 ● 梦呓·[中国]缪崇群
- 285 ● 又是一年春草绿·[中国]梁遇春
- 289 ● 从清华园到宣化·[中国]郑振铎
- 294 ● 超越现实·[美国]亨利·梭罗
- 296 ● 论生活·[俄国]列夫·托尔斯泰
- 299 ● 生活的道路·[俄国]托尔斯泰
- 304 ● 完美的呼唤·[英国]汤姆·琼斯
- 306 ● 享受·[德国]康德
- 308 ● 一片树叶·[日本]东山魁夷
- 311 ● 论美·[黎巴嫩]纪伯伦

幸福的家庭 •［中国］鲁迅

两地书•致鲁迅 •［中国］许广平

永久的同道 •［中国］许广平

初恋 •［中国］周作人

爱眉小札 •［中国］徐志摩

西山情思 •［中国］陆小曼

……

雨中的红玫瑰

我们可以给浪漫爱情下一个简单的定义：爱情是男女之间情感、精神、性的互相结合，是个人价值实现的途径。

——布拉登

幸福的家庭

□ [中国] 鲁迅

"……做不做全由自己的便；那作品，像太阳的光一样，从无量的光源中涌出来，不像石火，用铁和石敲出来，这才是真艺术。那作者，也才是真的艺术家。——而我，……这算是什么？……"他想到这里，忽然从床上跳起来了。以先他早已想过，须得捞几文稿费维持生活了；投稿的地方，先定为幸福月报社，因为润笔似乎比较得丰。但作品就须有范围，否则，恐怕要不收的。范围就范围……现在的青年的脑里的大问题是？……大概很不少，或者有许多是恋爱、婚姻、家庭之类罢……是的，他们确有许多人烦闷着，正在讨论这些事。那么，就来做家庭。然而怎么做呢？……否则，恐怕要不收的，何必说些背时的话，然而……他跳下卧床之后，四五步就走到书桌面前，坐下去，抽出一张绿格纸，毫不迟疑，但又自暴自弃似的写下一行题目道：《幸福的家庭》。

他的笔立刻停滞了，他仰了头，两眼瞪着房顶，正在安排那安置这"幸福的家庭"的地方。他想："北京？不行，死气沉沉，连空气也是死的。假如在这家庭的周围筑一道高墙，难道空气也就隔断了么？简直不行！江苏、浙江天天防要开仗；福建更无须说。四川，广东？都正在打。

山东河南之类？——阿阿，要绑票的，倘使绑去一个，那就成为不幸的家庭了。上海天津的租界上房租贵；……假如在外国，笑话。云南贵州不知道怎样，但交通也太不便……。"他想来想去，想不出好地方，便要假定为A了，但又想，"现有不少的人是反对用西洋字母来代人、地名的，说是要减少读者的兴味。我这回的投稿，似乎也不如不用，安全些。那么，在哪里好呢？——湖南也打仗，大连仍然房租贵，察哈尔、吉林、黑龙江罢，——听说有马贼，也不行！……"他又想来想去，又想不出好地方，于是终于决心，假定这"幸福的家庭"所在的地方叫作A。"总之，这幸福的家庭一定须在A，无可磋商。家庭中自然是两夫妇，就是主人和主妇，自由结婚的。他们订有四十多条条约，非常详细，所以非常平等，十分自由。而且受过高等教育，优美高尚……东洋留学生已经不通行，那么，假定为西洋留学生罢。主人始终穿洋服，硬领始终雪白；主妇是前头的头发始终烫得蓬蓬松松像一个麻雀窠，牙齿是始终雪白的露着，但衣服却是中国装……"

"不行不行，那不行！二十五斤！"

他听得窗外一个男人的声音，不由地回过头去看，窗幔垂着，日光照着，明得眩目，他的眼睛昏花了；接着是小木片撒在地上的声响。"不相干，"他又回过头来想，"什么'二十五斤'？——他们是优美高尚，很爱文艺的。但因为都从小生长在幸福里，所以不爱俄国的小说……俄国小说多描写下等人，实在和这样的家庭也不合。'二十五斤'？不管他。那么，他们看看什么书呢？——裴伦的诗？吉支的？不行，都不稳当——哦，有了，他们都爱看《理想之良人》。我虽然没有见过这部书，但既然连大学教授也那么称赞他，想来他们也一定都爱看，你也看，我也看——他们一人一本，这家庭里一共有两本……"他觉得胃里有点空虚了，放下笔，用两只手支着头，叫自己的头像地球仪似的在两个柱子间挂着。

"……他们两人正在用午餐，"他想，"桌上铺了雪白的布，厨子送上菜来——中国菜。什么'二十五斤'？不管他。为什么倒是中国菜？西洋人说，中国菜最进步，最好吃，最合于卫生，所以他们采用中国菜。送来的是第一碗，但这第一碗是什么呢？……"

"劈柴，……"

他吃惊地回过头去看，靠左肩，便立着他自己家里的主妇，两只阴凄凄的眼睛恰恰盯住他的脸。

"什么？"他以为她来搅扰了他的创作，颇有些愤怒了。

"劈柴，都用完了，今天买了些。前一回还是十斤两吊四，今天就要两吊六。我想给他两吊五，好不好？"

"好好，就是两吊五。"

"称得太吃亏了。他一定只肯算二十四斤半。我想就算他二十三斤半，好不好？"

"好好，就算他二十三斤半。"

"那么，五五二十五，三五一十五……"

"唔唔，五五二十五，三五一十五……"他也说不下去了，停了一会儿，忽而奋然地抓起笔来，就在写着一行"幸福的家庭"的绿格纸上起草，起了好久，这才仰起头来说道：

"五吊八。"

"那是，我这里不够了，还差八九个……"

他抽开书桌的抽屉，一把抓起所有的铜元，不下二三十，放在她摊开的手掌上，看她出了房，才又回过头来向书桌。他觉得头里面很胀满，似乎桠桠叉叉地全被木柴填满了，五五二十五，脑皮质上还印着许多散乱的阿拉伯数目字。他很深地吸一口气，又用力地呼出，仿佛要借此赶出脑里的劈柴，五五二十五和阿拉伯数字来。果然，吁气之后，心地也就轻松不少了，于是仍复恍恍忽忽地想——

"什么菜？菜倒不妨奇特点。滑溜里脊、虾子海参，实在太凡庸。我偏要说他们吃的是'龙虎斗'。但'龙虎斗'又是什么呢？有人说是蛇和猫，是广东的贵重菜，非大宴会不吃的。但我在江苏饭馆的菜单上就见过这名目，江苏人似乎不吃蛇和猫，恐怕就如谁所说，是蛙和鳝鱼了。现在，假定这主人和主妇为哪里人呢？——不管他。总而言之，无论哪里人吃一碗蛇和猫或者蛙和鳝鱼，于幸福的家庭是决不会有损伤的。总之，这第一碗一定是'龙虎斗'，无可磋商。

"于是一碗'龙虎斗'摆在桌子中央了，他们两人同时捏起筷子，指着碗沿，笑迷迷地你看我，我看你……

"'My dear, please.'

"'Please you eat first, my dear.'

"'Oh no, please you！'

"于是，他们同时伸下筷子去，同时夹出一块蛇肉来——不不，蛇肉究竟太奇怪，还不如说是鳝鱼罢。那么，这碗'龙虎斗'是蛙和鳝鱼所做的了。他们同时夹出一块鳝鱼来，一样大小，五五二十五，三五……不管他，同时放进嘴里去……"他不能自制地只想回过头去看，因为他觉得背后很热闹，有人来来往往地走了两三回。但他还熬着，乱嘈嘈地接着想，"这似乎有点肉麻，哪有这样的家庭？唉唉，我的思路怎么会这样乱，这好题目怕是做不完篇的了——或者不必定用留学生，就在国内受了高等教育的也可以。他们都是大学毕业的，高尚优美，高尚……。男的是文学家；女的也是文学家，或者文学崇拜家。或者女的是诗人；男的是诗人崇拜者，女性尊重者。或者……"他终于忍耐不住，回过头去了。

就在他背后的书架的旁边，已经出现了一座白菜堆，下层三株，中层两株，顶上一株，向他叠成一个很大的 A 字。

"唉唉！"他吃惊地叹息，同时觉得脸上骤然发热了，脊梁上还有许多针轻轻地刺着。"吁……"他很长地嘘一口气，先斥退了脊梁上的针，仍然想，"幸福的家庭的房子要宽绰。有一间堆积房，白菜之类都到那边去。主人的书房另一间，靠壁满排着书架，那旁边自然决没有什么白菜堆；架上满是中国书、外国书，《理想之良人》自然也在内—— 一共有两部。卧室又一间；黄铜床，或者质朴点，第一监狱工场做的榆木床也就够，床底下很干净……"他当即一瞥自己的床下，劈柴已经用完了，只有一条稻草绳，却还死蛇似的懒懒地躺着。

"二十三斤半……"他觉得劈柴就要向床下"川流不息"地进来，头里面又有些桠桠叉叉了，便急忙起立，走向门口去想关门。但两手刚触着门，却又觉得未免太暴躁了，就歇了手，只放下那积着许多灰尘的门幕。他一面想，这既无闭关自守之操切，也没有开放门户之不安，是很合于"中庸之道"的。

"……所以主人的书房门永远是关起来的。"他走回来，坐下，想，"有事要商量，先敲门，得了许可才能进来，这办法实在对。现在假如主人坐在自己的书房里，主妇来谈文艺了，也就先敲门——这可以放心，她必不至于捧着白菜的。"

"'Come in, please, my dear.'

"然而，主人没有工夫谈文艺的时候怎么办呢？那么，不理她，听她站在外面老是剥剥地敲？这大约不行罢。或者《理想之良人》里面都写着——那恐怕确是一部好小说，我如果有了稿费，也得去买他一部来看看……"

啪！

他腰骨笔直了，因为他根据经验，知道这一声"啪"是主妇的手掌打在他们三岁的女儿头上的声音。

"幸福的家庭……"他听到孩子的呜咽声了，但还是腰骨笔直地想，"孩子是生得迟的，生得迟。或者不如没有，两个人干干净净——或者不如住在客店里，什么都包给他们，一个人干干……"他听得呜咽声高了起来，也就站了起来，钻过门幕，想着，"马克思在儿女的啼哭声中还会做

《资本论》,所以他是伟人……"走出外间,开了风门,闻得一阵煤油气。孩子就躺倒在门的右边,脸向着地,一见他,便"哇"地哭出来了。

"阿阿,好好,莫哭莫哭,我的好孩子。"他弯下腰去抱她。

他抱了她回转身,看见门左边还站着主妇,也是腰骨笔直,然而两手插腰,怒气冲冲地似乎豫备开始练体操。

"连你也来欺侮我!不会帮忙,只会捣乱——连油灯也要翻了他。晚上点什么?……"

"阿阿,好好,莫哭莫哭。"他把那些发抖的声音放在脑后,抱她进房,摸着她的头,说:"我的好孩子。"于是,放下她,拖开椅子,坐下去,使她站在两膝的中间,擎起手来道,"莫哭了呵,好孩子。爹爹做'猫洗脸'给你看。"他同时伸长颈子,伸出舌头,远远地对着手掌舔了两舔,就用这手掌向了自己的脸上画圆圈。

"呵呵呵,花儿。"她就笑起来了。

"是的,是的,花儿。"他又连画上几个圆圈,这才歇了手,只见她还是笑迷迷地挂着眼泪对他看。他忽而觉得,她那可爱的天真的脸,正像五年前的她的母亲,通红的嘴唇尤其像,不过缩小了轮廓。那时也是晴朗的冬天,她听得他说决计反抗一切阻碍,为她牺牲的时候,也就这样笑迷迷地挂着眼泪对他看。他惘然地坐着,仿佛有些醉了。

"阿阿,可爱的嘴唇……"他想。

门幕忽然挂起。劈柴运进来了。

他也忽然惊醒,一定睛,只见孩子还是挂着眼泪,而且张开了通红的嘴唇对他看。"嘴唇……"他向旁边一瞥,劈柴正在进来,"……恐怕将来也就是五五二十五,九九八十一!……而且两只眼睛阴凄凄的……"他想着,随即粗暴地抓起那写着一行题目和一堆算草的绿格纸来,揉了几揉,又展开来给她拭去了眼泪和鼻涕。"好孩子,自己玩去罢。"他一面推开她,说;一面就将纸团用力地掷在纸篓里。

但他又立刻觉得对于孩子有些抱歉了,重复回头,目送着她独自茕茕地出去;耳朵里听的木片声。他想要定一定神,便又回转头,闭了眼睛,息了杂念,平心静气地坐着。他看见眼前浮出一朵扁圆的乌花,橙黄心,从左眼的左角漂到右,消失了;接着一朵明绿花,墨绿色的心;接着一座六株的白菜堆,屹然地向他叠成一个很大的A字。

一九二四年二月一八日

佳作点评

鲁迅说:"人必生活着,爱才有所附丽。"

这是鲁迅《彷徨》集中的一篇小说,文章构思奇巧,让人读后感触良多。在这篇关于恋爱、婚姻、家庭的文章里,通过一个文人在创作"幸福的家庭"中的切身真实生活感受,让我们看到作者对幸福的解读和探求,对当时的一些所谓时尚、新鲜现象的嘲讽和不屑。

幸福只有根植于现实的生活才能实现,一味地臆想和空造,到头来就会像作者提到的,这个"幸福的家庭"只存在于六株白菜堆成的A字里。

两地书·致鲁迅

□［中国］许广平

小白象：

　　昨夜（十四）饭后，我到邮局发了你的一封信，回来看看文法，十点多睡下了，早上醒来，算算你已到天津了，午饭时知已到北平，各人见了意外的欢喜，你也不少的高兴罢。今天收到《东方》第二号，又有金溟若的一封挂号厚信，想是稿子，我这两天因为没甚事体，睡的也多，食的也饱，昨夜饭曾添了二次，你回来一定见我胖了。我极力照你的话做去，好好的休养，今天下午同老太太等大小人五六个共到新雅饮茶，她们非常高兴，因为初次尝尝新鲜，回来快五点了。《东方》看看，一天又快过去了。我记得你那句总陪着我的话，我虽一个人也不害怕了，两天天快亮都醒，这是你要睡的时候，我总照常的醒来，宛如你在旁预备着要睡，又明知你是离开了。但古怪的感情，这个味道叫我如何描写？好在转瞬天真个亮了，过些时我就起床了。

十五下午五时半

小白象：

　　昨天（十五）食过夜饭，我在楼上描桌布的花样，又看看文法，十一点了，就预备睡，睡得还算好，可是四点多又照例醒了，一直没有再困熟，静静地躺着，直至七点多才起来。昨日你本于午饭时到了，又加之听三先生从暨大得来消息，西匪退出乡土了，原因是湘军南下包围，如此别方面不致动作了，也可稍慰。今天（十六）上午我在楼下缝了半天衣服，又看看报纸，中饭的时候，三先生把电报带来了，人到依时，电到也快，看看发电是十三，四〇'，想是十五日下午一点四十分发出的，阅电心中甚慰（虽然明明相信必到，但愈是如此愈非有电不可，真奇怪）。看电后我找出一句话说："安"字可以省去。三先生说，多这个字更好放心，三先生真可谓心理学家，知到〔道〕你的心理了。我直至此刻都自己总呆呆地高兴，不知何故。

　　这几天睡得早，起得早，晨间我都在下面吃早粥的，今天那个地方完全不痒了，别的症候也好了，想是休息过来的缘故，以后我当更小心，不使有类似这类的事体发生，省得叫远路的人放心不下。阿ブ当你去的第一天吃夜饭的时候，把我叫下去了，还不肯罢休，一定要把你也叫下去，后来大家再三给她开导，还不肯走，她的娘说是你到街上去了，才不得已的走出，这人真有趣。上海是入了梅雨天了，总是阴阴沉沉，时雨时晴，那种天气怪讨人厌的，你一到家都大家遇到了吗？太师母等都好？替我问候。局面现时安静，听说三大学之被封，是因前大陆校长鼓动三校学生预备包围市党部，替桂方声援之故云，不知确否。

愿眠食当心
小刺猬五月十六下午二时十五

佳作点评

鲁迅与许广平能走到一起，在许广平方面，首先是敬仰加爱慕。而两个人正式确定关系以后，由于各自环境的不同，互相间写的多是生活中的琐事，也对各人的去处表示些担忧。在许广平，更多的是关心鲁迅过得开不开心、吃得好不好、住得惯不惯，夫妻之间的互相关怀占据了两个书信的大部分篇幅。亲昵的称呼，事无巨细的生活细节，充满关心的问候和牵挂，无一句谈情，却句句含情。

永久的同道

□ [中国] 许广平

MY DEAR TEACHER：

今日（16日）午饭后回办公处，看见桌上有你10日寄来的一信，我一面欢喜，一面又仿佛觉着有了什么事情似的，拆开信一看，才知道是这样子。

校方表面上好像没有什么了，但旧派学生见恐吓无效，正在酝酿着罢课，今天要求开全体大会，我以校长不在，没法批准为辞，推掉了。如果一旦开会，则学校干涉，群众盲从，恐怕就会又闹起来。至于教职员方面，则因薪水不足维持生活，辞去的已有五六人，再过几天，一定更多。那时虽欲维持，但中途哪有这许多教员可得？至于解决经费一层，则在北伐期中，谈何容易。校长到底也只能至本月30日提出辞呈，飘然引去，那时我们也就可以走散了。MY DEAR TEACHER，你愿否我乘这闲空，到厦门一次，我们师生见见再说，看你这几天的心情，好像是非常孤独似的。还请你决定一下，就通知我。

看了《送南行的爱而君》，情话缠绵，是作者的热情呢，还是笔下的善于道情呢？我虽然不知道，但因此想起你的弊病，是对有些人过于深恶痛绝，简直不愿同一地呼吸，而对有些人又期望大殷，不惜赴汤蹈火，一旦觉得不符所望，你便悲哀起来了。这原因是由于你太敏感，太热情。其实世界上你所深愿的和期望的，走到十字街道，还不是一样么？而你硬要区别，或爱或憎，结果都是自己吃苦，这不能不说是小说家的取材失策。倘明白凡有小说材料，都是空中楼阁，自然心平气和了。我向来也有这样的傻气，因此很碰了钉子，后来有人劝我不要太"认真"。我想一想，确是太认真了的过处。现在这句话，我总时时记起，当作悬崖勒"马"。

几个人乘你遁迹荒岛枪击你，你就因此气短么？你就不看全般，甘为几个人所左右么？我好好有一番话，要和你见面商量，我觉得坦途在前，人又何必因了一点小障碍而不走路呢？即如我，回粤以来，信中虽总是向你诉苦，但这两月内，究竟也改革了两件事，并不白受了辛苦。你在厦门比我苦，然而你到处受欢迎，也过我万万倍，将来即去而之他，而青年经过你的陶冶，于社会总会有些影响的。至于你自己的将来，唉，那你还是照我上面所说罢，不要太认真。况且你敢说天下就没有一个人是你的永久的同道么？有一个人，你就可以自慰了，可以由一个人而推及二三以至无穷了，那你又何必悲哀呢？如果连一个人也"出乎意表之外"……也许是真的么？总之，现在是还有一个人在劝你，希望你容纳这意思的。

没有什么要写的了。你在未得我离校的通知以前，有信仍不妨寄这里，我即搬走，自然托人代收转寄的。

你的闷气，尽管仍向我发，但愿不要闷在心里就好了。

YOUR H. M.
十一月十六日晚十时半，一九二六年

佳作点评

"十年携手共艰危,以沫相濡亦可哀。聊借画图怡倦眼,此中甘苦两心知。"这首诗是鲁迅1935年题在《芥子园画谱》一书的扉页上送给夫人许广平的。

作为中国现代一对著名的夫妻,许广平和鲁迅的爱情故事一直为人们津津乐道,人们感慨于他们的相敬如宾、相濡以沫。疾恶如仇的鲁迅在许广平面前是个柔情似水的好丈夫。在这封许广平写给鲁迅的信中,我们可以感受到她对鲁迅的关心和爱护,可以知道他们的爱是建立在共同的事业和理想之上的。

面对着鲁迅所遭受的舆论攻击,许广平坦言:"况且你敢说天下就没有一个人是你的永久的同道么?有一个人,你就可以自慰了。"在这篇文章中,我们看到了另一个许广平,一个敢于表达自己爱情的许广平。

初 恋

□［中国］周作人

那时我十四岁，她大约是十三岁罢。我跟着祖父的妾宋姨太太寄寓在杭州的花牌楼，间壁住着一家姚姓，她便是那家的女儿。

伊本姓杨，住在清波门头，大约因为行三，人家都称她作三姑娘。姚家老夫妇没有子女，便认她做干女儿，一个月里有二十多天住在他们家里，宋姨太太和远邻的羊肉店石家的媳妇虽然很说得来，与姚宅的老妇却感情很坏，彼此都不交口，但是三姑娘并不管这些事，仍旧推进门来游嬉。她大抵先到楼上去，同宋姨太太搭讪一回，随后走下楼来，站在我同仆人阮升公用的一张板桌旁边，抱着名叫"三花"的一只大猫，看我映写陆润庠的木刻的字帖。

我不曾和她谈过一句话，也不曾仔细地看过她的面貌与姿态。大约我在那时已经很是近视，但是还有一层缘故，虽然非意识的对于她很是感到亲近，一面却似乎为她的光辉所掩，开不起眼来去端详她了。在此刻回想起来，仿佛是一个尖面庞，乌眼睛，瘦小身材，而且有尖小的脚的少女，并没有什么殊胜的地方，但在我的性的生活里总是第一个人，使我于自己以外感到对于别人的爱着，引起我没有明了的性的概念的对于异性的恋慕的第一个人了。

我在那时候当然是"丑小鸭",自己也是知道的,但是终不以此而减灭我的热情。每逢她抱着猫来看我写字,我便不自觉的振作起来,用了平常所无的努力去映写,感着一种无所希求迷蒙的喜乐。并不问她是否爱我,或者也还不知道自己是爱着她,总之对于她的存在感到亲近喜悦,并且愿为她有所尽力,这是当时实在的心情,也是她所给我的赐物了。在她是怎样不能知道,自己的情绪大约只是淡淡的一种恋慕,始终没有想到男女夫妇的问题。有一天晚上,宋姨太太忽然又发表对于姚姓的憎恨,末了说道:"阿三那小东西,也不是好东西,将来总要流落到拱辰桥去做婊子的。"

我不很明白做婊子这些是什么事情,但当时听了心里想道:"她如果真是流落做了婊子,我必定去救她出来。"

大半年的光阴这样的消费过去了。到了七八月里因为母亲生病,我便离开杭州回家去了。

一个月以后,阮升告假回去,顺便到我家里,说起花牌楼的事情,说道:"杨家的三姑娘患霍乱死了。"

我那时也很觉得不快,想象她的悲惨的死相,但同时却又似乎很是安静,仿佛心里有一块大石头已经放下了。

佳作点评

周作人(1895—1967),浙江绍兴人,现代作家。著有散文集《自己的园地》《雨天的书》《苦茶随笔》等。

初恋是美好而令人难忘的,但作者的初恋似乎是苦涩的,辛酸的。文章并未在"初恋"本身上着墨过多,而是把笔力放在"初恋女友"坎坷、多舛的命运的刻画上,这无疑增添了文章的深度。

如果就"初恋"而写"初恋",那就意义不大了。为文全靠提炼。

爱眉小札

（1925年8月11日）

□［中国］徐志摩

这过的是什么日子！我这心上压的多重呀！眉，我的眉怎么好呢！霎时间有千百件事在方寸间起伏，是忧，是虑，是瞻前，是顾后，这笔上哪能写出？眉，我怕，我真怕世界与我们是不能并立的，不是我们把他们打毁，成全我们的话，就是他们打毁我们，逼迫我们的死。眉，我悲极了，我胸口隐隐的生痛，我双眼盈盈的热泪。我就要你，我此时要你，我偏不能有你，喔，这难受——恋爱是痛苦。是的，眉，再也没有疑义。眉，我恨不得立刻与你死去，因为只有死可以给我们想望的洁清静，相互的永远占有。眉，我来献全盘的爱给你，一团火热的真情，整个儿给你，我也盼望你也一样拿整个、完全的爱还我。

世上并不是没有爱，但大多是不纯粹的，有漏洞的，那就不值钱、平常、浅薄。我们是有志气的，决不能放松一屑屑，我们得来一个真纯的榜样。眉，这恋爱是大事情，是难事情，是关生死超生死的事情——如其要到真的境界，那才是神圣，那才是不可侵犯。有同情的朋友是难得的，我们现在有少量的朋友，就思想见解论，在中国是第一流。他们都是真爱你我，看重你我，期望你我的。他们要看我们做到一般人做不到的事，实现一般人梦想的境界。他们，我敢说，相信你我有这天赋，有这能力。他们的期望是最难得的，但同时你我负着的责任，那不是玩儿。对己、对友、对社会、对天，我们有奋斗到底，做到十全的责任！眉，你知道我这来心事重极了，晚上睡不着不说，睡着了就来怖梦，种种的顾虑整天像刀光似的在心头乱刺。眉，你又是在这样的环境里嵌着，连自由谈天的机会都没有，咳，这真是哪里说起！眉，我每晚睡在床上寻思着，我仿佛觉着发根里的血液一滴滴地消耗，在忧郁的思念中黑发变成苍白。

一天二十四小时，心头哪有一刻的平安——除了与你单独相对的俄顷，那是太难得了。眉，我们死去吧；眉，你知道我怎样的爱你，啊，眉！比如昨天早上你不来电话，从九时半到十一时，我简直像是活抱着炮烙似的受罪，心那么的跳，那么的痛，也不知为什么，说你也不信，我躺在榻上直咬着牙，直翻身喘着哪！后来再也忍不住了，自己拿起了电话，心头那阵的狂跳，差一点儿把我晕了，谁知你一直睡着没有醒，我这自讨苦吃多可笑。但同时你得知道，眉，在恋中人的心理是最复杂的心理，说是最不合理可以，说是最合理也可以。眉，你肯不肯亲手拿刀割破我的胸腔，挖出我那血淋淋的心留着，算是我给你最后的礼物。

今朝上睡昏昏的只是在你的左右。那怖梦真可怕，仿佛有人用妖法来离间我们，把我迷在一辆车上，整天整夜的飞行了三昼夜。旁边坐着一个瘦长的严肃的妇人，像是运命自身，我昏昏的身体动不得，口开不得，听凭那妖车带着我跑，等得我醒来下车的时候，有人来对我说你已另订婚约了。我说不信，你戴戒指的手指忽在我眼前闪动，我一见就往石板上一头冲去，一声悲叫，就死在地下——正当你电话铃响把我震醒；我那时虽则醒了，而那一阵的凄惶与悲酸，像是灵魂出了窍似的。可怜呀，眉！我过来正想与你好好的谈半点钟天，偏偏你又得出门就诊去，以后一天就完了，四点以后过的是何等不自然而局促的时刻！我与"先生"谈，也是凄凉万状，我们的影子在荷池圆叶上晃着，我心里只是悲惨。眉呀，你快来伴我死去吧！

佳作点评

提到徐志摩，人们首先想到的是他和陆小曼的爱情。可以说，在这一方面，他的诗名要让位于他的爱名了。

在这封徐志摩写给陆小曼的情书里，我们看到了徐志摩那如烈火般的爱，在爱的煎熬下的心理活动。徐的爱没有藏着掖着，而是如火山般喷薄而出，"我来献全盘的爱给你，一团火热的真情，整个儿给你"。

在他看来，爱就要一往无前，不管世人如何，不管世事如何，"我们做到一般人做不到的事"，"你肯不肯亲手拿刀割破我的胸膛，挖出我那血淋淋的心留着，算是我给你最后的礼物。"

斯人已逝，但这些火辣辣的爱情表白，却一直回荡在我们的耳边。

西山情思

□［中国］陆小曼

这一回去得真不冤，说不尽的好，等我一件件的来告诉你。我们这几天虽然没有亲近，可是没有一天我不想你的，在山中每天晚上想写，可只恨没有将你带去，其实带去也不妨，她们都是老早上了床，只有我一个睡不着，呆坐着，若是带了你去，不是我每天可以亲近你吗？我的日记呀，今天我拿起笔来心里不知有多少欢喜，恨不能将我要说的话像机器似的倒出来，急得我反不知从哪里说起了。

那天我们一群人到西山脚下改坐轿子上大觉寺，一连十几个轿子，一条蛇似的游着上去。山路很难走，坐在轿上滚来滚去像坐在海船上遇着大风一样摇摆，我是平生第一次坐，差一点儿把我滚了出来。走了3里多路快到寺前，只见一片片的白山，白得好像才下过雪一般，山石树木一样都看不清，从山脚到山顶满都是白。我心里奇怪极了，这分明是暖和的春天，身上还穿着夹衣，微风一阵阵吹着入夏的暖气，为什么眼前会有雪山涌出呢？打不破这个疑团我只得回头问那抬轿的轿夫，"唉！你们这儿山上的雪，怎么到现在还不化呢？"那轿夫跑得面头流着汗，听了我的话他们好像奇怪似的，一面擦汗，一面问我："大姑娘，你说甚么？今年的冬天比哪年都热，山上压根儿就没有下过雪，你那儿瞧见有雪呀？"他们一边说着便四下里乱寻，脸上都现出了惊奇的样子。那时我真急了，不由地就叫着说："你们看那边满山雪白的不是雪是甚么？"我话还没有说完，他们倒都狂笑起来了。"真是城里姑娘不出门！连杏花都不认识，倒说是雪，你想五六月里哪儿来的雪呢？"甚么！杏花儿！我简直叫他们给笑呆了。顾不得他们笑，我只乐得恨不能跳出轿子，一口气跑上山去看一个明白。天下真有这种奇景吗？乐极了，也忘记我的身子是坐在轿子里呢，伸长脖子直往前看，急得抬轿的人叫起来了："姑娘，快不要动呀，轿子要翻了。"一连几晃，几乎把我抛进小涧去。这一下才吓回了我的魂，只好老老实实地坐着再也不敢动了。

上山也没有路，大家只是一脚脚地从这块石头跳到那一块石头上，不要说轿夫不敢斜一斜眼睛，就是我们坐轿的人都连气也不敢喘，两只手使劲拉着轿杠儿、两个眼死盯着轿夫的两只脚，只怕他们失脚滑下山涧去。那时候大家只顾着自己性命的出入，眼前不易得的美景连斜都不去斜一眼了。

走过一个山顶才到了平地，一条又小又弯的路带着我们走进大觉寺的脚下。两旁全是杏树林，一直到山顶，除了一条羊肠小路只容得一个人行走以外，简直满都是树。这时候正是五月里杏花盛开的时候，所以远看去简直像一座雪山，走近来才看得出一朵朵的花，坠得树枝都看不出了。我们在树阴里慢慢地往上走，鼻子里微风吹来阵阵的花香，别有一种说不出的甜味。摩，我再也想不到人间还有这样美的地方，恐怕神仙住的地方也不过如此了。我那时乐得连路都不会走了，左一转，右一转，四围不见别的，只是花。回头看见跟在后面的人，慢慢在那儿往上走，只像都在梦里似的，我自己也觉得我已经不是一个人了。这样的所在简直不配我们这样的浊物来，你看那一片雪白的花，白得一尘不染，哪有半点人间的污气？我一口气跑上了山顶，站在一块最高的石峰上，定一定神往下一看，呀，摩！你知道我看见了甚么？咳，只恨我这支笔没有力量来描写那时我眼底所见的奇景！真美！从上往下斜着下去只见一片白，对面山坡上照过来的斜阳，更使它无限的鲜丽，那时我恨不能将我的全身压下去，到花间去打一个滚，可是又恐怕我压坏了粉嫩的花瓣儿。在山脚下又看见一片碧绿的草，几间茅屋，三两声狗吠声，一个田家的景象，满都现在我的眼前，荡漾着无限的温柔。这一忽儿我忘记了自己，丢掉了一切的烦恼，喘着一口大气，拼命想将那鲜甜味儿吸进我的身体，洗去我五腑内的浊气，重新变一个人。我愿意丢弃一切，永远躲在这个地方，不要再去尘世间见人。真的，摩，那时我连你都忘了，一个人呆在那儿，不是他们叫我，我还不醒呢！

一天的劳乏，到了晚上，大家都睡得正浓，我因为想着你不能安睡，窗外的明月又在纱窗上映着逗我，便一个人就走到院子里去，只见一片白色，照得梧桐树的叶子在地下来回地飘动。这时候我也不怕朝露里受寒，也不管夜风吹得身上发抖，一直跑出了庙门，一群小雀儿让我吓得一起就向林子里飞，我睁开眼睛一看，原来庙前就是一大片杏树林子。这时候我鼻子里闻着一阵芳香，不像玫瑰，不像白兰，只熏得我好像酒醉一般。慢慢我不觉耽不下来，一条腿软得站都站不住了。晕沉沉的耳边送过来清呖呖的夜莺声，好似唱着歌，在嘲笑我孤单的形影；醉人的花香，轻含着鲜洁的清气，又阵阵地送进我的鼻管。忽隐忽现的月华，在云隙里探出头来，从雪白的花瓣里偷看着我，好像笑我为甚么不带着爱人来。这恼人的春色，更引起我想你的真挚，逗得我阵阵心酸，不由得就睡在蔓草上，闭着眼轻轻地叫着你的名字（你听见没有）。我似梦非梦地睡了也不知有多久，心里只是想着你——忽然好像听得你那活泼的笑声，像珠子似的在我耳边滚，"曼，我来，"又觉得你那伟大的手，紧紧握着我的手往嘴边送，又好像你那顽皮的笑脸，偷偷地偎到我的颊边送了一个吻去。这一下我吓得连气都不敢喘，难道你真回来了么？急急地睁眼一看，哪有你半点影子？身旁一无所有，再低头一看，原来才发现，自己的右手不知在甚时候握住了我的左手。身上多了几朵落花，花瓣儿飘在我的颊边好似你在偷吻似的。真可笑！迷梦的幻影竟当了真，自己便不觉无味得很，站起来，只好把花枝儿泄气，用力一拉，花瓣儿纷纷落地，打得我一身；林内的宿鸟以为起了狂风，一声叫就往四处乱飞。一个美丽的宁静的月夜叫我一阵无味的恼怒给破坏了。我心里也再不要看眼前的美景，一边走，一边想着。你，为甚么不留下你，为甚么让你走。

佳作点评

　　陆小曼出身名门，不但有着姣好的容貌，也有着深厚的文化修养，更因为和徐志摩的爱情，让她成为世人皆知的女性。

　　在这篇她写给徐志摩的信中，我们可以看到二人之间的浓浓爱意。在一个满山盛开杏花的春日，陆小曼一行到了西山大觉寺，美丽的景致激起了她对徐的思念之情，"她们都是老早上了床，只有我一个睡不着，呆坐着，若是带了你去，不是我每天可以亲近你吗？""这恼人的春色，更引起我想你的真挚，逗得我阵阵心酸，不由得就睡在蔓草上，闭着眼轻轻地叫着你的名字（你听见没有）。"这些表露心迹的话语，深深地打动了我们的心。

致霓君

□［中国］朱湘

我爱：我前几天看到一件很有趣味的东西，一尺长的鱼，一阵总有几十个，在船走过的时候，飞起来。他们能飞几丈，几十丈远，飞时翅膀看得很清楚。鱼是很好看，可惜我不能抓住一条寄回给你看看。前天在檀香山，船停一天，我们大家多上岸玩。在一个"鱼介博物馆"内看到许多稀奇古怪的东西，有鸡一样大的虾子，两个大钳子，还有各种各样的鱼。有的扁的只有三分厚；圆的像一个桃子，有些嘴长得特别长，好像臭虫同猪的嘴一样。鱼的颜色更是好看得不得了，有些黑花上面满是黄点子，好像豹皮一般；有些上半截鹅黄，下半截淡青，好像女人穿的衣裳同裙子，腰间还有两条黑条子，那就像系一条黑缎边的淡青腰带。妹妹，我的妹妹，你说这好看不？这些鱼印的有照片，我已经买了一份。等到到了学校之处，寄信方便之时，我就寄给你看看，收着——不过这些照片比起活的来，差得远了。因为活的身体透明，并且在水中游来游去，极其灵活，正像你的照片虽然照得很好看，到底不如见面之时，我能听见你讲话。

我不曾离开上海的时候，一个人住在青年会，极其想你，做了一首诗。一直想写给你看，偏偏事情太忙不能有时候写下来。如今很闲空，我的精神又好，所以就此写出来：

戍卒边关绿草被秋风一夜吹黄，
戈壁的平沙连天铺起浓霜，
冷气悄无声将云逐过穹苍——
我披起冬裳，不觉想到家乡。
家乡现在是田中弥漫禾香，
闪动的镰刀似蚕食过青桑，
朱红的柿子累累叶底深藏。
鸡雏在谷场，噪着争拾余粮。
灯擎光似豆照她坐在机旁，
一丝丝的黑影在墙上奔忙，
秋虫畏冷倚墙根切切凄伤。
儿子卧空床梦中时唤爷娘。
一声雁叫拖曳过塞冷关荒，
它携侣呼朋同去暖的南方，
在絮白芦花之内亿卧常羊。
独留我徊惶，在这萧索边疆。

这首诗大意是说丈夫出外当兵（戍卒），秋天冷了，穿起妻子替他作的棉衣，不觉想起家乡来（第一段）。他想秋天家乡正是割稻子的时候（第二段）。到了夜间，妻房一定是对着灯光在机子旁边坐着织布，他们两个生的小孩子一定是睡在那张本来是三个人卧的床上，在梦中还叫父亲呢，哪知道父亲如今是在万里之外了（第三段）！这父亲听到一声雁叫，便自恩道："这鸟儿尚且能带着母鸟去南边避寒，偏我不能回家，这是多苦的事呀（第四段）！"

这首诗有些字怕你不知意思，我就解释一下：边关是长城；戈壁是蒙古的大沙漠之名称，在长城北；穹苍是天；弥漫是充满；镰刀是割稻；累累是多；鸡雏是小鸡；灯擎是点灯芯的豆油灯；塞、关都是长城；携是带；侣是伴，就是妻子（母雁）；絮白芦花是同棉花一样白的芦花；常羊是游玩；徊惶是徘徊，就是走来走回；萧索是荒凉，边疆是靠近外国的地方。

我爱：小东要雇奶妈，就早已嘱咐过了，不必再提。小沅定名叫海士，因为他是上海怀的，士就是读书人，士农工商的士。从前孔夫子说过一句话，叫作"仁者乐山，智者乐水"，意思就是说，慈善的人爱山，因山是结实的；聪明人爱水，因为水是流动的：小沅是海水旁边怀的，我替他起个号叫伯智，就是希望他作一个聪明的人。"伯"是行大，聪明的人同尖巧的人不一样。聪明的人向大地方看，尖巧的人只看小的，尖巧人只是想着害人。小东定名叫雪，因为你到北京，头一次看见雪，刚巧那时你便怀了小东。并且雪是很美的一件东西，它好像一朵花，干的雪你仔细看一看就知道它是六角形，好像一朵花有六瓣花瓣，所以古人说"雪花六出"。她号燕支（燕字读作烟字一样，不是燕子的燕），因为古时候有一座山，叫燕支，在北方古代匈奴国的皇后，她们不叫皇后，叫阏氏（就是燕支这二字），便是因为此故。小东是在北方怀的，所以号叫这个。我替你取的号叫霓君（这两个字我如今多么亲多么爱），是因为你的名字叫采云，你看每天太阳出来时候或是落山时候，天上的云多么好看，时而黄，时而红，时而紫，五彩一般（彩字同），这些云也叫作霓，也叫作霞（从前我替你取号叫季霞，是同一道理，但是不及霓君更雅）。古代女子常有叫什么君的，好像王昭君便极其有名。

说到这里，我可以告诉你一个笑话：从前汉朝有一文人，叫东方朔（姓东方，名朔），这人极其好开玩笑。有一天皇帝祭地皇菩萨（这祭叫社），不用说，桌上自然是供一大块猪肉了，这块肉（大半是半个猪，或者整个）照规矩祭完神以后，由皇帝下令，叫大官分了带回家去。有一次这位东方先生性子急（不知是不是他的太太叫他十二点钟回去吃中饭，那天祭祀费时太多，已经一两点钟了，他怕回去太迟，太太要不依，说他只管自己，不顾别人等他，或者说他偷去会女相好，谈话谈忘记掉了，不记得回来吃饭了），无论如何，总是他过于性急，不等汉武帝下令，他自己就在身边拔下了宝剑来（古人身边都带宝剑）在猪肉上头割了一块就走。但是被皇帝知道了，叫他说出道理，如若说不出，便推出午门斩首（这自然是皇帝同他开玩笑，因为皇帝很喜欢他说笑话）。这位东方先生毫不在乎地说：我割肉你应当夸奖我才对，为何反来责备我呢？你看我拔出剑来就割，这是多么勇敢！我割的刚好是自家分内应得的，不曾割别人的一点，这是多么清廉！拿肉回去给我的"细君"，这又是多么仁爱！细君就是"小皇帝""小先生"，就是说的他太太。皇帝一场大笑，放他走了，并且叫人跟着送一只整猪到他家里去。东方先生的太太自然是说不出的快活。本想骂她的先生一场的，也不骂了。

这是提起君字，想到的一段故事。以后做文章的人读书的人叫妻子作细君，便是这样起来的。这个故事，我的霓君，我的细君，我的小皇帝，你看这有点趣味吗？我如今在外国省俭自己，寄钱给你，别的同学是不单不寄钱回家，有时还要家里寄钱，你看我比起东方朔先生来，也差不多吧？我想我寄回家的钱，总不止买一头猪罢？亲爱的霓妹妹，今天上午把三样功课都考了，心放下了。我近来身体好，望你不要记挂。夏天书已念完一半，快得很，就要秋天了。一到秋天，精神更好，等阳历十一月我去找一家照相馆照一张便宜一点的相。你自己身体也要保重，省得我记挂。哀情小说千万不要看了。如若有时闷点，到亲戚朋友家中走动走动。小沅小东近来都很好吗？夏天里不要买街上零食给他们，最危险，最容易传染病，年纪越小，越要多睡觉。夏天里房中可以常常多洒些臭药水，这几个钱决不可省，雇老妈子雇奶妈子都要老实、干净，千万不能要脸上身上长了疤疤结结，长了疮的，那最危险。我接到你六月十二号的信说你不怪我当初，我听到真快活。我说的比仿嫖婊子，是比仿，并不是我同某某某有什么不干不净，不过那时候我心中有时对不起你，这是我请你忘记的事情。

你头痛是因为过于操心，又过于想我。最爱最亲爱的妹妹，再过几年我们就永远团圆，我们放宽了心，耐烦等着吧，你自己调养自己，爱惜身子，就如爱惜我的身子一样。因为你的身子就是我的身子。我也当然爱惜我的身子，因为我的身子就是你的身子。我们两个本是一个分离不开的。你务必把心放开一些，高高兴兴，把这几年过了，那时我们就享福了。

永远是你的亲亲沅
七月二十五日

佳作点评

朱湘（1904—1933），安徽太湖人，诗人、散文家。著有诗集《夏天》《草莽集》《石门集》《永言集》，散文集《中书集》等。

这是朱湘写给爱人的信，字里行间充满温情。在信中他向霓君介绍了自己在国外游玩的情形，与爱人共同分享快乐时光；将自己以前写就的诗歌附上，而且担心自己心爱的人不懂诗的意思还做了详细的解释，足见其细心；后面又讲了一个笑话。最后嘱托霓君一定要爱惜身体，两个人共同努力，将来一起享受美好生活。生动的文笔，诙谐的语言，细心的关怀和呵护溢于笔端，不难想象朱湘对爱人的深情厚谊。

寄给一个失恋人的信（一）

□ [中国] 梁遇春

秋心：

在我这种懒散心情之下，居然呵开冻砚，拿起那已经有一星期没有动的笔，来写这封长信，无非是因为你是要半年才有封信。现在信来了，我若使又迟延好久才复，或者一搁起来就忘记去了，将来恐怕真成个音信渺茫，生死莫知了。

来信你告诉我你起先对她怎样钟情想由同她互爱中得点人生的慰藉，她本来是何等的温柔，后来又如何变成铁石心人，同你现在衰颓的生活，悲观的态度。整整写了二十张十二行的信纸，我看了非常高兴。我知道你绝对不会想因为我自己没有爱人，所以看别人丢了爱人，就现出卑鄙的笑容来。若使你对我能够有这样的见解，你就不写这封悱恻动人的长信给我了。我真有可以高兴的理由。在这万分寂寞一个人坐在炉边的时候，几千里外来了一封八年前老朋友的信，痛快地暴露他心中最深一层的秘密，推心置腹般娓娓细谈他失败的情史，使我觉得世界上还有一个人这样爱我，信我，来向我找些同情同热泪，真好像一片洁白耀目的光线，射进我这精神上之牢狱。最叫我满意是由你这信我知道现在的秋心还是八年前的秋心。八年的时光,流水行云般过去了。现在我们虽然还是少年,然而最好的青春已过去一大半了,所以我总是爱想到从前的事情。八年前我们一块游玩的情境,自然直率的谈话是常浮现在我梦境中间,尤其在讲堂上睁开眼睛所做的梦的中间。你现在写信来哭诉你的怨情简直同八年前你含着一泡眼泪咽着声音讲给我听你父亲怎样骂你的神气一样。但是我那时能够用手巾来擦干你的眼泪,现在呢?我只好仗我这枝秃笔来替我陪你呜咽,抚你肩膀低声的安慰。秋心,我们虽然八年没有见一面,半年一通讯,你小孩时候雪白的脸,桃红的颊同你眉目间那一股英武的气概却长存在我记忆里头,我们天天在校园踏着桃花瓣散步,树荫底下石阶上面坐着唧唧哝哝的谈天,回想起来真是亚当没有吃善恶树上的果子前乐园的生活。当我读关于美少年的文学,我就记起我八年前的游伴。无论是述 Narcissus 的故事,Shakespeare 百余首的十四行诗,Gray 给 Bonstetten 的信,Keats 的 Endymion,Wilde 的 Dorian Gray 都引起我无限的愁思而怀着久不写信给我的秋心。十年前的我也不像现在这么无精打采的形象,那时我性情也温和得多,面上也充满有青春的光彩,你还记着我们那一回修学旅行吧?因为我是生长在城市,不会爬山,你是无时不在我旁边,拉着我的手走上那崎岖光滑的山路。你一面走一面又讲好多故事,来打散我恐惧的心情。我那一回出疹子,你瞒着你的家人,到我家里,瞧个机会不给我家人看见跑到我床边来。你喘气也喘不过来似的讲:"好容易同你谈几句话!我来了五趟,不是给你祖母拦住,就是被你父亲拉着,说一大阵什么染后会变麻子……"这件事我想一定是深印在你心中。忆起你那时的殷勤情谊更觉得现在我天天碰着的人的冷酷,也更使我留恋那已经不可再得的春风里的生活。提起往事,徒然增加你的惆怅,还是谈别的吧。

来信中很含着"既有今日,何必当初"的意思。这差不多是失恋人的口号,也是失恋人心中最苦痛的观念。我很反对这种论调,我反对,并不是因为我想打破你的烦恼同愁怨。一个人的情调应当任它自然地发展,旁人更不当来用话去压制它的生长，使他堕到一种莫名其妙的烦闷网子里去。真真同情于朋友忧愁的人，绝不会残忍地去扑灭他朋友怀在心中的幽情。他一定是用他的情感的共鸣使他朋友得点真同情的好处，我总觉"既有今日，何必当初"这句话对"过去"未免太藐视了。我是个恋着"过去"的骸骨同化石一样的人，我深切感到"过去"在人生的意义，尽管你讲什么"从前种种譬如昨日死，以后种种譬如今日生"同 Let bygones be bygones。"从前"是不会死的。不算形质上看不见，它的精神却还是一样地存在。"过去"也不至于烟消火灭般过去了，它总留下深刻的足迹。理想主义者看宇宙一切过程都是向一个目的走去的，换句话就是世界上物事都是发展一个基本的意义的。他们把"过去"包在"现在"中间一齐望"将来"的路上走，所以 Emerson 讲"只要我们能够得到'现在'，把'过去'拿去狗子罢了"。这可算是诗人的幻觉。这么漂亮的肥皂泡子不是人人都会吹的。我们老爱一部一部地观察人生，好像舍不得这样猪八戒吃人参果般用一个大抽象概念解释过去。所以我要深深地领略人生的味的人们，非把"过去"当作有它独立的价值不可，千万不要只看作"现在"的工具。由我们生来不带乐观性的人看来，"将来"总未免太渺茫了，"现在"不过一刹那，好像一个没有存在的东西似的，所以只有"过去"是这不断时间之流中站得住的岩石。我们只好紧紧抱着它，才免得受漂流无依的苦痛，"过去"是个美术化的东西，因为它同我们隔远看不见了，它另外有一种缥缈不实之美。好像一块风景近看瞧不出好来，到远处一望，就成个美不胜收的好景了。为的是在物质上已经不存在，只在我们心境中憧憬着，所以"过去"又带了神秘的色彩。对于我们含有 Melancholy 性质的人们，"过去"更是个无价之宝。Hawthorne 在他《古屋之苔》书中说："我对我往事的记忆，一个也不能丢了。就是错误同烦恼，我也爱把它们记着。一切的回忆同样地都是我精神的食料。现在把它们都忘丢，就是同我没有活在世间过一样。"不过"过去"是很容易被人忽略去的。而一般失恋人的苦恼都是由忘记"过去",太重"现在"的结果。实在讲起来失恋人所失丢的只是一小部分现在的爱情。他们从前已经过去的爱情是存在"时间"的宝库中,绝对不会丢失的。在这短促的人生,我们最大的需求同目的是爱,过去的爱同现在的爱是一样重要的。因为现在的爱丢了就把从前之爱看得一文也不值,这就有点近视眼了。只要从前你们曾经真挚地互爱过,这个记忆已很值得好好保存起来,作这千灾百难人生的慰藉,所以我意思是:"今日"是"今日","当初"依然是"当初",不要因为有了今日这结果,把"当初"一切看作都是镜花水月白费了心思的。爱人的目的是爱情,为了目前小波浪忽然舍得将几年来两人辛辛苦苦织好的爱情之网用剪子铰得粉碎,这未免是不知道怎样去多领略点人生之味的人们的态度了。秋心我劝你将这网子仔细保护着,当你感到寂寞或孤栖的时候,把这网子慢慢张开在你心眼的前面,深深地去享受它的美丽,好像吃过青果后回甘一般,那也不枉你们从前的一场要好了。

照你信的口气,好像你是天下最不幸的人,秋心你只知道情人的失恋是可悲哀,你还不晓得夫妇中间失恋的痛苦。你现在失恋的情况总还带三分 Romantic 的色彩,她虽然是不爱你了,但是能够这样忽然间由情人一变变作陌路之人,倒是件痛快的事——其痛快不下给一个运刀如飞杀人不眨眼的刽子手杀下头一样。最苦的是那一种结婚后二人爱情渐渐不知不觉间淡下去。心中总是感到从前的梦的有点不能实现,而一方面对"爱情"也有些麻木不仁起来。这种肺病的失恋是等于受凌迟刑。挨这种苦的人,精神天天痿痹下去,生活力也一层一层沉到零的地位。这种精神的死亡才是天地间唯一的惨剧。也就因为这种惨剧旁人看不出来,有时连自己都不大明白,所以比别的要惨苦得多。你现在虽然失恋但是你还有一肚子的怨望,还想用很多力写长信去告诉你的唯一老朋友,可见你精神仍是活泼跳动着。对于人生还觉得有趣味——不管詈骂运命,或是赞美人生——总不算个不幸的人。秋心你想我这话有点道理吗?

秋心，你同我谈失恋，真是"流泪眼逢流泪眼"了。我也是个失恋的人，不过我是对我自己的失恋，不是对于在我外面的她的失恋。我这失恋既然是对于自己，所以不显明，旁人也不知道。因此也是更难过的苦痛。无志的呜咽比号啕叫是更悲哀得多了。我想你现在总是白天魂不守舍地胡思乱想，晚上睁着眼睛看黑暗在那里怔怔发呆，这么下去一定会变成神经衰弱的。我近来无聊得很，专爱想些不相干的事。我打算以后将我所想的报告给你，你无事时把我所想出的无聊思想拿来想一番，这样总比你现在毫无头绪的乱想，少费心力点吧。有空时也希望你想到哪里笔到哪里般常写信给我。两个伶仃孤苦的人何妨互相给点安慰呢！

佳作点评

梁遇春（1906—1932），福建闽侯人。作家。著有散文选集《春醪集》《泪与笑》等。

多年不见的"发小儿"给作者来信倾诉自己的失恋，这是朋友间一种难得的信任。也正因为这样，所以作者才写了这封长信作为回复。在信中，作者回忆了两个人童年真挚的友情，对朋友作了安慰，谈及了自己对于恋爱的看法。需要指出的是，作者其实也是失恋的人，正所谓"同病相怜"，所以对于朋友的痛苦是深有体会的，但他还要强打精神去安慰对方。"问世间情为何物，直教人生死相许"，感情生活中的困惑和烦恼许多人都会碰到，还是看开一些比较好。

无穷红艳烟尘里

□ [中国] 石评梅

一样在寒冻中欢迎了春来，抱着无限的抖颤、惊悸欢迎了春来，然而阵阵风沙里夹着的不是馨香，而是血腥。片片如云雾般的群花，也正在哀呼呻吟于狂飙尘沙之下，不是死的惨白，便是血的鲜红。试想想一个疲惫的旅客，她在天涯中奔波着这样惊风骇浪的途程，目睹耳闻着这些愁惨冷酷的形形色色，她怎能不心碎呢！既不能运用宝刀杀死那些扰乱和平的恶魔，又无烈火烧毁了这恐怖的黑暗和荆棘，她怎能不垂涕而愤恨呢！

已是暮春天气，却为何这般秋风秋雨？假如我们记忆着这个春天，这个春天是埋葬过一切的光荣的。他像深夜中森林里的野火，是那样寂寂无言地燃烧着，他像英雄胸中刺出的鲜血，直喷洒在枯萎的花瓣上，是那样默默地射放着醉人心魂的娇艳。春快去了，和着一切的光荣逝去了，但是我们心头愿意永埋这个春天，把她那永远吹拂人类生意而殉身的精神记忆着。

在现在真不知怎样安放这颗百创的心，而我们自己的头颅何时从颈上飞去呢！这只有交付给渺茫的上帝了。春天我是百感交集的日子，但是今年我无感了。除了睁视默默外，既不会笑也不会哭，我更觉着生得不幸和绝望；愿天爽性把这地球捣成碎粉，或者把我这脆弱有病态的心掉换成那些人的心，我也一手一支手枪飞骑驰骋于人海之中，看着倒践在我铁蹄下的血尸，微笑快意！然而我终于都不能如愿，世界不归我统治，人类不听我支配，只好叹息着颤悸着，看他们无穷的肉搏和冲杀吧！

有时我是会忘记的。当我在一群天真烂漫的小姑娘中间，悄悄地看她们的舞态，听她们的笑声，对我像一个不知道人情世故的人，更不知道世界上还有许多不幸和罪恶。当我在杨柳岸，伫立着听足下的泉声，残月孤星照着我的眉目，晚风吹拂着我的衣裙，把一颗平静的心，放在水面月光上时，我也许可以忘掉我的愁苦和这世界的愁苦。

常想钻在象牙塔里，不要伸出头来，安稳甘甜地做那痴迷恍惚的梦；但是有时象牙塔也会爆裂的，终于负了满身创伤掷我于十字街头，令我目睹着一切而惊心落魄！这时花也许开得正鲜艳，草也许生得很青翠，潮水碧油油的，山色绿葱葱的。但是灰尘烟火中，埋葬着无穷娇艳、青春的生命。我疲惫的旅客呵！不忍睁眼再看那密布的墨云，风雨欲来时的光景了。

我祷告着，愿意我是个又聋又瞎的哑小孩。

佳作点评

石评梅是一个勇于担当、追求自由和有独立人格的新女性。因为爱慕梅花的高洁雅秀、铮铮铁骨，她就把自己的笔名定为评梅。

在她的文章中，充满了对人生的探求和对女性命运的思考，面对着国家的困境和大众的疾苦，她疾呼"愿天爽性把这地球捣成碎粉，或者把我这脆弱有病态的心掉换成那些人的心，我也一手一支手枪飞骑驰骋于人海之中，看着倒践在我铁蹄下的血尸，微笑快意！"阅读此文，我们会深深地被她追求光明和自由的执著精神所感动。

朝霞映着我的脸

□ [中国] 石评梅

上了车便如梦一样惊醒了我，睁眼看扰攘的街市上已看不见你们。我是极寂寞地归来；月光冷冰冰地射到我白围巾上，惨白得像我的心。一年之前我也在这样月光下走过。如今，唉！新痕踏在旧痕上，新泪落到旧泪之上，孤清的梅仍幽灵似的在这地球上极无聊地生存着。明知道人生如梦，万象皆空，然而我痴呆的心有时会糊涂起来，我总想尽方法使我遗弃一切，忘掉一切。不过，事实上，适得反比例，在我这颗千疮百洞的心，朋友，你是永也不知道她的。我心幕有一朝一日让风吹起你看时，一定要惊吓这样的糜烂和粉碎，二十年来我受了多少悲哀之箭和铁骑的践踏，都在这颗交付无人的小心上。

看冷清的月儿，和凄寒的晚风吹着，我在兰陵春半醉半醒的酒已随风飞去，才想到我们这半天的梦又到了惊醒的时候。

就是在这种心情下，读你那充满了热诚和同情的信，可以说这是我年来第一次接收朋友投给我的惠敬，我是感激地流下泪来！我应该谢谢上帝特赐我多少个朋友来安慰我这在孤冢畔痛哭的人。

你大概还不十分知道我从前的生活。一年之前，是脸上永没有笑容，眼泪永远是含在眼眶里的；一天至少要痛哭几次，病痛时常缠绕着我。如今，我已好了，我能笑，我能许久不病，我能不使朋友们看见我心底的创痛和咽下去的泪，我已经好了，朋友！一年前，你不信问问清，便知那时憔悴可怜的梅，绝不是现在这样达观快活的梅。这样，你还有什么不放心？况且有你这样幸福天真可爱的孩子逗我笑、伴我玩，我又哪好意思再不高兴呢。朋友呵！你说是不是？

　　我今天未接你信以前，你从清处走后，清便告诉我你对我的心，怕我忧伤的心，那时我已觉到难受！为什么我这样的人，要令人可怜和同情呢！因之，我便想到一切，而使我心境不能再勉强欢笑下去。你不觉吗？你再回来时我已变了！到兰陵春我更迷惘，几次我眼里都流出泪来，使我不能把眼闭上。朋友！我到了不能支配自己、节制自己的时候，不仅朋友们看见难过，自己也恨自己太不强悍，每次清娇憨骄傲地说到萍时，我便咽着泪下去，我是不能在人前骄傲的，我所能骄的，只有陶然亭畔那抔黄土。写到这里，我的泪不自禁地迸射出来。朋友呵！这是我深心底永不告人的话，今天大概为了醉，为了你那封充满热诚同情的信，令我在你面前画我心上的口供。然而你不准难受，也不准皱眉头，更不要替我不安。我这样生活，如目下，是很快乐的，是很可自慰的。有朝一日你们都云散各方，遗弃忘掉我时，我自己也会孤寂的在生与死的路上徘徊。朋友！你不要太为我想罢！我是一切都完了的人，只有我走完我的途径，就回到永久去的地方了。我只祷告预祝弟弟们、妹妹们、朋友们桃色的梦甜蜜罢！大概所谓新生命，就是从我一年前沉郁烦结的生活中，到如今漫无边际、浪漫快活的生活中的获得。我已寻到了，朋友！我还有什么新生命？

　　"忘掉它"，我愿努力去忘掉它，但到我不能忘掉的时候，朋友！你不要视为缺憾罢！

　　一溜笔，写了这许多，赶快收住。

　　从此我们不提这些话罢！我是愿你们不要知道我夜里是如何过去的，

我只要你们知道我白天是如何忙碌和快活才好。在幸福如你朋友面前，我更不愿提及这些不高兴的话，原谅我这一次罢！

写到此，不写了。写下去是永不完的。告诉你我一年多了，未曾写给人这样真诚而长的信，这样赤裸地把心拿出来写这长的信，朋友！愿你接收了梅姊今夜为了你的真诚所挥洒的眼泪！

愿人间那些可怕的隔膜、误会永远不到我们中间来，因之，我这封信是毫无顾忌，毫无回避地写的，是我感谢这冷酷、残忍、无情的人间一颗可爱的亮星而写的。昨夜写到这里我睡了，今朝，酒已醒了，便想捺住不投邮，又想何必令你失望呢。朝霞现在映着我的脸，我心里很快活呢！

梅

十五年十一月十八日晨

佳作点评

在石评梅的一生里，有两段恋情令她刻骨铭心。一段是刚到北京时的初恋，还有就是轰动一时的"评宇恋"。

作为早期的学生运动领袖，高君宇在组织学生活动中结识石评梅，并为她所深深吸引，为了表达自己的心意，他在红叶上手书，"满山秋色关不住，一片红叶寄相思"，不料被初恋伤透的石评梅拒绝了他。但此后高石二人仍保持了深厚的情谊，直到高积劳成疾去世，石才彻底明了和接受了高的爱情，无奈已是天人相隔，此后的石评梅便时刻沉浸在对高君宇的思念中。"孤清的梅仍幽灵似的在这地球上极无聊地生存着。""我是不能在人前骄傲的，我所能骄的，只有陶然亭畔那抔黄土。""朋友！愿你接收了梅姊今夜为了你的真诚所挥洒的眼泪！"

高君宇逝世后的第三年，石评梅也随他而去。根据石的遗愿，他们一起被合葬在陶然亭旁，墓碑上刻"春风青冢"四字。

玫瑰的刺

□［中国］庐隐

当然一个对于世界看得像剧景般的人，他最大的努力就是怎样使这剧景来得丰富与多变化，想使他安于任何一件事，或一个地方，都有些勉强。我的不安于现在，可说是从娘胎里来的，而且无时无刻不想把这种个性表现在各种生活上——我从小就喜欢飘萍浪迹般的生活，无论在什么地方住上半年就觉得发腻，总得想法子换个地方才好。当我中学毕业时虽然还只有十多岁的年龄，而我已开始撇开温和安适的家庭去过那流浪的生活了。记得每次辞别母亲和家人，独自提着简单的行李奔那茫茫的旅途时，她们是那样觉得惘然惜别；而我呢，满心充塞着接受新刺激的兴奋，同时并存着一肩行李两袖清风，来去飘然的情怀。所以在一年之中我至少总想换一两个地方——除非是万不得已时才不。

但人间究竟太少如意事，我虽然这样喜欢变化，而在过去的三四年中，我为了生活的压迫，曾经俯首帖耳在古城中度过。这三四年的生活，说来太惨，除了吃白粉条，改墨卷，做留声机器以外，没有更新鲜的事了，并且天天如是，月月如是，年年如是。唉！在这种极度的沉闷中，我真耐不住了。于是，决心闯开藩篱打破羁勒，还我天马行空的本色，狭小的人间世界,我不但不留意了,也再不为它的职权所屈服了。所以在过去的一年中,我是浪迹湖海——看过太平洋的汹涛怒浪,走过繁嚣拥挤的东京,流连过西湖的绿漪清波。这些地方以西湖最合我散荡的脾胃,所以毫不勉强地在那里住了七个多月,可惜我还是不能就那样安适下去,就是这七个月中我也曾搬了两次家。

第一次住在湖滨——那里的房屋是上海式的鸽子笼,而一般人或美其名叫洋房。我们初搬到洋房时,站在临湖的窗前,看着湖中的烟波、山上的云霞,曾感到神奇变化的趣味,等到三个月住下来,顿觉得湖山无色,烟波平常,一切一切都只是那样简单沉闷,这个使我立刻想到逃亡。后来花了两天工夫,跑遍沿湖的地方,最终在一条大街的弄堂里,发现了一所颇为幽静的洋房;这地方很使我满意,房前有一片苍翠如玉的桑田,桑田背后漾着一湾流水。这水环绕着几亩禾麦离离的麦畦;在热闹的城市中,竟能物色到这种类似村野的地方:早听鸡鸣,夜闻犬吠,使人不禁有世外桃源之想。况且进了那所房子的大门,就看见翠森森一片竹林,在微风里摇掩作态;五色缤纷的指甲花、美人蕉、金针菜和牵牛、木槿都历历落落布满园中;在万花丛里有一条三合土的马路,路旁种了十余株的葡萄,路尽头便是那宽畅又整洁的回廊。那地方有八间整齐的洋房,绿阴阴的窗纱,映了竹林的青碧,顿觉清凉爽快。这确是我几年来过烦了死板的繁嚣的生活,而想找得的一个休息灵魂的所在。尤其使我高兴的是,门额上书着"吾庐"两个字,高人雅士原不敢希冀,但有了正切合我脾味的这个所在,谁管得着是你的"吾庐",或是他的"吾庐"?暂时不妨算是我的"吾庐",我就暂且隐居在这里,何不算幸运呢?

在"吾庐"也仅仅住了一个多月,而在这一个多月中,曾有不少值得记忆的片段,这些片段正像是长在美丽芬芳的玫瑰树上的刺,当然有些使接触到它的人们,感到微微的痛楚呢!

佳作点评

庐隐是早年与冰心齐名的女作家,受生活环境的影响,她过早地感受了世态炎凉,从而养成了孤傲的心理和叛逆的性格,她说:"我的不安于现在,可说是从娘胎里来的,而且无时无刻不想把这种个性表现在各种生活上——我从小就喜欢飘萍浪迹般的生活……所以在一年之中我至少总想换一两个地方……"

在这篇没有过多讲究写作技巧的小文中,我们可以感受得到庐隐的纯朴和可爱,她在给我们描述她的心,描述一个一直在焦虑地寻找自己归宿的庐隐……

恋爱不是游戏

□［中国］庐隐

没有在浮沉的人海中翻过筋斗的和尚，不能算善知识；没有受过恋爱洗礼的人生，不能算真人生。

和尚最大的努力，是否认现世而求未来的涅槃，但他若不曾了解现世，他又怎能勘破现世，而跳出三界外呢？

而恋爱是人类生活的中心，孟子说："食色，性也。"所谓恋爱正是天赋之本能。如一生不了解恋爱的人，他又何能了解整个的人生？

所以凡事都从学习而知而能，只有恋爱用不着学习，只要到了相当的年龄，碰到合式（适）的机会，他和她便会莫名其妙地恋爱起来。

恋爱人人都会，可是不见得人人都懂，世俗大半以性欲伪充恋爱，以游戏的态度处置恋爱，于是我们时刻可看到因恋爱而不幸的记载。

实在的恋爱绝不是游戏，也绝不是堕落的人生所能体验出其价值的，它具有引人向上的鞭策力，它也具有伟大无私的至上情操，它更是美丽的象征。

在一双男女正纯洁热爱着的时候，他和她内心充实着惊人的力量，他们的灵魂是从万有的束缚中，得到了自由，不怕威胁，不为利诱，他们是超越了现实，而创造他们理想的乐园。

不幸物欲充塞的现世界，这种恋爱的光辉，有如萤火之微弱，而且"恋爱"有时适成为无知男女堕落之阶，使维纳斯不禁深深地叹息："自从世界人群趋向灭亡之途，恋爱变成了游戏，哀哉！"

佳作点评

庐隐（1898—1934），福建闽侯人，女作家。著有散文小说集《灵海潮汐》等。

这是一篇关于恋爱的美文。作者特别强调恋爱的极端重要性，"恋爱是人类生活的中心"，接着对以性欲伪充恋爱的行为进行了批驳。在作者看来，恋爱是"伟大无私的至上情操""美丽的象征"，这样庄严而美妙的事情绝不是什么游戏，她是超越了现实利益的，也是不惧威胁和利诱的。文章虽然不长，但内涵丰富，读来发人深思。

爱流汐涨

□ [中国] 许地山

月儿的步履已踏过嵇家的东墙了。孩子在院里已等了许久,一看见上半弧的光刚射过墙头,便忙忙跑到屋里叫道:"爹爹,月儿上来了,出来给我燃香罢。"

屋里坐着一个中年的男子,他的心负了无量的愁闷。外面的月亮虽然还像去年那么圆满,那么光明,可是他对于月亮的情绪就大不如去年了。当孩子进来叫他的时候,他就起来,勉强回答说:"宝璜,今晚上不必拜月,我们到院里对着月光吃些果品,回头再出去看看别人的热闹。"

孩子一听见要出去看热闹,更喜得了不得。他说:"为什么今晚上不拈香呢?记得从前是妈妈点给我的。"

父亲没有回答他。但孩子的话很多,问得父亲越发伤心了。他对着孩子不甚说话,只有向月不歇地叹息。

"爹爹今晚上不舒服么?为何气喘得那么厉害?"

父亲说:"是,我今晚上病了。你不是要出去看热闹么?可以叫素云姐带你去,我不能去了。"

素云是一个年长的丫头。主人的心思、性地,她本十分明白,所以家里无论大小事几乎是她一人主持。她带宝璜出门，到河边看看船上和岸上各样的灯色，便中就告诉孩子说："你爹爹今晚不舒服了，我们得早一点回去才是。"

孩子说："爹爹白天还好好地，为何晚上就害起病来了？"

"唉，你记不得后天是妈妈的百日吗？"

"什么是妈妈的百日？"

"妈妈死掉，到后天是一百天的工夫。"

孩子实在不能理会那"一百日"的深密意思，素云只得说："夜深了，咱们回家去罢。"

素云和孩子回来的时候，父亲已经躺在床上，见他们回来，就说："你们回来了。"她跑到床前回答说："我们回来了。晚上大哥儿可以和我同睡，我招呼他，好不好？"

父亲说："不必。你还是睡你的罢。你把他安置好，就可以去歇息，这里没有什么事。"

这个七岁的孩子就睡在离父亲不远的一张小床上。外头的鼓乐声和树梢的月影，把孩子飐得不能睡觉。在睡眠的时候，父亲本有命令，不许说话，所以孩子只得默听着，不敢发出什么声音。

乐声远了，在近处的杂响中，最刺激孩子的就是从父亲那里发出来的啜泣声。在孩子的思想里，大人是不会哭的，所以他很诧异地问："爹爹，你怕黑么？大猫要来咬你么？你哭什么？"他说着就要起来，因为他也怕大猫。

父亲阻止他，说："爹爹今晚上不舒服，没有别的事。不许起来。"

"咦，爹爹明明哭了！我每哭的时候，爹爹说我的声音像河里水声㳠㳠㳠㳠地响；现在爹爹的声音也和那个一样。呀，爹爹，别哭了。爹爹一哭，叫宝璜怎能睡觉呢？"

孩子越说越多，弄得父亲的心绪更乱。他不能用什么话来对付孩子，只说："璜儿，我不是说过，在睡觉时不许说话么？你再说时，爹爹就不疼你了。好好地睡罢。"

孩子只复说一句："爹爹要哭，叫人怎样睡得着呢？"以后他就静默了。

这晚上的催眠歌，就是父亲的抽噎声。不久，孩子也因着这声就发出微细的鼾息，屋里只有些杂响伴着父亲发出哀音。

佳作点评

许地山是中国现代小说家、散文家、"五四"时期新文学运动先驱者之一。他的文字朴实无华，叙述中带着感情，不知不觉中就把人带入了一个情感的世界里。

文章描写的是一个新近丧偶的人，在本应团圆的中秋节却迎来了自己妻子的百日。触景生情，他的心底充满了凄凉和感伤。作家没有直面描写丈夫如何，而是通过孩子今年中秋不同于往年的感觉，来衬托父亲对母亲的思念，读来让人涕下。

月朦胧，鸟朦胧

□［中国］朱自清

他的情韵风怀，原是这样的哟！朦胧的岂独月呢，岂独鸟呢？但是，咫尺天涯，叫我如何耐得？我拼着千呼万唤，你能够出来么？

这是一张一尺多宽的小小的横幅，马孟容君画的。上方的左角，斜着一卷绿色的帘子，稀疏而长；当纸的直处三分之一，横处三分之二。帘子中央，着一黄色的，茶壶嘴似的钩儿——就是所谓软金钩么？"钩弯"垂着双穗，石青色；丝缕微乱，若小曳于轻风中。纸右一圆月，淡淡的青光遍满纸上；月的纯净，柔软与平和，如一张睡美人的脸。从帘上端向右斜伸而下，是一枝交缠的海棠花。花叶扶疏，上下错落着，共有五丛；或散或密，都玲珑有致。叶嫩绿色，仿佛掐得出水似的；在月光中掩映着，微微有浅深之别。花正盛开，红艳欲流；黄色的雄蕊历历的、闪闪的，衬托在丛绿之间，格外觉得娇娆了。枝欹斜而腾挪，如少女的一只臂膊。枝上歇着一对黑色的八哥，背着月光，向着帘里。一只歇着的高些，小小的眼儿半睁半闭的，似乎在入梦之前还有所留恋似的。那低些的一只别过脸来对着这一只，已缩着颈儿睡了。帘下是空空的，不着一些痕迹。

试想在圆月朦胧之夜，海棠是这样的妩媚而嫣润；枝头的好鸟为什么却双栖而各梦呢？在这夜深人静的当儿，那高踞着的一只八哥儿，又为何尽撑着眼皮儿不肯睡去呢？他到底等什么来着？舍不得那淡淡的月儿么？舍不得那疏疏的帘儿么？不，不，不，您得到帘下去找——您该找着那卷帘人了？他的情韵风怀，原来是这样的哟！朦胧的岂独月呢，岂独鸟呢？但是咫尺天涯，叫我如何耐得？我拼着千呼万唤，你能够出来么？

这页画布局那样经济，设色那样柔和，故精彩足以动人。虽是区区尺幅，而情韵之厚，已足沦肌浃髓而有余。我看了这画，霍然而惊；留恋之怀，不能自已。故将所感受的印象细细写出，以志这些因缘。但于中西的画都是门外汉，所说的话不免为内行所笑——那也只好由他了。

佳作点评

"月朦胧鸟朦胧"，这是一句经常被人引用的名句，当我们阅读这篇朱自清的观画所感的美文时，想必一定会深深地被其中的美景所吸引吧。

作为中国现代著名的散文家，朱自清的文章一直备受喜爱，他的文字朴素清新、自然流畅、隽永神秀，有一种"清水出芙蓉"的感觉，这篇文章更是情景交融，充满诗情画意。

择偶记

□ [中国] 朱自清

　　自己是长子长孙，所以不到十一岁就说起媳妇来了。那时对于媳妇这件事简直茫然，不知怎么一来，就已经说上了。是曾祖母娘家人，在江苏北部一个小县份的乡下住着。家里人都在那里住过很久，大概也带着我，只是太笨了，记忆里没有留下一点影子。祖母常常躺在烟榻上讲那边的事，提着这个那个乡下人的名字。起初一切都像只在那白腾腾的烟气里。日子久了，不知不觉熟悉起来了，亲昵起来了。除了住的地方，当时觉得那叫作"花园庄"的乡下实在是最有趣的地方了。因此听说媳妇就定在那里，倒也仿佛理所当然，毫无意见。每年那边田上有人来，蓝布短打扮，衔着旱烟管，带好些大麦粉、白薯干儿之类。他们偶然也和家里人提到那位小姐，大概比我大四岁，个儿高，小脚，但是那时我热心的其实还是那些大麦粉和白薯干儿。

　　记得是十二岁上，那边捎信来，说小姐痨病死了。家里并没有人叹惜，大约他们看见她时她还小，年代一多，也就想不清是怎样一个人了。父亲其时在外省做官，母亲颇为我亲事着急，便托了常来做衣服的裁缝做媒。为的是裁缝走的人家多，而且可以看见太太小姐。主意并没有错，裁缝来说一家人家，有钱，两位小姐，一位是姨太太生的，他给说的是正太太生的大小姐。他说那边要相亲。母亲答应了，定下日子，由裁缝带我上茶馆。记得那是冬天，到日子母亲让我穿上枣红宁绸袍子，黑宁绸马褂，戴上红帽结儿的黑缎瓜皮小帽，又叮嘱自己留心些。茶馆里遇见那位相亲的先生，方面大耳，同我现在年纪差不多，布袍布马褂，像是给谁穿着孝。这个人倒是慈祥的样子，不住地打量我，也问了些念什么书一类的话。回来裁缝说人家看得很细：说我的"人中"长，不是短寿的样子，又看我走路，怕脚上有毛病。总算让人家看中了，该我们看人家了。母亲派亲信的老妈子去。老妈子的报告是，大小姐个儿比我大得多，坐下去满满一圈椅，二小姐倒苗苗条条的。母亲说胖了不能生育，像亲戚里谁谁谁，教裁缝说二小姐。那边似乎生了气，不答应，事情就摧了。

母亲在牌桌上遇见一位太太，她有个女儿，透着聪明伶俐。母亲有了心，回家说那姑娘和我同年，跳来跳去的，还是个孩子。隔了些日子，便托人探探那边口气。那边做的官似乎比父亲的更小，那时正是光复的前年，还讲究这些，所以他们乐意做这门亲。事情已到九成九，忽然出了岔子。本家叔祖母用的一个寡妇老妈子熟悉这家子的事，不知怎么教母亲打听着了。叫她来问，她的话遮遮掩掩的。到底问出来了，原来那小姑娘是抱来的，可是她一家很宠她，和亲生的一样，母亲心冷了。过了两年，听说她已生了痨病，吸上鸦片烟了。母亲说，幸亏当时没有定下来。我已懂得一些事了，也这么想着。

光复那年，父亲生伤寒病，请了许多医生看。最后请着一位武先生，那便是我后来的岳父。有一天，常去请医生的听差回来说，医生家有位小姐。父亲既然病着，母亲自然更该担心我的事。一听这话，便追问下去。听差原只顺口谈天，也说不出个所以然。母亲便在医生来时，教人问他轿夫，那位小姐是不是他家的。轿夫说是的。母亲便和父亲商量，托舅舅问医生的意思。那天我正在父亲病榻旁，听见他们的对话。舅舅问明了小姐还没有人家，便说，像×翁这样的人家怎么样？医生说，很好呀。话到此为止，接着便是相亲，还是母亲那个亲信的老妈子去。这回报告不坏，说就是脚大些。事情这样定局，母亲教轿夫回去说，让小姐裹上点儿脚。妻嫁过来后，说相亲的时候早躲开了，看见的是另一个人。至于轿夫捎的信儿，却引起了一段小小风波。岳父对岳母说，早教你给她裹脚，你不信，瞧，人家怎么说来着！岳母说，偏偏不裹，看他家怎么样！可是到底采取了折中的办法，直到妻嫁过来的时候。

佳作点评

民国时代虽然终结了封建王朝的统治，但一些旧的传统观念和习俗仍然留存下来，而为尚未成年的孩子找媳妇、找婆家，仍然十分盛行。朱自清正好处于那个时代，年仅十一岁的他就开始被家里人安排"相亲"了。作者以生动的文笔记叙了自己从相亲到最后娶妻的主要经过：最先说定的"媳妇"因病早逝；相的第二个女子太胖，家里人不同意；第三个女子因为是抱养来的，家里人也不同意；直到第四个才算成功。而在整个相亲、定亲过程中，男女双方基本没有任何选择和决定的权利，全是家长做主。传统婚姻中对青年男女权利的漠视、对人性的摧残可谓残酷。

萧伯纳的夫人

□［中国］邹韬奋

英国的萧伯纳是现代的一位名震世界的文学家，他幼年对于自己个性及特长之爱惜，与后来投身社会之奋斗生涯，记者曾两次为文叙述其概略。诚以一个人在学问或事业上真能有所树立，闻者往往眩于他的声誉震动寰宇，但见其光耀境域，而初未想到天下无不劳而获的真正学问，无不劳而获的真正事业，此种光耀境域的底面，实含有艰苦困难的处境，咬紧牙根的努力，所以像萧伯纳那样的经历，很值得我们的注意。我现在要谈谈这位文豪的家庭，所以要接着做这篇短文，把萧伯纳夫人之为人，介绍给读者诸君。

萧伯纳夫人在未嫁以前是平汤馨女士（Charlotte Frances Pagne-Townshend），对于社会服务非常尽力，所以关于社会改造的各种运动，她无不用全副精神参加。她富有组织的能力和管理的能力，但她不喜欢出风头，因此在实地去做的方面常看见她在那里欣欣然，尽其心力地干，而在报纸上和可以吸引公众注意的场所，却不大看见她的名字和踪迹。

她遇着萧伯纳和他做朋友的时候，老萧还是一个无名小卒，还是一个正在努力竞存的新闻记者，但是她已经很敬重他的才学，很敬重他的为人。有一次萧伯纳因意外受伤，一病几至不起，由女士尽心看护，竟获痊愈。痊愈后，他感于女士的情谊，就在1898年和女士结婚，得女士的鼓励和安慰，使他能够弃新闻业而专心致志于他天性及特长所近的事业——戏剧的著作。当时萧伯纳已经四十二岁了。有志努力的人，四十二岁也还是可以努力的，不怕迟；年纪更小于此的，更是不必自馁了。所最可怕的是年未老而精神先老、体格先老、志气先老，那就虽然不是"老朽"，却已是"朽木不可雕也"的青年或壮年，实际上已成了"青朽"或"壮朽"了。

萧伯纳至今谈起他们俩举行结婚礼时候的一段笑话，还笑不可抑。据他说，当时他们俩的婚礼是定在一个注册局里举行的。他预先在许多朋友里面请定两位做证人，这两位之中有一位就是很著名的社会哲学家瓦勒斯（Graham Wallas）。他们这两位朋友逢此盛会，都把最好的衣服穿在身上，比那天的新郎不知道好了多少，因为当时的萧伯纳所有的衣服，简直没有一件够得上"最好的"形容词。那位新郎虽在那里起劲得很，但是那位准备主持婚礼的注册办事员却不以为他是新郎，所以当行礼的时候，证人和新郎新娘立在一起，那位注册办事员开口执行主婚的当儿，竟把眼睛望着那位一身穿着"最好的"衣服的瓦勒斯，险些儿把平汤馨女士嫁给他！这个错误当然立刻即被纠正，但当时的那幕情景却令人发噱。

萧伯纳夫人是一位妩媚悦人、蔼然可亲的女子，她温柔和善的性情和态度，凡是遇着她的人，没有不受感动的。她幽默的天性和萧伯纳一样，无论她的家庭在伦敦的什么地方——从前在伦敦的爱德尔飞（Adrlphi），最近在伦敦的怀德荷（Whitehall）——那个地方的许多朋友以及他们的家庭都觉得她的感化力之伟大。

萧伯纳夫人对于自己家庭的布置安排，异常的简静而合于美术。这种和谐的环境，愈益引起萧伯纳的文思。这种和谐的环境，任何人的躁急性子都要被它所融化。

萧伯纳夫人是她丈夫的亲密伴侣。她对于他的事业，对于他的思想，具有十分的热诚与同情，无时不在那里协助他、鼓励他、安慰他。她所以能成为她丈夫的同情伴侣，尤其因为她自己也是有文学的天才，不过因为她丈夫的盛名而掩蔽了不少。

萧伯纳夫人对于英国舞台上的文学，有一个很重要的大贡献，便是她不畏艰难地把法国的著名戏剧家白利欧 (Eugene Brieux) 的剧本介绍到英国来。她敬重白利欧的剧本，好像她丈夫有一时敬重易卜生 (Henrik Ibsen, 1828-1906，挪威的著名戏剧家及诗人) 的剧本一样。白利欧也是一位社会改造家，他有勇气批评近世文明里的缺点，以及历代相传视为当然的许多问题。萧伯纳夫人自己也是一位社会改造家与理想家，所以对白利欧的著作很表同情，就把他的许多名著，由法文译成英文，译本畅达流利，声誉鹊起。同时因为她自己也是英国舞台协会执行委员之一，用许多方法劝请审查委员会允许白利欧的剧本在英国舞台上演，起初有许多人反对，后来终因她的毅力主持获得胜利。

平汤馨女士是萧伯纳的活泼的、同情的伴侣，萧伯纳在近代文坛上的声誉，在促成他成功的要素里面，这位贤夫人的力量不小。她替世界上成全了这样一位文学家，这不仅是她自己对于丈夫的事情，也不仅是她自己对于丈夫的贡献。

佳作点评

"一个成功男人的背后一定有一个默默奉献的女人。"邹韬奋的这篇文章就告诉了我们这个道理。

提起萧伯纳几乎无人不知，但说到他的夫人，人们的印象仅局限于萧伯纳夫人这个光环了，但事实上，这位一直默默奉献的女士，同样具有"组织的能力和管理的能力"，也是一位"文学的天才"。

她把白利欧的剧本介绍到了英国，丰富了英国的文学创作。

作者的这篇文章发表于以"暗示人生修养，唤起服务精神，力谋社会改造"为宗旨的《生活》周刊，表达了他一贯的对社会问题的关注和探讨，反映了他致力于妇女解放的追求和理想。

珍珠耳坠子

□［中国］胡也频

一天下午，在富绅王品斋家里忽然发生了一件事情。这事情发生的原因是：当这个富绅用快活的眼睛看他所心爱的第三姨太太时候，无意中却发现在那娇小的脸旁边，在那新月形的耳朵底下，不见了一只珍珠耳坠子。他开始问："看你，还有一只耳坠子呢？"

姨太太正在低着头，用小小的洋剪子剪她小小的指甲，她好像还在思想着什么。

"看你，"他又问："还有一只耳坠子呢？"她斜斜地仰起头，看他，一面举起手儿去摸耳朵。"在哪边？"她含笑地问他。

"左边。"

证明了，她的脸色就现出寻思和踌躇起来。"怎么……"她低声地自语。

他用一种等待回答的眼光看她。

她开始向化妆台上，衣柜上，茶几上，……这间房子里面的东西全溜望过了，然而都不见，并且她用力去思索也没有影响，她是完全不知究竟这耳坠子是失落在何处。于是，一种恐惧的观念就发生了，她的心头怯怯地担负着很重的忧虑。因为，像这一对珍珠耳坠子，纵不说价值多少，单凭那来源和赠与，就够她很多的不安了。她知道，倘若这耳坠子真个不见了一只，为了金钱和好意两方面，她的这位重视物质的老爷，纵喜欢她，也一定要发气了，这场气又得亏她好久的诌媚，撒娇，装气，以及设想另一种新鲜样儿去服侍，去满足他的快乐。这是怎样为难的苦事！其次，为了这对耳坠子，在两个星期前，她还和正太太和二姨太生了争执，费了很大的力气才得到胜利，可是现在把它丢了，这不消说，是使她们嘲弄和讥笑的。还有在她自己爱俏的心理上面，忽然损失了一件心爱的装饰品，也是很惆怅，郁郁的，很不快乐。因为以上的种种缘故，她的心里又忧又苦恼又焦灼，脸色就变了样儿。她许久在踌躇着。

她的老爷却又追问她："怎么，真的不见了么！"这声音，显然是有点气样了。

"是的！"她想回答，可是她不敢，未来的一种难堪的情景展布在她眼前，使她害怕了。

她想，假使说是无缘无故的丢了，这是不行的，因为这一来，那各种的诃责和讥笑是怎样忍受呢？

"那么，"她悄悄地计划道，"我不能忍受那样的诃责和讥笑，我应该撒一谎……"于是她端正一下脸儿，作了一种记忆的样式，把眼光凝望到脸盆架上。

"怎么，真个丢了么？"

关于这声音，这一次，她已经不像先前那样的局促；她是有了把握了，爽利的回答："丢了，"她说，"不会吧，我刚才洗脸时候，放在这上面……"手指着脸盆架上的胰子盒旁边。

"那，那不会丢。"她的老爷有点喜色了；接上说，"找一找看……"

她就站起来，走过去，装作十分用心的寻觅了一会，就诧异的，疑惑的自语说："不见了……奇怪！"

"怎么就会不见呢,放在这儿?"她接着说。其实在她心里,却觉得有一种自欺自骗的可笑意思。

她的老爷刚刚现出的喜色又变样了,近乎怒,声音急促的问:"真丢了?放在这儿么?岂有此理!"

"记得清清白白的……"

"有人来过么?"

这句话,忽提醒了她,于是一种卸责的方法她就想到了,她故意低下脸儿,作寻思模样。

过了一会儿,她说:"除了小唐,没有别人来;陈妈吴妈她们都在外面……"她觉得老妈子们都年纪大,怕会争辩,而小唐却是哑巴嘴,易于诬赖的。

所谓小唐,那是一个小孩子,十六岁了,他的矮小却只能使人相信是十二岁,他是王老爷的乳妈的孙儿。这个老妇人在三年前的一天死了。当她还有感觉的时候,她凭了自己在中年时所牺牲的乳浆和劳苦,她带点眼泪的把小唐送到王家来,作点轻便的差事,算是小厮吧。因为她的儿子当兵去,一离家就没有消息;媳妇呢,是渐渐地不能安居,到外面去和男人勾搭,终于不明言的坦然结伴去了。……这小唐,在他祖母死前半年的那天,也像一匹羊,就送到王家来了。虽说他是来当小厮,但无事可做,却成了同事们的一件极妙的开心物件,因为关于他母亲的故事便是最好给人家取笑的资料;可是因他的模样小,又老实,王老爷就常常叫来吹纸媒子,侍候水烟袋。……

只要王老爷在家里,他便常常进到内房来。

这时,为了珍珠耳坠子,这个姨太太却想到他。

然而王老爷却回答:"小唐?不会吧,他很老实的!"

"那么,没有别的人进来,我的耳坠子怎么会不见呢?"

这自然是一个很充足的理由。王老爷不说话了,他开始呼唤用人们。

连续进来的，是三个老妈子。她们知道了这件事，为了地位和自私心，都极力的摆脱去自己，又殷殷勤勤地在房子里盲目的乱找，一面像叹息又像是诅咒般的低声小语。

"不用找了！"她说，"陈妈，你去叫小唐来，这自然是他——"脸上，显然是充满着怒气了。

不久，一个只像十二岁模样的小孩子默默地跟着陈妈走来，他似乎已知道了这不幸的消息，神色全变了，眼睛发呆，两只手不知着落的在腿边觳觫。他费了很大的力气才跨过门槛，进了房。

看情形，他害怕了，怯怯地紧站在门后边。

"小唐，"王老爷对他说，"你刚才在这儿，你看见那脸盆架上，姨太的一只珍珠耳坠子么？"声音虽然很平和，可是眼光却极其严厉。

他吓慌了，连连地摇起头。

"说出来，不要紧的！"姨太好像忘记了是诬赖，当真样说出类乎审判官的口吻了。

"对了！"王老爷同意她的话。"你拿出来，就算了，什么事也没有。"

"拿出来，不要紧的！"陈妈也插嘴。

"拿出来。不要紧的！"其余的人都附和。

然而小唐被这样严重的空气给压住了，他不但害怕，简直是想哭了。他不知道应该说出怎样的话。

"不说么？想赖，那是不行的，只有你一个人在这儿——自然是你！"

像这类考究的话，姨太太，王老爷，老妈子，他们把各种的恐吓，温和，严厉，以及诱惑，全说过了，可是小唐却始终紧紧地站在门后边，没有回答。因此，由贼人胆虚的原则，看小唐那样的恐慌，王老爷就把这罪犯确定了。他最后怒声的说："小唐，你再不说话，拿出来，我就叫人用皮鞭子抽你五十下了！"

"皮鞭子！"这三个字的声音真像一把铁锤，在小唐的心上痛击了。

他不禁地战栗起来。因为，在平常，当年纪大力气大的同事们拿他作乐的时候，他们曾常常舞动过这皮鞭子，有时故意的落到他身上，纵不曾用力，却也使他经过了两三夜，还觉得痛。现在，忽然听见主人家要抽他五十下这皮鞭子，想起那样痛，他的全身的骨骼都几乎发了松，他哭了，眼泪像大颗的汗珠般连着滚下。

因了哭，王老爷更发怒了，他的暴躁像得了狂病。

"滚去！"他粗声喝道："滚去……这不成器东西。"同时，他又转脸向吴妈说，"把这坏东西带去，叫刘三抽他五十下皮鞭！哼……"

小唐想争辩，但又害怕，他知道这件事是冤枉，是一种诬害，然而怎样说呢？他战栗着！

"不是我……"他全身的力量都放在这上面了。

然而没有一个人理会他，吴妈并且走近来，拉他走；可是他站着，怯怯的，却又像钉在门上似的紧挨着。"滚！快滚……"王老爷的怒气更盛。

小唐发怔了，他好像没有意志似的随着吴妈走出去，眼泪便不住的代表他的诉苦。

"真可气……"姨太太还唧哝着。

"都是你，"王老爷却埋怨，"要不放在那上面，怎么会丢呢？"

"这孩子近来学坏了，好像刘三他们说，他常常跑到小庆街，在江苏会馆门前赌摊了……"也不知是讨好，还是幸灾乐祸，但多半总是为夸张自己吧，陈妈忽带点笑意的说。

"自然是他——"

"丢了看你怎么办？"

"你再买一对给我就是了。"

"再买？那里有这许多钱！就是再买，横直老大和老二她们，也是要说闲话的。"

"我不怕；让她们说去好了……"

在对话中，从外院，忽然传来了隐隐的哭声，这自然正是小唐挨着皮鞭子。

虽说房子里严重的空气稍变成温和，可是这一件的事情总未结束，大家都还各有所思。在王老爷的心中，他非常懊恼地想着耳坠子的价值是三百元。姨太太却挂念那正太太和二姨太的嘲弄和讥笑。老妈子们，那不消说，她们是悄悄地感到侥幸，以及设想更完全的方法，免掉这件事的干系。

在很久的时间中，这一家人几乎是这样的混过。

到夜里，在小唐被逐出大门外去睡觉的时候，姨太太照常样，服侍她的老爷到床上，老爷因体弱而先睡了。她忽然在枕头底下，发现了那只珍珠耳坠子。这时，她不禁暗暗地失笑，她想到这只小东西，一定是在昨夜的疯狂中，不知觉地丢下来的……

耳坠子得着了，这自然可免掉那嘲弄和讥笑，并且又有了一件心爱的装饰品，老爷也欢喜了。

想着，快乐着，但一种属于淫欲过度的疲倦，终把她引到睡梦去。

佳作点评

胡也频，"左联五烈士"之一。早年的流浪生活影响到了他的创作，他的作品反映了旧社会的黑暗，国人的愚昧落后和悲惨遭遇。

在这篇文章中，他讲述了一个故事，由于一个珍珠耳坠子的丢落，怕老爷生气，也怕正室的讥讽嘲笑，姨太太诬陷一个小仆人偷了，而其他的下人为了各自的目的也成了帮凶，当无辜的孩子被赶出家门的时候，这个失落的坠子却在不经意间出现了。这个故事结构简单，但其中所表现的人性的自私和冷酷却令人震撼。

两个家

□ [中国] 夏丏尊

"呀,你几时出来的?夫人和孩子们也都来了吗?前星期我打电话到公司去找你,才知道你因老太太的病,忽然变卦,又赶回去了,隔了一日,就接到你寄来的报丧条子。你今年总算够受苦了,从五月初上你老太太生病起,匆匆地回去,匆匆地出来,据我所知道的,就有四五次,这样大旱的天气,而且又带了家眷和小孩,光只川费一项也就可观了吧。"

"唉,真是一言难尽!这回赶得着送老太太的终,几次奔波还算是有意义的。"

"现在老太太的后事,想大致舒齐了吧。"

"那里!到了乡间,就有乡间的排场,回神啊、二七啊、五七啊、七七啊,都非有举动不可,我想不举动,亲戚本家都不答应。这次头七出殡,间壁的二伯父就不以为然,说不该如是草草。家里事情正多哩,公司里好几次写快信来催,我只好把家眷留在家里,独自先来,隔几天再赶回去。"

"那么还要奔波好几趟呢。唉!像我们这样在故乡有老家的人,不好吃都市饭,最好是回去捏锄头。我们现在都有两个家,一个家在都市里，是亭子间或是客堂楼、厢房间，住着的是自己夫妇和男女。一个家在故乡，是几开间几进的房子，住着的是年老的祖父、祖母、父母和未成年弟妹。因为家有两个的缘故，就有许多无谓的苦痛要受到。像你这回的奔波，就是其中之一啊。"

"奔波还是小事，我心里最不安的，是没有好好地尽过服侍的责任。老太太病了这几个月，我在她床边的日子合计起来，不满一个星期。在公司里每日盼望家信，也何尝不刻刻把心放在她身上，可是于她有什么用呢。"

"这就是家有两个的矛盾了。我们日常不知，可因此发生多少的矛盾，譬如说，我和你是亲戚，照礼，老太太病了，我应该去探望；故了，应该去送殓送殡，可是我都无法去尽这种礼。又譬如说，上坟扫墓是我们中国的牢不可破的旧礼法。一个坟头，如果每年没有子孙去祭扫，就连坟头也要被人看不起的。我已有好几年不去扫墓了，去年也曾想去，终于因为离不开身，没有去成。我把家眷搬到都市里，已十多年了，最初搬家的原因是因为没有饭吃，办事的地方没有屋住，当时我父母还在世，也赞同我把妻儿带在身边住。不过背后却不免有'养儿子是假的'的叹息。我也曾屡次想接老父老母出来同居，一则因为都市里房价太贵，负担不起，而且都市的房子也不适宜于老年人居住。二则因为家里有许多房子和东西，也不好弃了不管，终于没有实行。迁延复迁延，过了几年，本来有子有孙的老父老母先后都在寂寞的乡居生活中故世了。你现在的情形，和我当日一样。"

"老太太在日，我每年总要带了妻儿回去一次，她见我们回去，就非常快乐，足见我们不在她身边的时候，她是寂寞不快的。现在老太太死了，我越想越觉得难过。"

"像我们这种人，原不是孝子，即使想做孝子，也不能够。如果用了'晨昏定省''汤药亲尝'等等的形式规矩来责备，我们都是犯了不孝之罪的。岂但孝呢，悌也无法实行。我常想，中国从前的一切习惯制度，都是农业社会的产物，我们生活在近代工商社会的人，要如法奉行，是很困难的。大家以农为业，父母子女兄弟天天在一处过活，对父母可以晨昏定省，可以汤药亲尝，对兄弟可以出入必同行，对长者可以有事服其劳。扫墓不必化川资，向公司告假。如果是士大夫，那么有一定的年俸，父母死了，还可以三年不做事，一心住在家里读礼守制。可是我们已经不能一一照做。一方面这种农业社会的习惯制度还遗存着势力，如果不照做，别人可以责备，自己有时也觉得过不去。矛盾、苦痛，就从此发生了。"

"你说得对！我们现在有两个家，在都市里的家，是工商社会性质的；在故乡的家，是农业社会性质的。我在故乡的家还是新屋，是父亲去世前一年造的。父亲自己是个商人，我出了学校他又不叫我学种田，不知为什么要花了许多钱在乡间造那么大的房子。如果当时造在都市里，那么就是小小的一二间也好，至少我可以和老太太住在一处，不必再住那样狭隘的客堂楼了。"

"我家里的房子，是祖父造的，祖父也不曾种田。过去的事，有什么可说的呢？现在不是还有许多人从都市里发了财，在故乡造大房子吗？由社会的矛盾而来的苦痛，是各方面都受到的。并非一方受了苦痛，一方会得什么利益。你因觉得到对老太太未曾尽孝养之道，心里不安，老太太病中见了你因她的病，几次奔波回去，心里也不会爽快吧。你住在都市中的客堂楼上嫌憎不舒服，而老太太死后，那所巨大的空房子，恐也处置很困难吧。这都是社会的矛盾，我们生在这过渡时代，恰如处在夹墙之中，到处都免不掉要碰壁的。"

"老太太死后，我一时颇想把房子出卖。一则恐怕乡间没有人会承受，凡是买得起这样房子的人，自己本有房子，而且也是空着在那里的。一则对于上代也觉得过意不去，父亲造这房子颇费了心血，老太太才故世，我就来把它卖了，似乎于心不忍。"

"这就是所谓矛盾了。要卖房子，没有人会买；想卖，又觉得于心不忍，这不是矛盾的是什么？"

"那么，你以为该怎么办？"

"我也不知道怎么办才好，你知道我自己也不曾把故乡的房子卖去，我只说这是矛盾而已。感到这种矛盾的苦痛的人，恐不止你我吧。"

佳作点评

作为著名的教育活动家，夏丏尊一直致力于改掉旧思想对人们造成的影响，力图通过思想的改变，最终实现社会的改造。

在这篇文章中，通过几个人的讨论，表现了来自乡村却在都市生活的人们所面临的精神压力和生存困境。他们要在工商社会性质的都市里的家和农业社会性质的故乡的家之间来回地奔波"，疲于奔命，但"生在这过渡时代，恰如处在夹墙之中，到处都免不掉要碰壁的"，由此引发读者对"牢不可破的旧礼法"的思考和摒弃。

我是自然界最伟大的奇迹

□［美国］奥格·曼狄诺

从我出生到现在，从上帝创造了天地万物以来，没有一个人和我一样，我的头脑、心灵、眼睛、耳朵、双手、头发、嘴唇都是与众不同的。言谈举止和我完全一样的人以前没有，现在没有，以后也不会有。虽然四海之内皆兄弟，但却人人各不相同。我是独一无二的造化。

我是自然界最伟大的奇迹。

我不可能像动物一样容易满足，我心中燃烧着代代相传的火焰，它激励我超越自己，我要使这团火燃得更旺，向世界宣布我的出类拔萃。

没有人能模仿我的笔迹、我的商标、我的成果、我的推销能力。从今往后，我要使自己的个性充分发展，因为这是我得以成功的一大资本。

我是自然界最伟大的奇迹。

我不再徒劳地模仿别人，而要展示自己的个性。我不但要宣扬它，还要推销它。我要学会求同存异，强调自己与众不同之处，回避人所共有的通性，并且要把这种原则运用到商品上。推销员和货物，两者皆独树一帜，我自豪不已。

我是宇宙中独一无二的奇迹。

物以稀为贵。我特立独行，因而身价百倍。我是千万年进化的终端产物，头脑和身体都超过以往的帝王与智者。但是，我的技艺、我的头脑、我的心灵、我的身体，若不善加利用，都将随着时间的流逝而迟钝、腐朽，甚至死亡。我的潜力无穷无尽，脑力、体能稍加开发，就能超过以往的任何成就。从今天起，我要开发潜力。

　　我不再因昨日的成绩沾沾自喜，也无须为微不足道的成绩自吹自擂。我能做到比现在完成得更好。我的出生并非最后一样奇迹，为什么自己不能再创奇迹呢？

　　我是自然界最伟大的奇迹。

　　我不是随意来到这个世上的。我生来应为高山，而非草芥。从今天开始，我要竭尽全力成为群峰之巅，将我的潜能发挥到最大限度。

　　我要吸取前人的经验，了解自己以及手中的货物，这样才能成倍地增加销量。我要字斟句酌，反复推敲推销时用的语言，因为这是成就事业的关键。我绝不忘记，许多成功的商人，其实只有一套说辞，却能使他们无往不利。我也要不断改进自己的仪态和风度，因为这是吸引别人的美德。

　　我是自然界最伟大的奇迹。

　　我要专心致志对抗眼前的挑战，我的行动会使我忘却其他一切，不让家事缠身。身在商场，不可恋家，否则它将使我思想混沌。同时，我在与家人共处时，必须把工作留在门外，否则家人会因此而遭受冷落。

　　商场上没有一块属于家人的地方，同样，家中也没有谈论商务的地方，这两者必须截然分开，否则就会顾此失彼，这是很多人难以走出的误区。

　　我是自然界最伟大的奇迹。

　　我有双眼，可以观察；我有头脑，可以思考。现在我已洞悉了一个人生中最伟大的奥秘。我发现，一切问题、沮丧、悲伤，都是乔装打扮的机遇之神。我不再被他们的外表所蒙骗，我已睁开双眼，看破了他们的伪装。

我是自然界最伟大的奇迹。

飞禽走兽、花草树木、风雨山石、河流湖泊，都没有像我一样的起源，我孕育在爱中，肩负使命而生。过去我忽略了这个事实，从今天开始，它将塑造我的性格，引导我的人生。

我是自然界最伟大的奇迹。

自然界不知何谓失败，终以胜利者的姿态出现。我也应当如此，因为成功一旦降临，就会再度光顾。

我会成功，我会成为伟大的推销员，因为我举世无双。

我是自然界最伟大的奇迹。

佳作点评

"我是谁？""我的人生意义在哪里？"想必一定会有很多人被这些问题所困扰，穷其一生在探索答案。作为世界上最成功的成功学大师，奥格·曼狄诺告诉我们，"我是自然界最伟大的奇迹"，"我的出生并非最后一样奇迹，为什么自己不能再创奇迹呢？"

读过这篇文章，你一定找到了你的答案，那还等什么呢？从今天起，开发自己无穷无尽的潜力吧。

斗志昂扬的人

□ [苏联] 高尔基

一旦怒火中烧，把思想唤醒，人就会独自穿过有如荆棘丛生的累累错误，只身冲进灼人的多如星火的疑虑，踏着旧真理的瓦砾，继续前进！

庄严、高傲、自由的人，勇敢地正视真理，对自己的怀疑说道：

"你说我软弱无力、认识有限，这是一派胡言！我的认识在发展！我知道、看见并感觉到认识在我身上发展！我根据痛苦的轻重程度去探测我的认识的增长，如果认识没有增长，我就不会比从前更感到痛苦……

"但是，我每前进一步，我的需求就更多，感受更多，我的见识也越加深广。我的愿望的迅速增长，意味着我的认识在茁壮成长！现在我的认识好比点点星火，那又算得了什么？点点星火可以燎原！将来，我就是照彻黑暗宇宙的熊熊烈焰！而我的使命就是要照亮整个世界，熔化世上无数的神秘之谜，达到我和世界之间的和谐，创造我自己内心的和谐。我要把人间照亮，而人间的生活乌七八糟、痛苦万状，布满了不幸、屈辱、痛苦和怨恨，犹如布满了疥疮，我要把人间一切可恶的垃圾统统扫进往日的墓穴！

"各种迷误与过错，犹如一条条绳索，把惊慌失措的人们拴在一起，把他们变成了一群鲜血淋漓、令人厌恶、互相吞食的野兽，我的使命就是要解开这些绳索!

"思想创造了我,为的是掀翻、摧毁、踏碎一切陈腐、狭隘、肮脏和丑恶的东西,在思想锻造出来的自由、美和对人的尊重的坚固基础上创造新的一切!

"我是苟且偷安、无所作为的死敌,我要让每个人都成为大写的人!

"一部分人默默无闻地从事力不胜任的奴隶劳动,完全是为了让另一部分人尽情享用面包和各种精神财富,这种生活毫无意义,可耻而又可恶!

"让一切偏见、成见和习惯都见鬼去吧,它们像黏滞的蜘蛛网,缠绕着人们的头脑和生活。它们妨碍生活,强制人们的意志,我一定要把它们铲除!

"我的武器是思想,而且坚信思想自由、思想不朽以及思想的创造能力永远不断增长——这就是我的力量取之不尽的源泉!

"对我来说,思想是黑暗生活中唯一不会欺骗我的永恒灯塔,是世上无数可耻谬误中的一点灯火;我看见它越燃越旺,逐步把无数秘密彻底照亮,我跟随着思想,在她永不衰竭的光芒照耀下前进,不断向上!迈步向前!

"不论在人间还是在天上,没有思想攻克不了的堡垒,也没有思想震撼不了的圣物!思想创造一切,这就使她拥有神圣不可剥夺的权力,去摧毁可能妨碍她自由生长的一切。

"我平静地认识到偏见是种种旧真理的外壳,思想一度创造了旧的真理,正是思想的火焰又把它们烧成了灰烬。如今盘旋在生活之上的重重谬误,都是旧真理的灰烬中的产物。

"我还认识到,胜利者并非是摘取胜利果实的人,而仅仅是固守在战场上的人……

"我认为生活的意义在于创造,而创造是独立自在而且无穷无尽的!

"我要前进,要燃烧得更加明亮,更彻底地驱散生活中的黑暗,而牺性就是对我的褒奖。

"我不需要别的褒奖。我认为，权力是可耻而乏味的，财富是沉重而愚昧的，荣誉是一种偏见，它来自人们不善于珍重自己，来自人们卑躬屈膝的奴隶习性。

"怀疑！你们不过是思想迸出的火花而已。为了考验自己，思想才用剩余的力量生育你们，并用自己的力量把你们抚养！

"总有一天，我的感情世界将同我永生的思想在我胸中汇合成一团巨大的创造性的火焰。我将用这火焰把灵魂里一切黑暗、残暴与凶恶的东西烧光。我将同我的思想已经创造出来和现在正在创造的神灵一模一样。

"一切在于人，一切为了人！"

于是，他威严而自由地高昂着骄傲的头颅，重新迈开从容而坚定的步伐，踏着已化为灰烬的陈腐偏见，独自在种种谬误构成的灰白色的迷雾里前进。他身后是沉重的乌云般的旧日的灰尘，而前面则是漠然等待着他的无数的谜。

它们像太空的繁星不计其数，人的道路也永无止境！

斗志昂扬的人就这样迈步向前！不断向上！永远向前！不断向上！

佳作点评

高尔基是苏联著名作家，列宁称他为"无产阶级艺术最杰出的代表"。童年的不幸生活，磨砺了他的意志，也使他的作品充满革命的斗志。

在这篇文章中，追求光明、渴望改变、热爱自由、憧憬未来是主旨，高尔基充满激情地定道："我就是照彻黑暗宇宙的熊熊烈焰！而我的使命就是要照亮整个世界。"这种自信缘自他对生活意义的清晰认识，他认为，"生活的意义在于创造，而创造是独立自在而且无穷无尽的！"

单 纯

□［法国］弗朗索瓦·费奈隆

单纯是灵魂中一种正直无私的品质。与真诚比起来，单纯显得更高尚、更纯洁。许多人真挚诚恳，但却不单纯。他们怕遭人误解，惟恐自己的形象受到损害。他们时时关注自己，反躬自省，处处斟辞酌句、谨慎小心。待人接物他们总担心过头，又怕有所不足。这些人真心诚恳，却不单纯。他们难以同人坦然相处，别人对他们也小心拘谨。他们的弱点在于不坦率、不随意、不自然。而我们则更宁愿同那些谈不上多么正直多么完美，但却没有虚情矫饰的人结交相处。这几乎已成为世人的一条准则，上帝似乎也以此为标准对人做出判断。上帝不希望我们如对镜整容一般，用太多的心思来审视自身。

但是，完全注意他人而放弃自省亦是一种盲目状态。处于这种状态的人只全神贯注于眼前事物以及个人的感官感受，而这正是单纯的反面。下面是两类正好相反的事例：其一是无论效力于同类还是上帝，均全身心地忘我投入；另一类是自以为含蓄聪颖，自我意识强烈，而一旦他得意自满的情绪受到外界干扰，便会魂不守舍，心烦意乱。因此，这是虚假的聪明，乍一看冠冕堂皇，实际上与单纯追求享乐的行为同样愚蠢。前者目光短浅，只陶醉于眼前的事物；后者却过分看重自身，陶醉于内心的占有。这两者都充满虚妄。相比起来，只注重内心的冥思独想比全神贯注于眼前事物更为有害，因为它貌似聪明而实则愚蠢，而且，它常诱人误入歧途，自以为是，引一孔之见为至上光荣。它使我们受着不自然的情绪的支配，让我们陷入一种盲目的狂热，自认为体魄强健，实则已病入膏肓。

单纯需要适度，我们身处其中既不过度激动，亦不过分沉静。我们的灵魂不会因为过于注重外界事物而无暇作必要的内心自审，亦不必时时注重自我，使一心维护个人形象的戒备之心扩张膨胀。要是我们的灵魂能挣脱羁绊，直视伸展的道路，不将宝贵的时间浪费在权衡研究脚下的步伐上，或者对已逝的岁月频频回头，那我们就拥有了真正的单纯。

佳作点评

"单纯是灵魂中一种正直无私的品质"，作者开宗明义，文章开头就表明了自己的态度，但他又强调："单纯需要适度，我们身处其中既不过度激动，亦不过分沉静。"只有"挣脱羁绊直视前方"，我们才能拥有真正意义上的"单纯"。

弗朗索瓦·费奈隆，被人称为"法国古典主义的最后一个代表"，他出身于一个破落贵族的家庭，以写作着眼于道德教育的寓言故事为人所知。

与爱同行

□ [印度] 泰戈尔

川流不息的行人走在我的前面。晨光为他们祝福，真诚地说："祝你们一路顺风。"鸟儿为他们唱起吉祥的歌。道路两旁，希望似的花朵竞相怒放。启程时人人都说：前进吧，没有什么可怕的。

我赶不上他们，只好将他们的身影留入我的作品。他们忘却哀乐，抛下每一瞬间生活的负荷。我把他的欢笑悲啼注入文稿，并在那里生根发芽。他们忘记了他们所唱的歌谣，留下了他们的爱情。是的，除了爱情，他们一无所有。他们爱脚下的路，爱脚踩过的地面，企望留下足印。他们离别洒下的泪水沃泽了立足之处。他们和同路的陌生人结为挚友。爱情是他们前进的动力，消除他们跋涉的疲累。大自然的美景和母亲的慈爱，伴随着他们，召唤他们走出心境的黯淡，鼓励他们勇敢向前。

爱情若被锁缚，世人的旅程会即刻中止。爱情若被葬入坟墓，旅人就是倒在坟上的墓碑，就像船的特点是被驾驭着航行，爱情不允许被幽禁，只允许被推着向前。爱情的纽带的力量，足以粉碎一切羁绊。在崇高爱情的影响下，渺小爱情的绳索断裂；世界得以运动，否则会被本身的重量压瘫。

当旅人行进时，我倚窗望见他们开怀大笑，听见他们伤心哭泣。爱情能使人落泪，也能叫人抹去眼里的泪水，从而容颜焕发。欢笑、泪水、阳光、雨露，使我四周"美"的茂林百花吐艳。

佳作点评

在这篇赞美"爱"的美文中，文字自然清新、纯真质朴，没有华丽的辞藻，没有写作上的所谓技巧，但我们能深刻地感受到作者的博爱胸怀和对爱的探求与思索。正如他在《飞鸟集》中所写的："我相信你的爱，就让这作为我最后的话吧。"

作为印度著名的诗人、哲学家和民族主义者，泰戈尔也直接影响了中国新文学中新诗的发展，冰心的《繁星·春水》的创作就深受他的影响。

给陆小曼的一封信·[中国]徐志摩
思念的痛苦·[中国]陆小曼
海上通信·[中国]郁达夫
寄山中的玉薇·[中国]石评梅
低头怅望水中月·[中国]石评梅
华严泷下·[中国]庐隐
……

我似乎看见你了

爱是一切情感中最自私的情感。所以，当它受到伤害时，它是最不宽容的。

——尼采

给陆小曼的一封信

□［中国］徐志摩

小曼：

　　这实在是太惨了，怎叫我爱你的不难受？假如你这番深沉的冤屈有人写成了小说故事，一定可使千百个同情的读者滴泪，何况今天我处在这最尴尬最难堪的地位，怎禁得不咬牙切齿的恨，肝肠迸裂的痛心呢？真的太惨了，我的乖，你前生作的是什么孽，今生要你来受这样残酷的报应？无端折断一枝花，尚且是残忍的行为，何况这生生地糟蹋一个最美最纯洁最可爱的灵魂。真是太难了，你的四围全是铜墙铁壁，你便有翅膀也难飞，咳，眼看着一只洁白美丽的稚羊让那满面横肉的屠夫擎着利刀向着她刀刀见血的踩躏谋杀——旁边站着不少的看客，那羊主人也许在内，不但不动怜惜，反而称赞屠夫的手段，好像他们都挂着馋涎想分尝美味的羊羔哪！咳，这简直的不能想，实有的与想象的悲惨的故事我亦闻见过不少，但我爱，你现在所身受的却是谁都不曾想到过，更有谁有胆量来写？我倒劝你早些看哈代那本 Jude The Obscnre 吧，那书里的女子 Sue 你一定很可同情她，哈代写的结果叫人不忍卒读，但你得明白作者的意思，将来有机会我对你细讲。

咳，我真不知道你申冤的日子在那一天！实在是没有一个人能明白你，不明白也算了，一班人还来绝对的冤你，阿呸，狗屁的礼教，狗屁的家庭，狗屁的社会，去你们的，青天里白白的出太阳，这群人血管的水全是冰凉的！我现在可以放怀地对你说，我腔子里一天还有热血，你就一天有我的同情与帮助；我大胆地承受你的爱，珍重你的爱，永保你的爱，我如其凭爱的恩惠还能从我性灵里放射出一丝一缕的光亮，这光亮全是你的，你尽量用吧！假如你能在我的人格思想里发现有些许的滋养与温暖，这也全是你的，你尽量使吧！最初我听见人家诬蔑你的时候，我就热烈地对他们宣言，我说你们听着，先前我不认识她，我没有权利替她说话，现在我认识了她，我绝对地替她辩护，我敢说如其女人的心曾经有过纯洁的，她的就是一个。现在更进一层了，你听着这分别，先前我自己仿佛站得高些，我的眼是往下望的，那时我怜你惜你疼你的感情是斜着下来到你身上的，渐渐的我觉得我的看法不对，我不应该站得比你高些，我只能平看着你。我站在你的正对面，我的泪丝的光芒与你的泪丝的光芒针对的交换着，你的灵性渐渐地化入了我的，我也与你一样觉悟了一个新来的影响，在我的人格中四布地贯彻——现在我连平视都不敢了，我从你的苦恼与悲惨的情感里憬悟了你的高洁的灵魂的真际，这是上帝神光的反映，我自己不由地低降了下去，现在我只能仰着头献给你我有限的真情与真爱，声明我的惊讶与赞美。不错，勇敢，胆量，怕什么？前途当然是有光亮的，没有也得叫他有。一个灵魂有时可以到最黑暗的地狱里去游行，但一点神灵的光亮却永远在灵魂本身的中心点着——况且你不是确信你已经找着了你的真归宿，真想望，实现了你的梦？来，让这伟大的灵魂的结合毁灭一切的阻碍，创造一切的价值，往前走吧，再也不必迟疑！

你要告诉我什么，尽量地告诉我，像一条河流似的尽量把他的积聚交给无边的大海，像一朵高爽的葵花，对着和暖的阳光一瓣瓣地展露她的秘密。你要我的安慰，你当然有我的安慰，只要我有我能给；你要什么有什么，我只要你做到你自己说的一句话——"Fight On"，即使运命叫你在得到最后胜利之前碰着了不可躲避的死，我的爱，那时你就死，因为死就是成功，就是胜利。一切有我在，一切有爱在。同时你努力的方向得自己认清，再不容丝毫的含糊，让步牺牲是有的，但什么事都有个限度，有个止境；你这样一朵稀有的奇葩，绝不是为一对不明白的父母，一个不了解的丈夫牺牲来的。你对上帝负有责任，你对自己负有责任，尤其你对于你新发现的爱负有责任，你已往的牺牲已经足够，你再不能轻易糟蹋一分半分的黄金光阴。人间的关系是相对的，应职也有个道理，灵魂是要救度的，肉体也不能永远让人家侮辱蹂躏，因为就是肉体也是含有灵性的。

总之一句话：时候已经到了，你得 Assert your own personality。你的心肠太软，这是你一辈子吃亏的原因，但以后可再不能过分地含糊了，因为灵与肉实在是不能绝对分家的，要不然 Nora 何必一定得抛弃她的家，永别她的儿女，重新投入渺茫的世界里去？她为的就是她自己人格与性灵的尊严，侮辱与蹂躏是不应得容许的。且不忙慢慢地来，不必悲观，不必厌世，只要你抱定主意往前走，决不会走过头，前面有人等着你。

▎佳作点评▎

徐志摩（1896—1931），浙江海宁人，诗人。有诗集《志摩的诗》《猛虎集》，散文集《落叶》《巴黎的鳞爪》等。

陆小曼和徐志摩的恋情引发了社会各界和家庭的种种非议和阻挠，使陆小曼承受了很大的压力。徐志摩在这篇文章中对陆小曼所受的委屈给予了同情和怜惜，对社会各界和家庭的干涉表示了愤慨，并鼓励陆小曼勇敢站出来追求自己的幸福，并表示他将成为陆小曼坚强的后盾和最亲密的"战友"。文章充满激情，字里行间涌动着诗人对陆小曼的爱恋和呵护。

思念的痛苦

□［中国］陆小曼

昨天才写完一信，T来了，谈了半天。他倒是个很好的朋友，他说他那天在车站看见我的脸吓一跳，苍白得好像死去一般，他知道我那时的心一定难过到极点了。他还说外边谣言极多，有人说我要离婚了，又有人说摩一定是不真爱我，若是真爱决不肯丢我远去的。真可笑，外头人不知道为什么都跟我有缘似的，无论男女都爱将我当一个谈话的好材料，没有可说也是想法造点出来说，真奇怪了……

摩，为你我还是拼命干一下的好，我要往前走，不管前面有几多的荆棘，我一定直着脖子走，非到筋疲力尽我决不回头的。因为你是真正地认识了我。你不但认识我表面，你还认清了我的内心，我本来老是自恨为什么没有人认识我，为什么人家全拿我当一个只会玩、只会穿的女子。可是我虽恨，我并不怪人家，本来人们只看外表，谁又能真生一双妙眼来看透人的内心呢？受着的评论都是自己去换得来的，在这个黑暗的世界有几个是肯拿真性灵透露出来的？像我自己，还不是一样成天埋没了本性以假对人的么？只有你，摩！第一个人能从一切的假言假笑中看透我的真心，认识我的苦痛，叫我怎能不从此收起以往的假而真正地给你一片真呢！我自从认识了你，我就有改变生活的决心，为你我一定认真地做人了。

　　因为昨晚一宵苦思，今晨又觉满身酸痛，不过我快乐，我得着了一个全静的夜。本来我就最爱清静的夜，静悄悄只有我一个人，只有滴答的钟声做我的良伴，让我爱做什么就做什么，不论坐着、睡着、看书，都是安静的，再无聊时耽着想想，做不到的事情，得不着的快乐，只要能闭着眼像电影似的一幕幕在眼前飞过也是快乐的，至少也能得着片刻的安慰。昨晚想你，想你现在一定已经看得见西伯利亚的白雪了，不过你眼前虽有不容易看得到的美景，可你身旁没有了陪伴你的我，你一定也同我现在一般地感觉着寂寞，一般心内叫着痛苦的吧！我从前常听人言生离死别是人生最难忍受的事情，我老是笑着说人痴情，谁知今天轮到了我身上，才知道人家的话不是虚的，全是从痛苦中得来的实言。我今天才身受着这种说不出叫不明的痛苦，生离已经够受了，死别的味儿想必更不堪设想吧。

　　回家陪娘去看病，在车中我又探了探她的口气，我说照这样的日子再往下过，我怕我的身体上要担受不起了。她倒反说我自寻烦恼、自找痛苦，好好的日子不过，一天到晚只是去模仿外国小说上的行为，讲爱情，说什么精神上痛苦不痛苦，那些无味的话有什么道理。本来她在四十多年前就生出来了，我才生了二十多年，二十年内的变化与进步是不可计算的，我们的思想当然不能符合了。她们看来夫荣子贵是女子的莫大幸福，个人的喜、乐、哀、怒是不成问题的，所以也难怪她不能明了我的苦楚。本来人在幼年时灌进脑子里的知识与教育是永不会迁移的，何况是这种封建思想与礼教观念更不容易使她忘记。所以从前多少女子，为了怕人骂，怕人背后批评，甘愿自己牺牲自己的快乐与身体，怨死闺中，要不然就是终身得了不死不活的病，呻吟到死。这一类的可怜女子，我敢说十个里面有九个是自己……，她们可怜，至死还不明白是什么害了她们。摩！我今天很运气能够遇着你，在我不认识你以前，我的思想、我的观念，也同她们一样。我也是一样没有勇气，一样预备就此糊里糊涂地一天天往下过，不问什么快乐、什么痛苦，就此埋没了本性过它一辈子完事的；自从见着你，我才像乌云里见了青天，我才知道自埋自身是不应该的，做人为什么不轰轰烈烈地做一番呢？我愿意从此跟你往高处飞，往明处走，永远再不自暴自弃了。

佳作点评

在认识徐志摩之前，陆小曼按照家里的安排，嫁给了一个政府公务员，婚后的生活并没有给小曼带来快乐。这时候，徐志摩出现了，面对徐的出现，陆的心里起了波澜。

此文正是小曼的情感写照，她在文中倾诉了自己对徐志摩的思念之情，表达了自己"为你我还是拼命干一下的好"，下定了决心与自己的丈夫摊牌，冲破封建樊笼的束缚，去追求自己的幸福。因为"人家全拿我当一个只会玩、只会穿的女子"，而徐志摩却"看透我的真心，认识我的苦痛"，表明自己"愿意从此跟你往高处飞，往明处走"。读完本文，让我们认识了一个爱如烈火、性情直爽的陆小曼。

海上通信

□［中国］郁达夫

晚秋的太阳，只留下一道金光，浮映在烟雾空蒙的西方海角。本来是黄色的海面被这夕照一烘，更加红艳得可怜了。从船尾望去，远远只见一排陆地的平岸，参差隐约地在那里对我点头。这一条陆地岸线之上，排列着许多一二寸长的桅樯细影，绝似画中的远草，依依有惜别的余情。

海上起了微波，一层一层的细浪，受了残阳的返照，一时光辉起来，飒飒的凉意，逼入人的心脾。清淡的天空，好像是离人的泪眼，周围边上，只带着一道红圈。是薄寒浅冷的时候，是泣别伤离的日暮。扬子江头，数声风笛，我又上了这天涯飘泊的轮船。

以我的性情而论，在这样的时候，正好陶醉在惜别的悲哀里，满满地享受一场感伤的甜味。否则也应该自家制造一种可怜的情调，使我自家感得自家的风尘仆仆，一事无成。若上举两事都办不到的时候，至少也应该看看海上的落日，享受享受那伟大的自然的烟景。但是这三种情怀，我一种也酿造不成，呆呆地立在龌龊杂乱的晓轮中层的舱口，我的心里，只充满了一种愤恨，觉得坐也不是，立也不是，硬要想拿一把快刀，杀死几个人，才肯甘休。这愤恨的原因是在什么地方呢？一是因为上船的时候，海关上的一个下流的外国人，定要把我的书箱打开来检查，检查之后，并且想把我所崇拜的列宁的一册著作拿去。二是因为新开河口的一家卖票房，收了我头等舱的船钱，骗我入了二等的舱位。

啊啊，掠夺欺骗，原是人的本性，若能达观，也不合有这一番气愤，但是我的度量却狭小得同耶稣教的上帝一样，若受着不平，总不能忍气吞声地过去。我的女人曾对我说过几次，说这是我的致命伤，但是无论如何，我总改不过这个恶习惯来。

轮船愈行愈远了，两岸的风景，一步一步地荒凉起来了，天色也垂暮了，我的怨愤，却终于渐渐地平了下去。

沫若呀，仿吾成均呀，我老实对你们说，自从你们下船上岸之后，我一直到了现在，方想起你们三人的孤凄的影子来。啊啊，我们本来是反逆时代而生者，吃苦原是前生注定的。我此番北行，你们不要以为我是为寻快乐而去，我的前途风波正多得很哩！

天色暗下来了，我想起了家中在楼头凝望着我的女人，我想起了乳母怀中在那里伊吾学语的孩子，我更想起了几位比我们还更苦的朋友；啊啊，大海的波涛，你若能这样的把我吞咽了下去，倒好省却我的一番苦恼。我愿意化成一堆春雪，躺在五月的阳光里，我愿意代替了落花，陷入污泥深处去，我愿意背负了天下青年男女的肺痨恶疾，就在此处消灭了我的残生。

啊啊！这些感伤的咏叹，只能博得恶魔的一脸微笑，几个在资本家跟前俯伏的文人，或者将要拿了我这篇文字，去佐他们的淫乐的金樽。我不说了，我不再写了，我等那一点儿西方海上的红云消尽的时候，且上舱里去喝一杯白兰地吧，这是日本人所说的 Ya ke za ke！

（十月五日七时书）

昨天晚上因为多喝了一杯白兰地，并且因为前夜在 F.E. 饭店里的一夜疲劳，还没有回复，所以一到床上就睡着了。我梦见了一个十五六的少女和我同舱，我硬要求她和我亲嘴的时候，她回复我说：

"你若要宝石，我可以给你 Rajah's diamond，

你若要王冠，我可以给你世上最大的国家，

但是这绯红的嘴唇，这未开的蔷薇花瓣，

我要保留着等世上最美的人来！"

我用了武力，捉住了她，结果竟做了一个"风月宝鉴"里的迷梦，所以今天头昏得很，什么也想不出来。但是与海天相对，终觉得无聊，我把佐藤春夫的一篇小说《被剪的花儿》读了。

在日本现代的小说家中，我所最崇拜的是佐藤春夫。他的小说，周作人也曾译过几篇，但那几篇并不是他的最大的杰作。他的作品中的第一篇，当然要推他的出世作《病了的蔷薇》，即《田园的忧郁》了。其他如《指纹》、《李太白》等，都是优美无比的作品。最近发表的小说集《太孤寂了》，我还不曾读过。依我看来，这一篇《被剪的花儿》也可说是他近来最大的收获。书中描写主人公失恋的地方，真是无微不至，我每想学到他的地步，但是终于画虎不成。他在日本现代的作家中，并不十分流行，但是读者中间的一小部分，却是对他抱着十二分的好逾的。有一次何畏对我说：

"达夫！你在中国的地位，同佐藤在日本的地位一样。但是日本人能了解佐藤的清洁高傲，中国人却不能了解你，所以你想以作家立身是办不到的。"

惭愧惭愧！我何敢望佐藤春夫的肩背！但是在目下的中国，想以作家立身，非但干枯的我没有希望，即使 Victor Hugo, Charles Dickens, Gerhart Hauptmann）等来，也是无望的。

沫若！仿吾！我们都是笨人，我们弃去了康庄的大道不走，偏偏要寻到这一条荆棘丛生的死路上来。我们即使在半路上气绝身死，也同野狗的

毙于道旁一样,却是我们自家寻得的苦恼,谁也不能来和我们表同情,谁也不能来收拾我们的遗骨的。啊啊!又成了牢骚了,"这是中国文人最丑的恶习,非绝灭它不可的地方",我且收住不说了吧!

单调的海和天,单调的船和我,今日使我的精神萎缩得不堪。十二时中,足破这单调的现象,只有晚来海中的落日之景,我且搁住了笔,去看 The Glorious Sun Setting 吧!

(十月六日日暮的时候)

这一次的航海,真奇怪得很,一点儿风浪也没有,现在船已到了烟台了。烟台港同长崎门司那些港埠一些儿也没有分别,可惜我没有金钱和时间的余裕,否则上岸去住他一二星期,享受一番异乡的情调,倒也很有趣味。烟台的结晶处是东首临海的烟台山。在这座山上,有领事馆、有灯台、有别庄,正同长崎市外的那所检疫所的地点一样。沫若,你不是在去年的夏天有一首在检疫所作的诗么?我现在坐在船上,遥遥地望着这烟台的一带山市,也起了拿破仑在圣赫勒拿岛上之感,啊啊,飘流人所见大抵略同——我们不是英雄,我们且说飘流人吧!

山东是产苦力的地方,烟台是苦力的出口处。船一停锚,抢上来的凶猛的搭客和售物的强人,真把我骇死,我足足在舱里躲了三个钟头不敢出来。

到了日暮,船将起锚的时候,那些售物者方散退回去,我也出了舱,上船舷上来看落日。在海船里,除非有伊巴臬兹的小说《启示录的四骑士》中所描写的那种同船者的恋爱追逐之外,另外实没有一件可以慰遣寂寥的事情,所以我这一次的通信里所写的也只是落日,Sun Setting,Abend Roete,etc.,etc.,请你们不要笑我的重复!

我刚才说过,烟台港和长崎门司一样,是一条狭长的港市,环市的三面,都是浅淡的连山。东面是烟台山,一直西去,当太阳落下去的那一支山脉，不知道是什么名字？但是我想这一支山若要命名，要比"夕阳""落照"等更好的名字，怕没有了。

一带连山，本来有近远深浅的痕迹可以看得出来的，现在当这落照的中间，都只染成了淡紫。市上的炊烟，也蒙蒙地起了，便使我想起故乡城市的日暮的景色来，因为我的故乡，也是依山带水，与这烟台市不相上下的呀！

日光没了，天上的红云也淡了下去。一阵凉风吹来，忽使人起了一种莫名其妙的哀感。我站在船舷上，看看烟台市中一点儿、两点儿，渐渐增加起来的灯火，看看甲板上几个落了伍急急忙忙赶回家去的卖物的土人，忽而索落索落地滴下了两粒眼泪来。我记得我女人有一次说，小孩子到了日暮，总要哭着寻他的娘抱，因为怕晚上没有睡觉的地方。这时候我的心里，大约也被这一种 Nostalgia 笼罩住了吧，否则何以会这样得落寞！这样得伤感！这样得悲愁无着处呢！

这船今晚上是要离开烟台上天津去的，以后是在渤海里行路了。明天晚上可到天津。我这通信，打算一上天津就去投邮。愿你与婀娜和小孩全好，仿吾也好、成均也好，愿你们的精神能够振奋；啊啊，这样在勉励你们的我自家，精神正颓丧得很呀！我还要说什么！我还有说话的资格么！

（十月七日晚八时烟台舱中）

不知在什么时候，我记得你曾说过，沫若，你说："我们的拿起笔来要写，大约是已经成了习惯了，无论如何，我此后总不能绝对地废除笔墨的。"这一种冯妇之习，不但是你免不了，怕我也一样的吧。现在精神定了一定，我又想写了。

昨天船离了烟台，即起大风，船中的一班苦力，个个头上都淋成五色。这是什么理由呢？因为他们都是连绵席地而卧，所以你枕我的头，我枕你的脚。一人吐了，二人就吐，三人四人，传染过去。铤而走险，急不能择，他们要吐的时候就不问是人头人足，如长江大河直泻下来。起初吐的是杂物，后来吐黄水，最后就赤化了。我在这一个大吐场里，心里虽则难受，但却没有效他们的颦，大约是曾经沧海的结果，也许是我已经把心肝呕尽，没有吐的材料了。

今天的落日，是在七十二沽的芦草上看的。几堆泥屋，一滩野草，野草里的鸡犬，泥屋前的穿红布衣服的女孩，便是今日的落照里的风景。

船靠岸的时候，已经是夜半了。二哥哥在埠头等我。半年不见，在青白的瓦斯光里他说我又瘦了许多。非关病酒，不是悲秋，我的瘦，却是杜甫之瘦，儒冠之害呀！

从清冷的长街上，在灰暗凉冷的空气里，把身体搬上这家旅店里之后，哥哥才把新总统明晚晋京的话，告诉我听。好一个魏武之子孙，几年来的大愿总算成就了。但是，但是只可怜了我们小百姓，有苦说不出来。听说上海又将打电报、抬菩萨，祭旗拜斗的大耍猴子戏。我希望那些有主张的大人先生，要干快干，不要虚张声势地说："来来来！干干干！"因为调子唱得高的时候，胡琴有脱板的危险。中国没有真正革命起来的原因，大约是受"发明电报者"之害哟！

几天不看报，倒觉得清净得很。明天一到北京，怕又不得不目睹那些中国特有的承平新气象。我生在这样的一个太平时节，心里实在是怕看这些黄帝之子孙的文明制度了。

夜也深了，老车站的火车轮声，也渐渐地听不见了，这一间奇形怪状的旅舍里，也只充满了鼾声。窗外没月亮，冷空气一阵一阵地来包围我赤裸裸的双脚。我虽则到了天津，心里依然是犹豫不定：

"究竟是上北京做流氓去呢，还是到故乡家里去做隐士？"

"名义上自然是隐士好听，实际上终究是飘流有趣。等我来问一个诸葛神卦，再决定此后的行止吧！"

敕敕敕，弟子郁，……
……
……

十月八日夜三时书于天津的旅馆内

佳作点评

作为中国现代著名小说家、散文家、诗人，郁达夫的创作具有鲜明的个人色彩，他在文字中会毫无顾忌地描写个人的心理活动，总在表达一种对祖国命运的感慨和忧伤。在他的成名作《沉沦》中，他借主人公之口呐喊："你还有许多儿女在那里受苦呢。""祖国呀祖国！我的死都是你害我的！"

本文延续了他一贯的忧郁感伤，记叙的是乘船北上途中所见所闻所想，他把自己比为"飘流人"，漂泊感一直陪伴在他的左右。在他的眼中，"清淡的天空，好像是离人的泪眼，周围边上，只带着一道红圈。是薄寒浅冷的时候，是泣别伤离的日暮。扬子江头，数声风笛，我又上了这天涯飘泊的轮船。""单调的海和天，单调的船和我，今日使我的精神萎缩得不堪。"即使到了天津之后，他的心中仍在为自己的未来去向困惑不已……

寄山中的玉薇

□ ［中国］石评梅

夜已深了，我展着书坐在窗前案旁。月儿把我的影映在墙上，哪想到你在深山明月之夜，会记起漂泊在尘沙之梦中的我，远远由电话铃中传来你关怀地问讯时，我该怎样感谢呢，对于你这一番抚慰念注的深情。

你已惊破了我的沉寂，我不能令这心海归于死静，而且在这种骤获宠幸的欣喜中，也难于令我漠然冷然地不起感应。因之，我挂了电话后又想给你写信。

你现在是在松下望月沉思着你凄凉的倦旅之梦吗？是伫立在溪水前，端详那冷静空幻的月影？也许是正站在万峰之巅瞭望灯火荧荧的北京城，在许多黑影下想找我渺小的灵魂？也许你睡在床上静听着松涛水声，回想着故乡往日繁盛的家庭和如今被冷寂凄凉包围着的母亲？

玉薇！自从那一夜你掬诚告我你的身世后，我才知道世界上有不少这样苦痛可怜而又要扎挣奋斗的我们。更有许多无力挣扎、无力奋斗，屈服在铁蹄下受践踏受凌辱，受人间万般苦痛而不敢反抗、不敢诅咒的母亲。

我们终于无力不能拯救母亲脱离痛苦，也无力超拔自己免于痛苦，然而我们不能不去挣扎奋斗而思愿望之实现，和一种比较进步的效果之获得。不仅你我吧！在相识的朋友中，处这种环境的似乎很多。每人都系恋着一个孤苦可怜的母亲，她们慈祥温和的微笑中，蕴藏着人间最深最深的忧愁，她们枯老皱纹的面靥上，刻划着人间最苦最苦的残痕。然而她们含辛茹苦柔顺忍耐的精神，绝不是我们这般浅薄颓唐，善于呻吟，善于诅咒，不能吃一点儿苦，不能受一点儿屈的女孩儿们所能有。所以我常想：我们固然应该反抗毁灭母亲们所居处的那种恶劣的环境，然而却应师法母亲那种忍耐坚苦的精神，不然，我们的痛苦是愈沦愈深的！

你问我现时在做什么？你问我能不能拟想到你在山中此夜的情况？你问我在这种夜色苍茫、月光皎洁、繁星闪烁的时候我感到什么？最后，你是希望得到我的长信，你愿意在我的信中看见人生真实的眼泪。我已猜到了，玉薇！你现时心情一定很纷乱、很汹涌，也许是很冷静、很凄凉！你想到了我，而且这样地关怀我，我知道你是想在空寂的深山外，得点人间同情的安慰和消息呢！

这时窗角上有一弯明月，几点疏星，人们都转侧在疲倦的梦中去了；只有你醒着，也只有我醒着，虽然你在空寂的深山，我在繁华的城市。这一刹那我并不觉寂寞，虽然我们距离是这样远。

我的心情矛盾极了。有时平静得像古佛旁打坐的老僧，有时奔腾涌动如驰骋沙场的战马，有时是一道流泉，有时是一池冰湖。所以我有时虽然在深山也会感到一种类似城市的嚣杂，在城市又会如在深山一般寂寞呢！我总觉人间物质的环境，同我幻想精神的世界是两道深固的堑壁。

为了你如今在山里，令我想起西山的夜景。去年暑假我在卧佛寺住了三天，真是浪漫的生活，不论日夜地在碧峦翠峰之中，看明月、看繁星、听松涛、听泉声，整日夜沉醉在自然环境的摇篮里。

同我去的是梅隐、揆哥，住在那里招待我的是几个最好的朋友。其中一个是和我命运仿佛，似乎也被一种幻想牵系而感到失望的惆怅，但又要隐藏这种惆怅在心底去咀嚼失恋的云弟。

第一夜我和他去玉皇顶，我们睡在柔嫩的草地上等待月亮。远远黑压压一片松林，我们足底山峰下便是一道清泉，因为岩石的冲击，所以泉水激荡出碎玉般的声音。那真是令人忘忧沉醉的调子。我和他静静地等候着月亮，不说一句话，心里都在想着个人的旧梦，起初我们的泪都避讳不让它流下来。过一会儿半弯的明月，姗姗地由淡青的幕中出来，照得一切都现着冷淡凄凉。夜深了，风涛声、流水声，回应在山谷里发出巨大的声音。这时候，我和云弟都忍不住了，伏在草里偷偷地咽着泪！我们是被幸福快乐的世界摒弃了的青年，当人们在浓梦中沉睡的时候，我们是被抛弃到一个山峰的草地上痛哭！谁知道呢？除了天上的明月和星星，涧下的泉声和山谷中卷来的风声。

一个黑影摇晃晃地来了，我们以为是惊动了山灵，吓得伏在草里不敢再哭。走近了，喊着我的名字才知道是揆哥，他笑着说："让我把山都找遍了，我以为狼衔了你们去。"

他真像个大人，一只手牵了一个下山来。云弟回了百姓村，我和揆哥回到龙王庙，梅隐见我这样，她叹了口气说："让你出来玩，你也要伤心！"那夜我未曾睡，想了许多许多的往事。

第二夜，在香山顶上"看日出"的亭上看月亮，因为有许多人，心情调剂得不能哭了，只觉着热血中有些儿凉意。上了夹道绿荫的长坡，夜中看去除了斑驳的树影外，从树叶中透露下一丝一丝的银光；左右顾盼时，又感到苍黑的深林里，有极深极静的神秘隐藏着。我走得最慢，留在后面看他们向前走的姿势，像追逐捕获什么似的。我笑了！云弟回过头来问我："你为什么笑呢？又走这样慢。"

"我没有什么追求，所以走慢点。"我有意逗他的，这样说。我们走到了亭前，晚风由四面山谷中吹来，舒畅极了！不仅把我的炎热吹去，连我心底的忧愁也似乎都变成蝴蝶飞向远处去了。可以看见灯光闪烁的北京，可以看见碧云寺尖塔上中山灵前的红旗，更能看见你现在栖息的静宜园。

  第三夜，我去碧云寺看一个病的朋友。我在寺院中月光下看见了那棵柿树，叶子尚未全红，我在这里徘徊了许久，想无知的柿树不知我留恋凭吊什么吧？这棵树在不同的时间里，不同的人心中，结下相同的因缘，留下一样的足痕和手泽。这真不能不令我赞叹命运安排得奇巧了。有这三天三夜的浪游，我一想到西山便觉着可爱恋。玉薇！你呢？也许你虽然住在山中，不能像我这样尽兴地游玩吧？山中古庙钟音、松林残月、涧石泉声，处处都令人神思飞越而超脱，轻飘飘灵魂感到了自由；不像城市生活处处是虚伪，处处是桎梏，灵魂踞伏于黑暗的因狱不能解脱。

  夜已深了，我神思倦极，搁笔了吧！我要求有一个如意的梦。

佳作点评

  石评梅，一个敏感多愁之人。她的文字总透着一股淡淡的忧愁，哀叹自己的身世，感慨自己的命运。她渴望拯救像"玉薇一样，苦痛可怜而又要挣扎奋斗的同龄人以及许多无力挣扎，无力奋斗，屈服在铁蹄下受践踏受凌辱，受人间万般苦痛而不敢反抗、不敢诅咒的母亲"。

  文中描写景物的文字自然天成、朴实无华，没有一丝的人为雕饰。

低头怅望水中月

□［中国］石评梅

开完会已六时余，归路上已是万盏灯火，如昨夜一样。我的心的落寞也如昨夜一样，然而有的是变了，你猜是什么呢！吃完饭我才拆开你的信，我吃饭时是默会你信中的句子。读时已和默会得差不多。我已想到你要说的话了，你看我多么聪明！

我最忘记不了昨夜月下的诸景，尤其是我们三人坐在椅上看水中的月亮，你低头微笑听我振动的心音；你又忽然告清我被犀拖去的梦。那时我真是破涕为笑了！朋友！你真是天真烂漫地好玩。你的洁白光明，是和高悬天边的月一样。我愿祝你，朋友，永远保有你这可爱的童性。一度一度生日这夜都记着我们这偶然的聚会、偶然的留迹。

朋友！你热诚的希望和劝导，我只咽泪感谢！同时，我要掏出碎心向你请求，愿你不要介意我的追忆和心底的悲哀，那是出自一个深长的惨痛的梦里，我不能忘这梦，和我不能忘掉生命一样。在北京城里，处处都有我们的痕迹，因之我处处都用泪眼来凭吊、碎心来抚摸。这在我是一种最可爱可傲，又艳又哀的回忆；在别人，如你的心中或者感受到这是我绝大的痛苦罢！其实我并不痛苦，痛苦或者还是你们这些正在做爱或已尝爱味的少爷小姐，如清如你。我再虔诚向你朋友请求，你不要为了我的伤痕，你因之也感到悲哀！

朋友！我过去我抱吻着旧梦，我未来寻求生命的真实和安定，我是人间最幸福的人。朋友！你应该放心，你应该放心。

你所指示的例子，确是应该如斯释注。不过，我告诉你朋友，理智有时是不能支配感情。不信，留你自己体验罢！

我如今，还羡慕你的生日是这样美丽、神秘、幽雅、甜密。假使明年哪天我已不能共你度此一日，愿你，愿你，记得依你肩头怅望水中月的姊姊；愿你，愿你，记得松林下并立远望午门黑影的姊姊。

我过去有多少可念可爱的梦，而昨夜是新刊下的印痕。我是为了追求这些梦生，为了追求这些梦死的人，我自然永忆此梦而终。

今天我说错了一句话，你马上脸色变成那样苍白。我真惊，不过我也不便声张，所以我一直咽下去。后来，你二次回来时，已好些了，不过我已看出你今天居然仍会咽下悲切，假装笑脸的本事了！我们认识后，我是得了你不少的笑和喜欢。我也愿我不要给忧愁与你；你不要为了清知道人生，为了我识得愁。此后，再不准那样难过才好，允许了我，朋友！

清那样难过，我真无法想。我还是懦弱不能在她所需要的事上帮助她。因之我为她哭，我为了恨萍哭！写得多了，再谈罢。

梅十五年十一月二十二日夜中

佳作点评

在这篇文章中，石评梅依然在诉说着自己对高君宇的爱，这种爱已经深深地融入了她的灵魂。自从高君宇过世后，石评梅的心中就被爱的忧伤所充溢，她写下了大量的文字来怀念高君宇。

她的文字就是自己真实心态的体现，是一种自由、真实和无拘无束的表现……

华严泷下

□［中国］庐隐

呵！千辛万苦走尽了层叠不绝的群山，奔腾急湍的瀑布声，推出听觉中的一切声浪而占据了。白云般的急流，从半空中涌出来，细密的水花溅到面部来，一阵阵地微寒沁入心灵里；这时的知觉只有感到沉默和神秘。同游的伴侣乃和对我说："到了这种景地，叫人实在难以描写：四面削立千仞的高山隔绝尘世的一切；现在的思想，已经不是平日我们所有的思想了！现在的四周只有伟大的神秘可以形容他们。"我这时为一种神秘的静寞支配了，我对于乃和所说的话，只有心许，却不能回答她。

我独自沉默着。把心灵交给白云了，交给流水了；我万千的柔情和沉迷的深恋，也都交给这一刹那的自然了。丞姐她好像是得到宇宙的生机，她永远不受神秘的支配，她从不曾说过灰心的话，她也从不问宇宙是什么，她喜欢活动，她到一个地方，她便想再换一个地方。这时她又在催我们走，她说："看见就完了，我们再到别处玩去罢！"我被她催促了，不知不觉心里一酸，流下泪来。唉！我知道自己的渺小，我更知道尘梦的短促，我何苦离开他做个失恋的可怜人！

乃和胆怯地坐在我的身旁，她悄悄地叹道："人事有完的时候，水流没有竭的时候。"我听了这话，更由不得伤心，我忏悔已往我的种种……唉！这时的心真失却主张了！

丞姐在半山上招手，劝我们更前进，我只懒懒地不愿动。她说："你不是要看华严吗？为什么在那里老坐着不动呢？"我听了这话仍在踌躇，丞姐又高叫道："唉呀！这真是奇怪极了！在高山时是水，流下来便成了烟了……"她的话打动了我的心，便随了她又奔了许多羊肠的山路，转弯处果见飞烟软雾中，云织成般的梯子，从山巅下垂，半生梦想的华严果然看见了！我理想中的瀑布，以为只是丝丝流水，却想不到从山巅上涌下来的急水竟不是水，是一道的飞烟、是无数的白云，几至流到山湾时，因激流激石的缘故，喷出细腻的水花，那水花便随空气四散，因其浓厚，又像是半山罩了白雾。

我不禁迷醉了！怔怔坐在飞泷的对面凝望，忽然从左边山坡上下来几个人——绅样的态度，站在我的斜对面，指点评论。我无意中对他们望了望，在他们怅惘怜乞的脸上，使我发觉了一件不幸的认识。我平日觉得人生事业的成功是有无上的光荣，而这时我总觉成功实在是最伤心的事，并且是最有限的事。当我未到华严之前，我心灵中充满了无限的渴望，这个渴望增我许多生趣；我有时坐在葡萄架下看云天缥缈，我便在云端里造无穷的意象，那时白云做了我温柔的褥子，蓝天做了我遮日的屏风，月亮做了我的枕头；我安静睡在那里，永远不会想到失望的苦痛——现在呢，华严是在我的眼睛里和从那烂湿的污泥爬到高坡上时的艰难；所得到的代价，当时的喜悦，只一声的长叹表示出来了；现在心里所有的除了忏悔和沉闷——间或含着些羞耻和惭愧的念头外，没有更多的思想了。

丞姐依旧兴高采烈，她发起一同照相，做个游华严的纪念；我没什么意见，因坐在乃和的旁边，手里拿着我唯一的良伴——日记本——对着瀑布下面潺潺的细流，寄我无穷的深意和怅惘的情绪，照相我始终没有在意。

我好思虑的心，这时更跑到绝路上去了！我想到广漠的世界，只有一面真理的镜子是透明的，除了这面真理的镜子外，便全都有色彩了，无论什么人要是不拿那赤裸裸透明的真理镜子来照，自己是永远不认识自己，也更不认识别人了。

一个人被认识是最不容易的事，也是最不幸的事，我永不希望人们知道我，因为我是流动的、是矛盾的、是有限的；人们认识了我，便是苦了自己。

去年的夏天，一个黄昏里，我依稀记得那时候，正是下过一阵暴雨之后，斜阳从一带深碧的树林里，反射在白色的粉墙上，放出灿烂的金光，映出疏淡的树影；阵阵微风，吹过醉人的玫瑰花香。我独自坐在荼蘼架下，看被雨洗过的树叶，格外显得翠绿，衬着那如美人带酒，娇媚无力的红花，加倍使人迷醉了；那时我的朋友澄如，她从外面进来，拿着雨伞指着我说："这种美景——在这所房子，除了你谁来享受？"我听了这话很觉不安——我相信多和一个人接触便多一重苦恼。

我有时觉得我的生命太短促，不够我使用；有时我又觉得一天好像一年，实在太长久了，竟没有法子消遣。

吃饭、穿衣服、住房子，真是一件大事！不过若有一个人对我说："你是为吃饭、穿衣服、住房子而生活的。"我一定觉得那个人太轻视我了。我一定要为自己申辩，或者还要恨说这个话的人，但是我今天认识我自己了。在我过去的历史中，我的生活除了吃饭、穿衣服、住房子，我真不知道还为什么？不过在全世界、全人类组织体中的一个小我，原值不得什么。

现在我悄悄站在瀑布面前，看那不断地激湍，心里禁不住乱跳，我想若使我把躯壳交给他，这洁白的飞泉里就染上尘垢了！其实用不着顾及这些，不过没有勇气的我，这一念也未尝不能造成未来万劫之因了！

我自己不自觉，对着那三千尺的华严泷，神往了多少时候。不过最后，在我麻木的心里，又起了变动，我仿佛看见那飞泷里所喷出来的水烟都含着神秘的暗示；假若我这时是在水烟的中心，身上的污汗一定消涤无余，若再到了飞烟的深处，我的心——尘俗的心——一定由极热而变到极冷，极浊而变极清，即便是那不可捉摸的灵魂，也要同水烟搅和起来，随着空气的激荡，送到未来的许多游客脸上身上，更浸入他们的心里，使他们消了污汗，息了罪恶之愤火，灭了贪狠的欲望，而投降了伟大的自然。

绵绵不断的思想，忽被冷不防地一击而打断了，回头又见丞姐含笑说："还不让开，有人要在此地照相。"我无奈只得懒懒地走开了，回头看见秀姐还默默地蹲在山涧旁边，玩弄那石缝中的流水，丞姐叫了她两声，她才惊觉，深深地长叹一声躲开了。

那几个游人照完了相，他们不知想起什么来了，跑到我们面前打探我们的来历。我们和他们言语不通，始终不能彼此了解，后来引导我们来的那位山田先生替我们做了翻译。他们听说我们是中国的女学生，脸上的惊奇色使我们震惊。后来他们拿出一张名片来，叫我们随意写几个字，或几句话做个游华严遇见我们的纪念。其实我真嫌他们多余，我接了片子不知写什么好，沉吟了半天，才随意把我那时的感想，做成一首短诗给他们道：——

    唉！庄严的女神呵！
    在你的足下藐小得更藐小了！
    纯洁的女神呵！
    在你的足下尘浊得更尘浊了！
    用你的泪洗清了吧！
    用你的爱臂环抱了吧！
    生命的认识者，向你膜拜了！

他们拿了片子，离开我们回去了。四面不透日光的深山里，罩上将近黄昏的微雾，更觉得阴深幽秘了。同来的伴侣，也来催我归去；我不能对她们宣示我心头的隐秘，只得勉强离开灵魂的恋者，受那刺心离别的苦痛了！

我一壁扶着那石缝中的石根向上攀缘，竟忘了我这时足所履的地方是上不接天日，下不着平地，是半山上的险径。我两只眼睛，只管注视那多情的碧水，由不得流下泪来！

唉！险径走完了，到了山顶的平地上，那将要下山的斜阳，照着那山阴下几株杜鹃，犹徘徊不忍归去，这情景更摧断我的愁肠。再回头，华严已经又是已往的印象了！

佳作点评

这是庐隐的一篇游记。在这篇游记里，我们看到的是庐隐那忧伤的心，她感叹"人事有完的时候""寄我无穷的深意和怅惘的情绪"。她在探寻人生的意义和价值，虽然行文有些散漫，但我们仍能被她那唯美的笔触所感动，尽管一缕忧伤时刻缠绕其中。

碧涛之滨

□ [中国] 庐隐

今天的天气燥热极了,使得人异常困倦。我从电车下来的时候,上眼皮已经盖住下眼皮;若果这时有一根柱子支住我摇撼的身体,我一定可以睡着了。

竹筠、玉亭、小酉、名涛、秀澄都主张到中国饭店去吃饭。我虽是正在困倦中,不愿多说话,但听见了他们的建议,也非常赞成,便赶紧接下道:"好极!好极!"在中国饭店吃了一饱,便出来打算到我们预计的目的地——碧涛之滨去。

一带的樱花树遮住太阳,露出一道阴凉的路来。几个日本的村女站在路旁对我们怔视,似乎很奇异的样子;我们有时也对他们望望,那一双阔大的赤脚,最足使我们注意。

樱花的叶长得十分茂盛;至于樱花呢,只余些许的残香在我意象中罢了。走尽了樱花荫,便是快到海滨了,眼前露出一片碧绿平滑的草地来。我这时走得很乏,便坐在草地上休息。这时一阵阵的草香打入鼻观,使人不觉心醉。他们催促我前进,我努力地爬了起来,奔那难行滑泞的山径。在半山上,我的汗如雨般流了下来;我的心禁不住乱跳。到山滨的时候,凉风打过来，海涛澎湃，激得我的心冷了，汗也止了，神情也消沉了。我独自立在海滨，看波浪上的金银花和远远的云山；又有几支小船，乘风破浪从东向西去，船身前后摇荡，那种不能静止地表示，好像人们命运的写生。我不禁想到我这次到日本的机遇，有些实在是我想不到；今天这些同游的人，除了玉亭、竹筠、秀澄是三年以来患难相共的同学外，小酉和名涛全都是萍水相逢，我和他们在十日以前，都没有见过面，更说不到同好，何况同到这人迹稀少的乡村里来听海波和松涛的鸣声……

我正在这样沉思的时候，他们忽催我走，我只得随了他们更前奔些路程。后来到了一个所在，那边满植着青翠的松柏，艳丽的太阳从枝柯中射进来，更照到那斜坡上的群草，自然分出阴阳来。

我独自坐在群草丛中，四围的芦苇差不多把我遮没了；同来的人，他们都坐在上边谈笑。我拿了一枝秃笔，要想把这四围的景色描写些下来，作为游横滨的一个纪念；无如奔腾的海啸、澎湃的松涛，还有那风动芦苇刷刷的声浪，支配了我的心灵，使我不知道要从什么地方写起来。

在芦苇丛中沉思的我，心灵仿佛受到深醇的酒香，只觉沉醉和麻木。他们在上面喊道："草上有大蚂蚁，要咬着了！"但是我绝不注意这些，仍坐着不动。后来小酉他跑在我的面前来说："他们走了，你还不回去吗！"我只是摇头微笑。这时我手里的笔不能再往下写了，我对着他不禁又想起一件事来。此前我想不到我会到日本来，现时我又想不到会到横滨来，更想不到在这碧涛之滨，他伴着我作起小说来；这不只我想不到，便是他恐怕也想不到。天下想不到的事，原来很多，但是我的遭遇，恐怕比别人更不同些。

我无意地写，他无意地在旁边笑。竹筠更不久也跑到这里来，不住地催我走。我舍不得斜阳，我舍不得海涛，我怎能应许她就走呢？并且看见她，我更说不出来感想。在西京的时候，我认识了一个朋友，和她的容貌正是一样。现在我们相隔数百里，我看不见她天真的笑容，也听不着她爽利的声音。但她是我淘气的同志，在我脑子里所刻的印象要比别的人深一些。世界上是一个大剧场，人类都是粉墨登场的俳优。但是有几个人知道自己是正在作戏，事事都十分认真。他们说人大了就不该淘气，什么事都要板起面孔，这就是道德，就是作人的第一要义。若果有个人他仍旧拿出他在娘怀里时的赤子天真的样子来，人家要说不会做人。我现在已经不是娘怀里的赤子了，然而我有时竟忘了我是应该学做人，正经的面孔竟没有机会板起，这种孩气差不多会做人的人都要背后讥笑呢。想不到他又是一样不会做人，不怕冷讥热嘲，竟把赤子的孩气拿出来了——我从前是孤立的淘气鬼，现在不期而遇见知音了，所以我用不着人们介绍，也用不着剖肝沥胆，我们竟彼此了解、彼此明白。虽是相聚只有几天，然而我们却做了很好的朋友……我想到这里，小酉又来催我归去，我只顾向海波点头，我何尝想到归去！

竹筠悄悄地站在我的身后，我无意回头一看，竟吓了一跳，不觉对她怔视；她也不说什么，用手扶在我的肩上，很温存地对我轻轻说道："回去罢！"这种甜蜜的声浪，使得我的心醉了……

名涛从老远跑来道："快交卷罢！不交便要抢了！"其实我的笔是随我的心停或动的，而我的心意是要受四围自然的支配的；若要我停笔，只有四围的环境寂静了，那时候我便可掷我的秃笔在那阔无际涯的海波里……现在呢，我的笔不能掷；不过我却不能不同碧海暂且告别，也不能同涛声暂时违离；我又决不忍心叫这些自然寂寞。碧涛之滨的印象，要同我生命相终始呢！

佳作点评

这是庐隐日本之行的一段文字。在文章中，她发出了"世界上是一个大剧场，人类都是粉墨登场的俳优"的感慨，呈现在我们面前的是一个多愁善感、感情外露的女性；表现的是一个作家对世事的理性思考和深刻体悟。于是，我们阅读的是文字，得到的是人生积淀。

几个欢乐的日子

□［中国］萧红

人们跳着舞,"牵牛房"那一些人们每夜跳着舞。过旧年那夜,他们就在茶桌上摆起红蜡烛,他们摹仿着供财神、拜祖宗。灵秋穿起紫红绸袍、黄马褂,腰中配着黄腰带,他第一个跑到神桌前。老桐又是他那一套,穿起灵秋太太瘦小的旗袍,长短到膝盖以上,大红的脸,脑后又是用红布包起笤帚把柄样的东西,他跑到灵秋旁边,他们俩是一致的,每磕一下头,口里就自己喊一声口号:一、二、三……不倒翁一样不能自主地倒下又起来。后来就在地板上烘起火来,说是过年都是烧纸的……这套把戏玩得熟了,惯了!又是过年,也每天来这套,人们看得厌了!对于这事冷淡下来,没有人去大笑,于是又变一套把戏:捉迷藏。

客厅是个捉迷藏的地盘,四下窜走,桌子底下蹲着人,椅子倒过来扣在头上顶着跑,电灯泡碎了一个。蒙住眼睛的人受着大家的玩戏,在那昏庸的头上摸一下,在那分张的两手上打一下。各种各样的叫声,蛤蟆叫、狗叫、猪叫,还有人在装哭。要想捉住一个很不容易,从客厅的四个门会跑到那些小屋去。有时瞎子就摸到小屋去,从门后扯出一个来,也有时误捉了灵秋的小孩。虽然说不准向小屋跑,但总是跑。后一次瞎子摸到王女士的门扇。

"那门不好进去。"有人要告诉他。

"看着,看着不要吵嚷!"又有人说。

全屋静下来,人们觉得有什么奇迹要发生。瞎子的手接触到门扇,他触到门上的铜环响,眼看他就要进去把王女士捉出来,每人心里都想着这个:看他怎样捉啊!

"谁!谁?请进来!"跟着很脆的声音开门来迎接客人了!以为她的朋友来访她。

小浪一般冲过去的笑声,使摸门的人脸上的罩布脱掉了,红了脸。王女士笑着关了门。

玩得厌了!大家就坐下喝茶,不知从什么瞎话上又拉到正经问题上。于是"做人"这个问题使大家都兴奋起来。

"怎样是'人',怎样不是'人'?"

"没有感情的人不是人。"

"没有勇气的人不是人。"

"冷血动物不是人。"

"残忍的人不是人。"

"有人性的人才是人。"

"……"

每个人都会规定怎样做人。有的人他要说出两种不同做人的标准。起首是坐着说,后来站着说,有的也要跳起来说。

"人是感情的动物,没有情感就不能生出同情,没有同情那就是自私、为己……结果是互相杀害,那就不是人。"那人的眼睛睁得很圆,表示他的理由充足,表示他把人的定义下得准确。

"你说的不对,什么同情不同情,就没有同情,中国人就是冷血动物,中国人就不是人?"第一个又站了起来,这个人他不常说话,偶然说一句使人很注意。

说完了，他自己先红了脸。他是山东人，老桐学着他的山东调：

"老猛（孟,）你使（是）不使人？"

许多人爱和老孟开玩笑，因为他老实，人们说他像个大姑娘。

"浪漫诗人"是老桐的绰号。他好喝酒，让他作诗不用笔就能一套连一套，连想也不用想一下。他看到什么就给什么作个诗，朋友来了他也作诗：

"梆梆梆敲门响，呀！何人来了？"

总之，就是猫和狗打架，你若问他，他也有诗，他不喜欢谈论什么人啦！社会啦！他躲开正在为了"人"而吵叫的茶桌，摸到一本唐诗在读：

"昨日之……日不可留……今日之日……多……烦……忧，"读得有腔有调，他用意就在打搅吵叫的一群。郎华正在高叫着：

"不剥削人，不被人剥削的就是人。"

老桐读诗也感到无味。

"走！走啊！我们喝酒去。"

他看一看只有灵秋同意他，所以他又说：

"走，走，喝酒去，我请客……"

客请完了！差不多就是醉着回来。郎华反反复复得唱着半段歌，是维特别离绿蒂的故事。人人喜欢听，也学着唱。

听到哭声了！正像绿蒂一般年轻的姑娘被歌声引动着，哪能不哭？是谁哭？就是王女士。单身的男人在客厅中也被感动了，倒不是歌声感动，而是被少女的明脆而好听的哭声所感动，在地心不住地打着转。尤其是老桐，他贪婪的耳朵几乎竖起来，脖子一定更长了一点，他到门外去听，他故意说：

"哭什么？真没意思！"

其实老桐感到很有意思，所以他听了又听，说了又说："没意思。"

不到几天，老桐和那女士恋爱了！那女士也和大家熟识了！也到客厅来和大家一道跳舞。从那时起，老桐的胡闹也是高等的胡闹了！

在王女士面前，他耻于再把红布包在头上，当灵秋叫他去跳滑稽舞的时候，他说：

"我不跳啦！"一点儿兴致也不表示。

等王女士从箱子里把粉红色面纱取出来：

"谁来当小姑娘，我给他化装。"

"我来，我……我来……"老桐他怎能像个小姑娘？他像个长颈鹿似的跑过去。

他自己觉得很好的样子，虽然是胡闹，也总算是高等的胡闹。头上顶着面纱，规规矩矩地、平平静静地在地板上动着步，但给人的感觉无异于他脑后的颤动着红扫帚柄的感觉。

别的单身汉，就开始羡慕幸福的老桐。可是老桐的幸福还没十分摸到，那女士已经和别人恋爱了！

所以"浪漫诗人"就开始作诗。正是这时候，他失一次盗：丢掉他的毛毯。所以，他就作诗"哭毛毯"。哭毛毯的诗作得很多，过几天来一套，过几天又来一套。朋友们看到他就问：

"你的毛毯哭得怎样了？"

佳作点评

作为一个极有才华的女作家，萧红的一生是让人感叹的一生，孤独、痛苦、饥饿、流离，如影随形，她的文字就是自我体验的一种灵魂的反映。

在文中，她关注的是几个底层小人物的人生感触，给这些脆弱的生命以人道的关注和关心，直抵心灵深处那温暖的角落。她的文字自然新鲜、质朴天真、清纯可爱，于娓娓道来中饱含淳厚的情感和意韵。

我所见的叶圣陶

□ [中国] 朱自清

我第一次与圣陶见面是在民国十年的秋天。那时刘延陵兄介绍我到吴淞炮台湾中国公学教书。到了那边,他就和我说:"叶圣陶也在这儿。"我们都念过圣陶的小说,所以他这样告我。我好奇地问道:"怎样一个人?"出乎我的意料,他回答我:"一位老先生哩。"但是延陵和我去访问圣陶的时候,我觉得他的年纪并不老,只那朴实的服色和沉默的风度与我们平日所想象的苏州少年文人叶圣陶不甚符合罢了。

记得见面的那一天是一个阴天。我见了生人照例说不出话,圣陶似乎也如此。我们只谈了几句关于作品的泛泛的意见,便告辞了。延陵告诉我每星期六圣陶总回甪直去;他很爱他的家。他在校时常邀延陵出去散步,我因与他不熟,只独自坐在屋里。不久,中国公学忽然起了风潮。我向延陵说起一个强硬的办法——实在是一个笨而无聊的办法!——我说只怕叶圣陶未必赞成。但是出乎我的意料,他居然赞成了!后来细想他许是有意优容我们吧,这真是老大哥的态度呢。我们的办法天然是失败了,风潮延宕下去,于是大家都住到上海来。我和圣陶差不多天天见面,同时又认识了西谛,予同诸兄。这样经过了一个月,这一个月实在是我很好的日子。

我看出圣陶始终是个寡言的人。大家聚谈的时候，他总是坐在那里听着。他却并不是喜欢孤独，他似乎老是那么有味地听着。至于与人独对的时候，自然多少要说些话，但辩论是不来的。他觉得辩论要开始了，往往微笑着说："这个弄不大清楚了。"这样就过去了。他又是个极和易的人，轻易看不见他的怒色。他辛辛苦苦保存着的《晨报》副张，上面有他自己的文字的，特地从家里捎来给我看；让我随便放在一个书架上，给散失了。当他和我同时发现这件事时，他只略露惋惜的颜色，随即说："由他去末哉，由他去末哉！"我是至今惭愧着，因为我知道他作文是不留稿的。他的和易出于天性，并非阅历世故、矫揉造作而成。他对于世间妥协的精神是极厌恨的。在这一月中，我看见他发过一次怒——始终我只看见他发过这一次怒——那便是对于风潮的妥协论者的蔑视。

风潮结束了，我到杭州教书。那边学校当局要我约圣陶去。圣陶来信说："我们要痛痛快快游西湖，不管这是冬天。"他来了，叫我上车站去接。我知道他到了车站这一类地方，是会觉得寂寞的。他的家实在太好了，他的衣着，一向都是家里管。我常想，他好像一个小孩子；像小孩子的天真，也像小孩子似的离不开家里人。必须离开家里人时，他也得找些熟朋友伴着，孤独在他简直是有些可怕的。所以他到校时，本来是独住一屋的，却愿意将那间屋做我们两人的卧室，而将我那间做书室，这样可以常常相伴。我自然也乐意，我们不时到西湖边去；有时下湖，有时只喝喝酒。在校时各据一桌，我只预备功课，他却老是写小说和童话。初到时，学校当局来看过他。第二天，我问他，"要不要去看看他们？"他皱眉道："一定要去么？等一天吧。"后来始终没有去。他是最反对形式主义的。

那时他小说的材料，是旧日的储积；童话的材料有时却是片刻的感性。如《稻草人》中《大喉咙》一篇便是。那天早上，我们都醒在床上，听见工厂的汽笛，他便说："今天又有一篇了，我已经想好了，来得真快呵。"那篇的艺术性很巧，谁想他只是片刻的构思呢！他写文字时，往往拈笔伸纸，便手不停挥地写下去，开始及中间，停笔踌躇时绝少。他的稿子极清楚，每页至多只有三五个涂改的字。他说他从来是这样的。每篇写毕，我自然先睹为快；他往往称述结尾的适宜，他说对于结尾是有些把握的。看完，他立即封寄《小说月报》。照例用平信寄。我总劝他挂号，但他说："我老是这样的。"他在杭州不过两个月，写得真不少，叫人羡慕不已。《火灾》里从《饭》起到《风潮》这七篇，还有《稻草人》中一部分，都是那时我亲眼看他写的。

在杭州待了两个月，放寒假前，他便匆匆地回去了。他实在离不开家，临去时让我告诉学校当局，无论如何不回来了。但他却到北平住了半年，也是朋友拉去的。我前些日子偶翻十一年的《晨报副刊》，看见他那时途中思家的小诗，重念了两遍，觉得怪有意思。北平回去不久，便入了商务印书馆编译部，家也搬到上海。从此在上海待下去，直到现在——中间又被朋友拉到福州一次，有一篇《将离》抒写那回的别恨，是缠绵悱恻的文字。这些日子，我在浙江乱跑，有时到上海小住，他常请了假和我各处玩儿或喝酒。有一回，我便住在他家，但我到上海，总爱出门，因此他老说没有能畅谈。他写信给我，老说这回来要畅谈几天才行。

十六年一月，我接眷北来，路过上海，许多熟朋友和我饯行，圣陶也在。那晚我们痛快地喝酒，发议论，他是照例地默着。酒喝完了，又去乱走，他也跟着。到了一处，朋友们和他开了个小玩笑，他脸上略露窘意，但仍微笑地默着。圣陶不是个浪漫的人；在一种意义上，他正是延陵所说的"老先生"。但他能了解别人，能谅解别人，他自己也能"作达"，所以仍然——也许格外——是可亲的。那晚快夜半了，走过爱多亚路，他向我诵周美成的词，"酒已都醒，如何消夜永！"我没有说什么。那时的心情，大约也不能说什么的。我们到一品香又消磨了半夜。这一回特别对不起圣陶，他是不能少睡觉的人。他家虽住在上海，而起居还依着乡居的日子；早七点起，晚九点睡。有一回我九点十分去，他家已熄了灯，关好门了。这种自然的、有秩序的生活是对的。那晚上伯祥说："圣兄明天要不舒服了。"想起来真是不知要怎样感谢才好。

第二天，我便上船走了。一眨眼三年半，没有上南方去。信也很少，却全是我的懒。我只能从圣陶的小说里看出他心境的迁变，这个我要留在另一文中说。圣陶这几年里似乎到十字街头走过一趟，但现在怎么样呢？我却不甚了然。他从前晚饭时总喝点酒，"以半醺为度"；近来不大能喝酒了，却学了吹笛——前些日子说已会一出《八阳》，现在该又会了别的了吧。他本来喜欢看看电影，现在又喜欢听听昆曲了。但这些都不是"厌世"，如或人所说的；圣陶是不会厌世的，我知道。又，他虽会喝酒，加上吹笛，却不曾抽什么"上等的纸烟"，也不曾住过什么"小小别墅"，如或人所想的，这个我也知道。

一九三零年七月，北平清华园。

佳作点评

一个名家眼中的另一个名家会是什么样子的呢？要了解这一点，我们不妨读读这篇文章。同为中国文坛的巨擘，朱叶二人结下了深厚的友谊。朱自清眼中的叶圣陶，与我们印象中的叶圣陶并不完全一样，这既是因为他们之间的熟悉，也是因为他们理解的深切。

在描写上，朱自清没有去追求俗套的夸人式的写法，而是着眼于日常琐事，在看似不经心的描述中，一个鲜活的叶圣陶便呈现在我们的面前了。

生　日

□［中国］柔石

夏历八月二十七的一天，是萧彬二十三岁的生日。本来，他的生日是不容易忘记的。自从进了小学校以后，这数十年来，当每次举行孔子的圣诞的祀礼时，他总在热闹里面舞跳着，暗地里纪念他自己的生辰。但自从离开中学以后，他的不易开展的运命，就放他在困顿与漂流的途中，低头踏过他无力的脚步。因此，他的生之纪念，也就和他生之幸福同样地流到缥缈的天边。这回，他能够在三天前重新记起了他的久被弃置的生日的就近，全是一位左邻的小学生的力量。

"萧先生，过了后天就是孔子的圣诞了。"

在二十四那一天的傍晚，萧彬正在沿阶上踱来踱去。他的左邻的维小友，腰间夹着书包，从学校跳步回来，这样对他说："圣诞，是一个什么日子呢？"

萧彬微笑地似问非问的样子。维小友答："是我们快乐的日子。"

说着便跑进他的家里去了。萧彬的如冬之沉寂的心海内，便霎时起了风涛。心想："快乐的日子，是谁的快乐的日子呵？在我，已经不会再来了！"一边，他走进一间灰暗的房内，关起门，似乎要隔绝那恼人的思想。可是思想是个无赖汉,仍溜进房内与他为难了——母亲呀,你何时再能为你流落的儿子烧碗米面呢?在面上放着两只鸡蛋,一个鸡腿,这是多少年以前的事情了?

接着,他更辽远地缥缈地想起——他为什么要这样做人,假如那天他母亲不生他,人间与他无关系,这又何等干净呢!但一边他哈地冷笑一声,似笑他自己想念之愚。最后说:"那一天是谁的生日,该是上帝的意旨罢?"

这天早晨,萧彬起来很早。东方的云刚才染着阳光的桃色,他就披着一件青布长衫,拖着一双拖鞋向淡雾的朦胧的田野间走去。草上的露珠,黏着了他的两脚,湿透他的鞋袜。他在清冷的空气中,深深地呼吸了几口。觉得空气刺激他的喉咙,有些清快,又有些酸辣。他再向前走,似要走上前面那座小山去一样。他胸中毫无目的,也毫无计划。只是有心无心地向前走去,一种块垒难于放下似的。草底下的虫儿,唱歌还没完毕,树枝上的小鸟,已开始跳舞了。他也毫不留心地走过,简直大自然的早晨的优美与他毫没关系般。清晨的弥漫的四周激荡他。他就站在田塍上,向东方回忆起来——今天是我的生日,也是孔子的圣诞,在古今的时间线的这一点上,究竟发生什么特殊的意义呢!二十二年前的此刻,我"呱呀"一声坠地。这又不过是一种自然的现象,如苹果成熟了坠地一般。母亲告诉我——在那时,外祖母得到消息,立刻拍手叫我"归山虎",因这年是寅年,又叫我是"熟年儿郎",因她正在打稻的时候,禾黍丰登,满田野都是黄金色的佳穗。我四周的人们,个个为我快乐。我固肥白可爱,而天公也似特意厚待我:我生之晨,天空有五彩绚烂的云霞拥护着屋顶;数十头喜鹊不住地在我家屋檐上叫而且跳;父亲拿些檀香在香炉里烧烧,香味也异常透人鼻髓。个个脸上的笑纹,个个口里的祝福——将从我带来许多美丽到人间。可是现在呀,我之为我,正与人们所祈望的相反了!自从十六岁离家,流年漂泊,饱尝风霜野店的滋味。时觉庞大山河,竟没有我驻足之所,更无望前途有所依归了。少年的理想与雄心,一阵阵被春雨秋风所摧残与剥落。现在呀,所遗留的我,不过是一个该忏悔的活尸罢?还有什么别的生命之真正的另一种意义呢?

他不愿再想下去。一边又慢慢地向前走,走到一株苍劲盘曲的老松树下,他蹲下去,似要在它伞一般的荫下安睡一息。但到田间来工作的农夫们多了,一个个走过他身边,用奇异的不可解释的目光看一回他,他羞涩了,又立起低头走回来。他一边口里念念:

　　无聊的生命呀,
　　你来到人间何所求?
　　太阳呵,你不过,
　　助无聊的人更无聊罢!

早餐他吃过了一碗稀饭,就站在檐下望天。蔚蓝的天宇满盖屋上,白云有如青草地上的蝴蝶,从西向东掠飞过去。实际在地面是感觉不到什么风,虽则庭前的柳树,有时也飘落几片细瘦黄叶到他的身上来。照他自修表上所规定的,这时该是他用功的时候了,而且英译本的莫泊桑的《一生》,已读到最后几页了。但他不知什么缘故,老是呆立着,不想去完结它,也有一些不想去做。他自念:今天应该过个痛痛快快的日子才是,饮酒呢,放开肚皮,喝个酩酊大醉;或到什么高山的极顶上去,大笑一场。忽一转念:"这些都适合我生日情调的和谐么,还是静默罢!"一边他又走进那间灰暗的寓室,坐下椅子。一时,又向抽斗里拿出一本簿子,似乎要做过去的回忆:将他二十二年来的生活情形,漂流、失望、烦恼、灰心,以及可纪念、可感激的亲友,他要详尽地写在这本簿子上。他还想用美丽的笔写就之后,再找那同调的人儿,敬赠给她,以博得嫣然之一笑,或幽声之一哭。但他磨好墨，濡好笔，又停滞着。他不知从何处写起，又从何事写起，生活是碎屑的、平常的，过去又是恍恍惚惚的、真实的他，一刻刻地在转换着。那过去的他的事迹，也随着时间之影的变幻而倏灭了。"况且你是个庸众！"最后他自己这样咒骂了一句，竟在椅上不稳定起来，身子震撼着，四周觉到空泛。于是他又站起，在房内徘徊了一息，又开了门，用沉重的脚步向门外走出去。

走不到半里，他就见对面来了一队约数百十个小学生。他们是到大成殿去祀孔的。他认识在旗帜飘扬底下，衣冠整齐的是某小学校的教员金先生。他忽然觉得不敢往前走去，似有些惶恐。金先生是青年，但有老人似的极严正苛刻的人生观，这时在萧彬看来，简直有一种不可侵犯的神圣围护在他身边，他自己是渺小如有罪的囚犯，他没有勇气去碰见他，点个无聊的勉强微笑的头，就一闪转弯到一条僻静的小巷。

他只是没精打采的瞎走，自己是非常消沉。但一忽，却有一种清脆的小女的卖花的声音，从远处叫近了。一位年约十四五岁的女郎，身穿柳条花布衫裤，手挽花篮，盛着一篮香气扑鼻的桂花，几乎拦住在他的身前。

"先生，你要买桂花么？"

"桂花，它已经开了？"

萧彬稍稍兴奋地。女郎就从篮里拿取一枝，递给他。

"开得盛呀，这枝。"

他就受去放在鼻上闻一闻。女郎同时又用微笑的眼给他。他几乎忧戚地问她："多少钱？小姑娘。"

"四枚铜子罢，先生。"

"为什么这样便宜呢？"

"便宜吗？先生。"

女郎活泼的、伶俐的眼珠不住地看他。一个却简直发痴似的，也看看她，缥缈地想开来——一个可爱的女郎，在街头巷尾卖花，喊破她的幽喉，为几个铜子！这样，他一边问："小姑娘，你家住什么地方？"

"西门，美记花园是我爸爸的。我们都靠花养活。我们的园里四季都开着好花。先生有闲，可以到我们那里来玩玩的。"

"谢谢你，小妹妹。可是你这篮花要卖几多钱呢？"

女郎轻便地动着两唇："不过两角钱。"

萧彬却兴奋地说："那么小姑娘，我给你两角钱，你索性将这篮花都卖给我罢。"

女郎一时说不出话来了。许久，她问："你要这许多桂花做什么呢？"

"那你今天可以不必到处乱叫了。"

"明天还是要卖的，先生。"

女郎低下头，似触着了什么悲伤，可是一息说："先生，给我钱。卖花是要赶时候的，花谢了，谁要呢？"

他也立刻醒悟过来，"该死，该死，我还缠着她做什么？"心想，一边就从袋内摸出几个铜子，掷在她手内，愤怒地走开了。

女郎在他的身后说："先生有闲，可以到我们花园里来玩玩的。"

随即又听她尖脆地、凄凉地叫起卖花的声音来，"桂花！桂花！"一声声似细石掷下深渊中去一样，声浪悠远地绕着他耳际。

他手里捻着花，低头默默地向前走，也没有方向，心是胡乱地想。一息想那位可爱而又可怜的卖花女郎，一息又想他自己，一息又想那位女郎和他自己的关系——在生日送他芬芳的花，有意点缀他这个无聊的日子似的。他轻笑了一笑，又闻了一闻花。在这冷气涨满的巷里，竟似一个人在演剧一般，表现他喜怒哀乐的各种情绪。

"我不该有这枝花罢？小姑娘是可爱的。"

一息这么想，一息又那么说："荣幸！我该清供在花瓶中。"

同时，脚步有些走快起来。刚刚走到巷口，又见国旗飘扬地过去，这是一队女小学校的学生，也是往学宫祀孔的。他被挤在观众中，一时呆立着，数百十个女孩子，从五六岁到十五六岁，身上穿着华美的衣服，脸上浮现出笑容，他想："在圣诞节横行街市，是多么幸福呀！"更有几位年轻而美貌的女教师，撑着石榴花色与翡翠色的小伞，掩映她们骄傲的脸儿在阳光之下，而且偷偷地横视他一眼，这使他惭愧了。他的两颊落下红色，心颤跳着，一时怒恨起来："她们得到上帝的什么呢？"他很想将他手里的花掷过去，打在她们的脸上，打破她们薄薄的脸皮。但巷口拥着的观众，个个都是目光炯炯的好汉，好像生来就为保护女性和拥护礼教似的，萧彬怎么敢做一个用花打人的凶手呢？幸得全队也一息就通过他的前面了。

他没精打采地回到寓里。将桂花插在一只缺口的白瓷花瓶里，又将瓶里换了清水，就对花用手支头靠在桌上，呆坐着。他一些也不想什么，也想不出什么来。他很像身体被无聊所凝冻了，而同时又感到要溶解似的。阳光照在他的桌上，桂花的香气一阵阵冲入他鼻，他竟倦倦地想睡去了。但他瞧一瞧他的自修表，觉得工作又紧催着他，他顿时叹息了一声，伸一伸他的腰，似要振作一下的样子。

太阳在他的头上，似乎走得慢极了。红色的无力的脚跟，和他同样地在阶前缓步。这是下午一时，他想他自己的生日，还只是过了一半。"睡罢，睡是死的兄弟！要将这无用的光阴一霎送过去，非求睡神的恩赦不可。"于是他又回到房内，脱了他外面的长衣，睡下。但怎样睡得着呢？一切无挂念，远离颠倒梦想，他能够做得到吗？他只有诅咒他自己，念念南无阿弥陀佛，听听钟摆滴答的声音，或记数数，一二三四五，但有效验吗？心是愈想静而愈躁，脸发烧了，背透汗了，他似睡在赤道底下一样，但他睡不着了。掀开被，昏沉沉地坐起，无所适从的样子。一息，他又重开出房门，心想到他好久不去的悲湖了。"向秋子长空去看看鸢飞鱼跃罢。"一边又用他脚镣，像镣着犯人似的脚步向一面城墙走出去。

苍穹更展开它宽阔的怀抱，大地吐着媚人的颜色——绿的水，青翠的山，疏散的堤边杨柳，金黄色待割的禾。他走向翠桥底石栏杆边，坐下。口子吮吸着好像鱼吸水一样，这时他好像和阳光接吻。他回首望望城墙的危圮，耳又听到隔岸的捣衣声，想象他自己是一个落魄的英雄，一边就记起了数日前读了的陆放翁作的一首《秋思》来。他不觉低声咏吟道：

日落江城闻捣衣，长空杳杳雁南飞。
桑枝空后醯初熟，豆荚成时兔正肥。
徂岁背人常冉冉，老怀感物倍依依。
平生许国今何有？且拟梁鸿赋五噫！

他觉得这首诗非常恰合他这时的心境。只可惜他年龄轻些，不能学放翁一样，寄身于陇亩，酒酣耳热之际，跌宕淋漓，唱唱他自己的"壮心空万里""向暗中消尽当年豪气"的诗句。至于梁鸿呢，他有举案齐眉的妻子，不免连放翁也羡慕起来。但他，又哪里能谈得到呀。他觉得他有一腔无名的幽怨，向他的心坎紧紧地涨上来。这时，有四五个身穿制服的英俊少年学生，从桥上过去，一边议论着，什么"路里丢着银子都没人拾去""三个月鲁国太平""圣人底政策总胜于共党的暴动"一类赞颂孔子的盛德的话。他听过，觉得心里更不舒服，好像连孩子们都比他切实，比他强韧，他们的两脚踏在地球上是稳定的。他垂下头，眼望那桥下的水草，微波激着水草夭夭地动着。可是一忽，他又对他自己说道："走罢！呆坐在这里做什么呢？"

他就站了起来，向桥底那边走去。

随后到了一座寺院，他就跨进大门。他看大笑的弥勒佛似在欢迎他，又看两旁雄赳赳的金刚似威吓他，他乐意又胆怯，但还当作毫没事般进去。寺内十分沉寂,一派阴森的寒气。数十头鸦雀这时正在庭前的松柏上聒噪着。他先到一边厢房,供奉着伽蓝菩萨。它的台座前满挂各种大小不同、新旧不等的匾额,香案上点着煌煌的长蜡烛,香炉里有渺渺的香烟,在烟烛之间放着一只签诗筒,显然是一刻以前有人祈祷过的。于是他也想:伽蓝称护法之神,或者也能指示他的迷途,有些灵验。于是他就借了别人未烧完的香烛,卜他残破的人生去处的机运。拿了签诗筒来,也不跪下,也不摇,就从许多竹签里面抽出一支竹签来,他看签上写着:

第九十九签,中平。

于是,他再到签诗堆里去对,寻出一张第九十九签的签诗纸来。他一读,知道是一首八句的七言律诗。后四句是:

大鹏有翅狂风日,野鹤无粮朗月时。
一片茫茫随君意,车可东行马可西。

他念了几遍,也觉得里面含有一种玄妙的隐机。他向伽蓝微微一笑,似称赞它值得悬挂"丕显哉"的匾额一般。再看签诗的小注,是"行人在""婚姻成""功名第"等,更没什么意义了。于是,走出来到大雄宝殿,也没有什么心思,就回出寺门。

太阳与地平线成三十度的角度。他觉得没有新鲜的地方可玩,仍又回到堤上来。

这时,他望见城门内跑出一匹肥大白马,红鞍之上坐着一位丰姿奕奕的美少年。他一手挥着皮鞭,一手揽着缰绳,汗流地飞过他身边。"得得"的马蹄翻起泥尘,泥尘就飞扬于湖上,雾一阵地。随后蹄声渐远,飞尘渐低,人与马也悠悠地向山坡隐没而去。于是,萧彬周身的血流又快起来。

他想："骑着白马，扬鞭于美丽的湖山间，侧目道旁的弱者，这又何等可羡慕的呵！忍气吞声地在人间偷活着，倒不如自杀了干脆罢！"但不敢用花打人的人，又怎么会有自杀的勇气呢？他终于怅怅然低下头去了。

一边他慢慢地走到水边，就将他手里的第九十九签的签诗，平放在水上。纸湿透了水，沓沓地向湖心流去。同时他昂头高声向天道："车可东行马可西，英雄仗剑正当时！"

他不愿再留恋山水间，正似赴战场一样走了回来。

当晚，他又坐在书桌前，眼望窗外黄昏的天色。房东走到他的房外叫他吃饭，他说："我此刻不要吃。"房东问他为什么。他答："不为什么，只是今天是我特殊的日子。"

约莫呆坐了一点钟，他才站起来，走出去，向一家小菜馆里踏进。心里想：喝点酒罢，喝个醉罢，送过今前之一切陈腐，换得今后的一个新生罢！

他喝了半斤黄酒，神经有些摇动了。他看着他旁边的一桌——三个兵士同一个妇人。她用极丑陋的笑脸丢给兵士，提着酒杯将酒灌下到兵士的喉咙里，兵士用手打着妇人的面颊，还用脚伸放在她的腿上，互相戏谑着，互相谩骂着。菜馔摆满桌上，两个堂倌，来回不住地跑。萧彬看得很气愤，他诅咒人间的丑恶。忽然，堂倌跑来低声说："营长来了。"于是妇人就避入别室，兵士也整理一下他们的衣帽，坐着。可是他不愿吃饭了，不知怎样，全身火焰一般地烧着，就愤愤地站起走了。营长上梯来，跟着四个兵士。他迎面碰着，用仔细的、发火的眼向营长一看，营长也奇怪地打量了他一下。他跑下楼很快，护兵回头看着他，似疑心他是刺客一般。他毫不觉得，一直跑到付账处。

掌柜是一个身躯肥胖的矮子，口边有八字胡须。这时却正动着他的八字胡须，骂一个十三四岁的小伙计。小伙计掩着脸在门边哭。堂倌在楼上高声叫，"三角五分呀！"萧彬就递一块钱给他找。掌柜毫不理会，声势汹汹地继续骂着。"请找给我钱罢"他说。掌柜还没有听到,甚至要伸手去打那位小伙计。于是他发怒地问:"你们不做生意吗?我站着看你们打骂吗?"这样,掌柜转出笑脸向他说:"先生,这小家伙实在坏极!时常没心做事,打碎东西,方才又跌碎一只盆子,还说是我碰着他的。"他说:"打碎盆子总有的,盆子也值几个钱呢!"掌柜转一转他的肚皮答:"二角二分大洋啊!"他正色的作笑说:"那让我赔偿你罢,不要打他了。"掌柜连忙恭敬地答:"哪里,哪里。"可是一边却在算盘上打着三角五分,一边又加上二角二分,于是向他说:"那么,叨光,先生,一共五角七分。"这时营长和护兵已下楼来,围着付账处看。看到这里才冷笑一声,打着官话去了。掌柜用找还的钱递给他说:"这里,先生,四角三分。"他没有说话,受了钱,一径走出来。

路里,他又悲哀又骄傲地叹息一声说:"唉,我的无聊的生日总算过去了。"

一九二四年秋作于慈溪
一九二九年一月修改

佳作点评

作为具有"台州式硬气"的作家,柔石的作品更多地关注了社会的不公和黑暗,反映了知识分子的苦闷和挣扎。

在文中,我们看到,在一个本应是欢乐的日子里,主人公却是满肚子的不痛快。虽然他和孔圣人具有相同的诞生日,但他感觉自己"自从十六岁离家,流年漂泊,饱尝风霜野店的滋味","他的不易开展的运命,就放他在困顿与漂流的途中,低头踏过他无力的脚步"。通篇都是在诉说自己内心的孤独、躁动、颓废、流浪、徘徊和困惑,但我们还是能发现他骨子里的一丝顽强的寻路精神。

钢铁假山

□［中国］夏丏尊

案头有一座钢铁的假山，得之不费一钱，可是在我室内的器物里面，要算是最有重要意味的东西。

它的成为假山，原由于我的利用，本身只是一块粗糙的钢铁片，非但不是什么"吉金乐石"片，说出来一定会叫人发指，是一·二八之役日人所掷的炸弹的裂块。

这已是三年前的事了。日军才退出，我到江湾立达学园去视察被害的实况，在满目凄怆的环境中徘徊了几小时，归途拾得这片钢铁块回来。这种钢铁片，据说就是炸弹的裂块，有大有小，那时在立达学园附近触目皆是，我所拾的只是小小的一块。阔约六寸，高约三寸，厚约二寸，重约一斤。一面还大体保存着圆筒式的弧形，从弧线的圆度推测起来，原来的直径应有一尺光景，不知是多少磅重的炸弹了。另一面是破裂面，皮削凹凸，有些部分像峭壁，有些部分像危岩，锋棱锐利得同刀口一样。

江湾一带曾因战事炸毁过许多房子，炸杀过许多人。仅就立达学园一处说，校舍被毁得过半数，那次我去时瓦砾场上还见到未被收敛的死尸。这小小的一块炸弹裂片，当然参与过残暴的工作和刽子手所用的刀一样，有着血腥气的。论到证据的性质，这确是"铁证"了。

我把这铁证放在案头上作种种的联想，因为锋棱又锐利摆不平稳，每一转动，桌上就起擦损的痕迹。最初就想配了架子当作假山来摆。继而觉得把惨痛的历史的证物，变装为古董性的东西是不应该的。一向传来的古董品中，有许多原是历史的遗迹，可是一经穿上了古董的衣服，就减少了历史的刺激性，只当作古董品被人玩耍了。这块粗糙的钢铁，不久就被我从案头收起，藏在别处，忆起时才取出来看。新近搬家整理物件时被家人弃置在杂屑篓里，找寻了许久才发现。为永久保藏起见，颇费过些思量。摆在案头吧，不平稳，而且要擦伤桌面。藏在衣箱里吧，防铁锈沾惹坏衣服，并且拿取也不便。想来想去，还是去配了架子当作假山来摆在案头好。于是，就托人到城隍庙一带红木铺去配架子。

现在，这块钢铁片，已安放在小小的红木架上当作假山摆在我的案头了。时间经过三年之久，全体盖满了黄褐色的铁锈，凹入处锈得更浓。碎裂的整块的像沈石田的峭壁，细杂的一部分像黄子久的皴法，峰冈起伏的轮廓有些像倪云林。客人初见到这座假山的，都称赞它有画意，问我从什么地方获得。家里的人对它也重视起来，不会再投入杂屑篓里去了。

这块钢铁片现在总算已得到了一个处置和保存的方法了，可是同时却不幸地着上了一件古董的衣裳，为减少古董性显出历史性起见，我想写些文字上去，使它在人的眼中不仅是富有画意的假山。

写些什么文字呢？诗歌或铭吗？我不愿在这严重的史迹上弄轻薄的文字游戏，宁愿老老实实地写几句记实的话。用什么来写呢？墨色在铁上是显不出的，照理该用血来写，必不得已，就用血色的朱漆吧。今天已是二十四年的一月十日了，再过十八日，就是今年的一·二八，我打算在一·二八那天来写。

佳作点评

1932年一·二八事变发生，日军撤退后，夏丏尊到江湾立达学园去察看被破坏的情况，他在满目疮痍的环境中徘徊了好几个小时，那些残垣断壁让他倍感激愤。在回去的时候，他捡拾一堆像山峦状的钢铁回家，也就是日军的炸弹碎片，他要将这惨痛历史的证物留存下来。

此文就是关于自己案头假山的来历和故事。我们看到，夏丏尊以平实的文字诉说着内心的愤恨之情，他在呼喊："要用血来写这严重的史迹，要勿忘惨痛的历史。"

做　客

□ ［中国］缪崇群

　　这里说做客，并不是一个人单身在外边的意思。做客就是到人家去应酬——结婚，开丧，或是讲交情，都有得吃，而且吃得很多很丰美。虽说做客，可不需要什么客气，一客气反叫主人家不高兴，回头怪客人不给他面子。有好多次我都不认识主人是谁便吃了他很多东西，我感谢这种盛意，但心里总不免为主人惋惜：请了这么些个客人来，一张一张陌生人的面孔，究竟有什么可取的地方呢？我想，在这里做客，还莫若叫做"吃客"才妥当些。

　　请客的事，恐怕没有一个地方比这里奢侈浪费的了。一个小小人家，办一次婚丧，便要摆几十桌酒席，一天两道，两天，三天这样排场下去。那些做父母的，有的要卖掉他们的田地和祖产，那些做儿女的，有的便要负担这一份很重的债务，直等很多年后都偿还不清。可是吃客们早已风流云散了，像我便是其中的一个。

　　虚荣和旧礼教往往是一种糖衣的苦丸，这个小城似乎还没有停止地在吞咽着它。

　　因为做客做惯了，我可以写下一篇做客的历程。有一次我把这个题目出给学生们去做，有一篇写道："我小的时候便喜欢做客，但大人带我去的时候很少，总计不过二百多次罢了……"这个学生是当地人，现在才不过十六七岁，做了二百多次客还觉得少，在我则不能不瞠乎其后矣。

就喜事的客说，每次的请帖约在十天半月之前便可送到。上面注明男宾和女宾被招待的不同的日期。普通的礼物是合送一副对联，很多的只用单张的红纸，不必裱卷；隆重一点的合送一幅可以做女人衣服的绸幛；再隆重的当天不妨加封两元贺仪。

客人进了门，照例是被人招待到一个礼堂里去坐下，随手递来一根纸烟、一杯茶和一把瓜子。这间房里铺了满地的松针，脚踏在上面也不亚于软绵绵的毛毯。等候一些时候客人到齐了，于是就一拥而占席吃饭。午饭有八样菜，几乎每家每次一律，如青豆米、豆腐皮、酸菜末、粉蒸肉……和一碗猪血豆腐汤，汤上漂着一些辣椒粉和炒芝麻粒子。晚饭的菜是考究的，多了四小碟酒菜，如炸花生、海菜、咸鸭蛋和糟鲦鱼。热菜中另加八宝饭、炒鱿鱼和山药片夹火腿等。快收席的时候，每人还分一包小茶食，可以带回去当零嘴吃。

做客的程序，似乎到了放下晚席的碗筷为一段落。这时吃饱了喝足了的人，连忙抹抹嘴便一哄而散。走到门口可以看见一个躬着身子做送客姿势的人，那大约就是主人家了。另外，有人抓着一大把"烛筱"分给客人照亮，从那红红的光亮里，可以照见那些客人们的嘴上还衔着一枝纸烟，那是散席时每人应该分到的。

吃是吃饱了，喝是喝足了，还带着一些、衔着一些东西回去，这一天觉得很快便过去了，真是很满足的一天！于是，有些同事在平淡的日子里便希望常常做客的机会来好"充实充实"自己。有的同事甚至于向人探问，"怎么近来学生结婚的不多？"所以一看见有红帖子散来，便禁不住地扯开了笑脸。有的直喊："过两天又有'宣威'吃了！"

"宣威"成了一个典故，因为宣威那个地方出罐头火腿，很名贵很香嫩的火腿，大凡一有宣威火腿吃，便是有客做的意思。

一个学期终了，讲义堆下竟积了一叠子请帖，我在石屏做客的次数也不算少了。可是回想起来，我几乎不记得任何一家主人的面孔——当时就不认识，因为在这里做客，无须对主人贺喜，也无须对主人道谢，一切的应酬仪式，简单的几乎完全不要。因此，就习惯上讲，我每逢做一次客，我就轻蔑一次自己的薄情，以致我也怜悯那些做主人的，为什么要这样奢侈、虚伪而浪费！

那些个青年男的和女的，一个一个被牵被拉地结合了，不管他们的意愿，也不问他们能否生活独立。穿得花花绿绿，男的戴着美国毡帽，女的蒙着舶来的披纱，做着傀儡，做着残余制度下的牺牲品，也许就从此被葬送了。(我不相信一个十六七岁的男或女，把结婚的排演当作是他一生中的幸福喜剧！)记得有一次我看见一家礼堂里挂满了喜联当中——其实都是只写上下款而留着中间空白的红纸条，在那一列一列致贺者的姓氏当中，我发现了几个"奠"字，原来姓"郑"的那一半傍傍，却被上面的一条掩住了。还有一家挂的横幅喜幛上只有"燕喜飞"三个字，原来中间落掉一个"双"字。当时，我还不免暗笑，不过事后想想，反觉得沉闷无话好说了。

还有一次，我做了一回财主人家的宾客，不为婚丧，却只是为了"人情"。

在中世纪似的极幽静的村寨里，我随着一行人走进了他的×村，想不到穿过一重一重的门第，还要走着无限曲折的游廊，踏过铺着瓷砖的甬道和台阶，满目华丽，竟是一所绝妙的宅邸。

听说这个主人手下用着无数的砂丁，砂丁们每年代他换进了无数的银子。这些建设也都是砂丁们给他垒起的！

我享受了这个主人的盛宴，我是在间接地吸取了砂丁们的许多血汗。这一次的做客恐怕是一件最可耻辱的！

常常作为一个冷眼的客人的我，我真的满足了吗？所谓饱经世故的"饱"字，已足使我呕心的了！

佳作点评

缪崇群，著名散文作家，巴金长篇小说《寒夜》的原型之一，他是一个英年早逝的、极有天分的散文家。他逝世后，当时的报刊曾刊文"一代散文成绝响"。本文讲述了他对"做客"这一习俗的所见所感，批判了这种"奢侈浪费的"行为。

我们看到，缪崇群的文字平实，情感落寞，通篇带着一种忧郁的情怀，渗透着批判的内涵。

快乐不是自来水

□ [美国] 迪尼斯·普雷格

我有幸参加了一次以快乐为题的演讲。事后，有位女听众站起来说："我真该带我的丈夫来听听这次演讲。"她解释说自己的丈夫老是很不快乐，虽然她很爱他，但和他生活在一起实在不容易。

这位女士的话，让我想到道理应该是这么讲的：不管是谁，把寻觅快乐当一回事。我告诉她，为了我们的另一半，我们的孩子、朋友，我们要尽量快乐。你若不同意我的意见，不妨去问问孩子跟不快乐的父母长大是什么滋味；或者问问做父母的，如果他们有一个不快乐的孩子有多痛苦。

其实，我自己的童年就不是特别快乐，而且跟大多数少年一样沉溺在不能自拔的痛苦中。但有一天我忽然醒悟，原来自己只是在害怕困难而唯唯诺诺。要快乐起来也很容易，这种事不需花心思力气。真正的成就在于尽我所能以求快乐。

不少人并没有意识到：快乐是必须去求去找才会有的。我们都以为快乐只是一种感觉，源自碰巧发生在我们身上的好事，而那种好事会不会发生则非我们所能主宰。

快乐主要是由我们支配的，我们应该主动争取，真相却刚好相反，需要被动等待。希望自己有个快乐的人生，就必须克服一些障碍，其中三个障碍是：

第一，与别人比较。

多数人都拿自己跟我们以为人生顺利的人比较。有些是亲友，有些是我们其实只听说过的人。我认识一个年轻人，是外表看去是纯粹的事业有成、日子美满的那种人。他谈起他挚爱的妻女，谈起他在他中意的城市当电台节目主持人，喜不自禁。我记得当时我心里想的是：怎么什么好事都让这个家伙碰上了。

然后我们谈起电脑的互联网。他告诉我，他感激这世界上有互联网，因为他可以从中查索关于多发性硬化症的资料——他妻子正在饱受此症煎熬。我先前认为他是人生的幸运儿，此时只觉得自己愚不可及。

第二，过于追求完美。

每个人都在追求着想象中最完美的生活。问题却是很少有人事业与家庭都合乎他们自己想象中的标准。

就我自己而言，我出生的家庭没有人离过婚，在我看来婚姻是一生一世的事。因此，当我和第一任妻子在结婚五年、儿子出世三年后离异时，我整个人垮掉了，我觉得自己还不如死掉。

接着我再婚，婚后向妻子芬妮坦承自己一直无法摆脱先前婚姻失败的阴影。这时，家里共有四人：我和儿子、她和她前夫的女儿。芬妮问我，觉得家里还有什么问题时，我老实回答，就是和儿子相处的时间太短。

"那么你为什么不因此而开心生活？"她问。理当如此。但首先我必须从自己内心想象的"完美"家庭中走出。

第三，过分在意自己的缺憾。

破坏快乐的有效方法莫过于对任何事物只集中注意瑕疵，假如望向天花板时只盯着缺了块铺板的那处地方。正如有个秃子对我说的："每到一个地方，我都会首先观察人群中是否有另一个秃头。"

一旦你找出自己缺了哪一块铺板，就要探讨：若重新取得这块铺板是否真的可以使你快乐。然后你有三个行动选择：去找到这铺板，或用另一块不同的铺板补上，又或者根本不予理会，把注意力放在那些没掉的铺板上。

我多年来研究快乐的道理，得到最重要的结论之一是：人的一生遭遇和他是否会获得快乐并无太大关系。稍加细想就明白这道理很明显。你一定也认识不少人生活颇为顺利，但从根本上来说不快乐；我们也知道有些人吃过不少苦头，却能乐天知命处世。

第一道秘方是感激。快乐都存于有感激之心的人，无感激之心的人不会快乐。我们总以为人是因为不快乐才抱怨，实事上，是抱怨促使人不快乐。

第二，要知道快乐是另一件事情的副产品。明显的快乐源泉是各种使我们生活有目标的活动，例如研究昆虫或打打球。当你用心投入自己喜好的运动时，你获得的快乐将不计其数。

最后，应有如下的信念：这世界上有些永恒的事物是超越我们的，而且我们的生存有更重大的意义。这信念会使我们的生活更快乐。我们需要精神上或宗教上的信仰，或者秉持自己的人生观。

无论你的人生观是什么，都该包含这个道理：如果你凡事都从好的方面看，对人生一定有好处；如果你总是往坏处想，日子就难过了。如果你想开心过日子的话，那么，请立即快乐起来。

佳作点评

记得有人说过，不管你是快乐还是哭泣，太阳每天都照常升起。是的，无论如何，我们都应该快乐地面对人生。迪尼斯·普雷格告诉我们，"要快乐起来也很容易，这种事不需花心思力气。真正的成就在于尽我所能以求快乐。"他告诉我们,要克服使自己不快乐的障碍,去寻找使自己快乐的秘方。其实,"快乐主要是由我们支配的","如果你凡事都从好的方面看,对人生一定有好处;如果你总是往坏处想,日子就难过了"。因此,为了自己的开心日子,"请立即快乐起来"。

归 零

□ ［英国］罗什

某日，我在整理抽屉之时，发现里面有一个小小的计算器。

我是一个不怎么爱认数字的人，日常生活中的数字似乎只是几月几日星期几，也许还有出租车价目表上的"一里一增"，连买菜都不再由我算账，自有柜台的收银机帮我算好。为图方便，我一般情况会付整钞，由它找。何况我也极少买东西。至于每月的水电费，银行的账户可以帮我代劳。

问题是，在我的抽屉里，如何会跑出这么一个小计算器来呢？我不太记得。细看，原来是第43届记者节的赠品。

我突然觉得对它有点歉疚，我居然将它的存在忘得一干二净。我琢磨着想要使用。

计算器是很有趣的玩意儿。你可以随心所欲把数字给它去加减乘除，它就乖乖地把得数显现给你看。数字在你的手下，一会儿变成长长一串，一会儿又变成短短的一截。而当你不忍心再折磨它的时候，就可以立刻大发慈悲，将它"变零"休息。

这样一个小小的东西，好像是一个奔劳的生命，它就是那么坚守着自己的岗位，为每一笔细小的账目计算得失。它要求自己绝对正确，丝毫不差，即便是你故意捉弄它，它也会把你那不负责任地拨弄当真，竭忠尽智地显示出你其实一点儿也不认真地要求知道的每一次的增减损益。而最后，如果你玩累了，它就跟你一起"变零"休息，好像是你让它走完了长长的征途，终于为它放了一个假。而在这游戏的过程中，你会觉得自己就如同上帝一般，那样的居高临下，旁观着各样的人生。看他们有时呼风唤雨，非常成功；有时理解困顿，寸步难行。无论它这一趟任务是成是败，是否拥有了万贯家财，或是孑然一身、困窘一世，最后都将随着你的指挥烟消云散。银行中的亿万家产，世界上的赫赫有名；成功者，子孙福，一切的一切，终将如同这曾经展现过亿万数字的计算器，当你倦于拨弄，可以使它"变零"。

看到它"变零"，我觉得鼻子有些酸酸。数十年挣扎奔忙，最后"变零"时的感觉，大概也如同那在瞬间消失了一切数字的计算器，是清静又安逸的吧。而在明知终会"变零"，也仍不敢放手息局的奔忙中，如能看到计算器上"变零"那一刻的烟消云散，大概对整个人生的悲悯也就化为这一刻的解脱感了。

功名地位又如何？儿女情仇又怎样？一切的执著无非是抽象数字暂时的显现。重要的是，该认真生活的时候，我投入其中；该做旁观者的时候，我也静候佳音。世间的酸甜苦辣麻也已尝尽。是自己的，我牢牢把握；不是自己的，我也不去强求。名利如此，恩情也是一样。有过的，我尽力珍惜；失去时，我坦然面对。那计算器上灵敏活跃的数字，如同昙花一现，所显示的其实就正如这五彩缤纷的人生。造物者曾按下那使你开始奔劳的按钮，最后他也累了，将你的一切"变零"。

庄子的话说得真好，他说："大块载我以形，劳我以生，佚我以老，息我以死。""息"字的用法真是绝妙！那不正是计算器在一连串得失损益之后的"获释"？最"漂亮"的消失也不过如此，好像第一流的大乐团在最可爱的指挥者的手势下极有默契的全部休止，瞬刻间所有的声息都潜入海底。

这样一个比一块苏打饼干还小的小小计算器，它的胸襟装纳着却是人们一生的数字，在增多与减少、收获与付出、得到与失去、喜悦与惆怅的一连串浮沉之后，会悄然而心安理得地这样"变零"，这样"隐去"，给我的感觉是如此潇洒，这样的收放自如又率真！

佳作点评

在这篇文章中，罗什由小小的计算器想到了人生，他说，"这样一个小小的东西，好像是一个奔劳的生命，它就是那么坚守着自己的岗位，为每一笔细小的账目计算得失。它要求自己绝对正确，丝毫不差"。但到头来呢？当归零的时候，一切的数字就会在瞬间消失。于是，"一切的执著无非是抽象数字暂时的显现"。我们要让自己拥有像这个小小的计算器一样的胸襟，装纳着一生的数字，在一连串浮沉之后，会悄然而心安理得地"变零"，收放自如而又率真！

西溪的晴雨 •［中国］郁达夫

海上 •［中国］郁达夫

心灵之感受 •［中国］瞿秋白

心之波 •［中国］石评梅

偶然草 •［中国］石评梅

归来 •［中国］石评梅

……

女孩是天生的

两颗相爱的心灵自有一种神秘的交流：彼此都吸收了对方最优秀的部分，为的是要用自己的爱把这个部分加以培养，再把得之于对方的还给对方。

——罗曼·罗兰

西溪的晴雨

□ [中国] 郁达夫

西北风未起，蟹也不曾肥，我原晓得芦花总还没有白。前两星期，源宁来看了西湖，说他倒觉得有点失望，因为湖光山色，太整齐、太小巧，不够味儿。他开来的一张节目上，原有西溪的一项。恰巧第二天又下了微雨，秋原和我就主张微雨里下西溪，好叫源宁去尝一尝这西湖近旁的野趣。

天色是阴阴漠漠的一层，湿风吹来，有点儿冷，也有点儿香，香的是野草花的气息。车过方井旁边，自然又下车来，去看了一下那座天主圣教修士们的古墓。从墓门望进去，只是黑沉沉、冷冰冰的一个大洞，什么也看不见，鼻子里却闻吸到了一种霉灰的阴气。

把鼻子掀了两掀，耸了一耸肩膀，大家都说，可惜忘记了带电筒。但在下意识里，自然也有一种恐怖、不安和畏缩的心意。在那里作恶，直到了花坞的溪旁，走进窗明几净的静莲庵（？）堂去坐下，喝了两碗清茶，这一些鬼胎，方才洗涤了个空空脱脱。

游西溪，本来是以松木场下船，带了酒盒行厨，慢慢儿地向西摇去为正宗。像我们那么高坐了汽车，飞鸣而过古荡、东岳，一个钟头要走百来里路的旅客，终于是难度的俗物。但是俗物也有俗益，你若坐在汽车座里，引颈而向西向北一望，直到湖州，只见一派空明，遥盖在淡绿成荫的斜平海上；这中间不见水，不见山，当然也不见人，只是渺渺茫茫，青青绿绿，远无岸，近亦无田园村落的一个大斜坡。过秦亭山后，一直到留下为止的那一条沿山大道上的景色。好处就在这里，尤其是当微雨朦胧，江南草长的春或秋的半中间。

从留下下船，回环曲折，一路向西向北，只在芦花浅水里打圈圈；圆桥茅舍，桑树蓼花，是本地的风光，还不足道；最古怪的，是剩在背后的一带湖上的青山，不知不觉，忽而又会得移上你的面前来，和你点一点头，又匆匆地别了。

摇船的少女，也总好算是西溪的一景；一个站在船尾把摇橹，一个坐在船头上使桨，身体一伸一俯，一往一来，和橹声的咿呀、水波的起落，凑合成一大又圆又曲的进行软调。游人到此，自然会想起瘦西湖边，竹西歌吹的闲情。而源宁昨天在漪园月下老人祠里求得的那支灵签，仿佛是完全地应了，签诗的语文，是《鄘风桑中》章末后的三句，叫作"期我乎桑中，要我乎上宫，送我乎淇之上矣"。

此后，便到了芥芦庵，上了弹指楼，因为是在雨里，带水拖泥，终于也感不到什么的大趣，但这一天向晚回来，在湖滨酒楼上放谈之下，源宁却一本正经地说："今天的西溪，却比昨日的西湖，要好三倍。"

前天星期假日，日暖风和，并且在报上也曾看到了芦花怒放的消息，午后日斜，老龙夫妇，又来约去西溪。去的时候，太晚了一点儿，所以只在秋雪庵的弹指楼上，消磨了半日之半。一片斜阳，反照在芦花浅渚的高头，花也并未怒放，树叶也不曾凋落，原不见秋，更不见雪，只是一味的晴明浩荡，飘飘然，浑浑然，洞贯了我们的肠腑。老僧无相，烧了面，泡了茶，更送来了酒，末后还拿出了纸和墨。我们看看日影下的北高峰，看看庵旁边的芦花荡，就问无相，花要几时才能全白？老僧操着缓慢的楚国口音,微笑着说:"总要到阴历十月的中间;若有月亮,更为出色。"说后,还提出了一个交换的条件,要我们到那时候,再去一玩,他当预备些精馔相待,聊当作润笔,可是今天的字,却非写不可。老龙写了"一剑横飞破六合,万家憔悴哭三吴"的十四个字。我也附和着抄了一副不知在哪里见过的联语:"春梦有时来枕畔,夕阳依旧上帘钩。"

喝得酒醉醺醺,走下楼来,小河里起了晚烟,船中间满载了黑暗,龙妇又逸兴遄飞,不知上哪里去摸出了一枝洞箫来吹着。"其声呜呜然,如怨如慕,如泣如诉,余音袅袅,不绝如缕",倒真有点儿像是七月既望,和东坡在赤壁的夜游。

佳作点评

写此文时的郁达夫,思想上处于一个低潮期,由于国民党的残酷统治,使他有些消极避世,行为上不免流连忘返于山林之间。

在《西溪的晴雨》中,郁达夫通过自己游览路上的所闻、所见和所感,展现了西溪独特的风景和野趣。文章通篇透着一股朦胧的味道,先雨后晴的描写更是让人觉得西溪的景致有独特的韵致和风格,令人神往,所以,游者不禁慨叹,"今天的西溪,却比昨日的西湖,要好三倍"。

海　上

□ [中国] 郁达夫

大暴风雨过后，小波涛的一起一伏，自然要继续些时。民国元年二月十二，满清的末代皇帝宣统下了退位之诏，中国的种族革命，总算告了一个段落。百姓剪去了辫发，皇帝改作了总统。天下骚然，政府惶惑，官制组织，尽行换上了招牌，新兴权贵，也都改穿了洋服。为改订司法制度之故，民国二年（一九一三）的秋天，我那位在北京供职的哥哥，就拜了被派赴日本考察之命，于是我的将来的修学行程，也自然而然地附带着决定了。

眼看着革命过后，余波到了小县城里所惹起的是是非非，一半也抱了希望，一半却拥着怀疑，在家里的小楼上闷过了两个夏天。到了这一年的秋季，实在再也忍耐不住了，即使没有我那位哥哥带我出去，恐怕也得自己上道，到外边来寻找出路。

几阵秋雨一落，残暑退尽了，在一天晴空浩荡的九月下旬的早晨，我只带了几册线装的旧籍，穿了一身半新的夹服，跟着我那位哥哥离开了乡井。

上海街路树的洋梧桐叶，已略现了黄苍。在日暮的街头，那些租界上的熙攘的居民，似乎也森岑地感到了秋意，我一个人呆立在一品香朝西的露台栏里，才第一次受到了大都会之夜的威胁。

远近的灯火楼台，街下的马龙车水，上海原说是不夜之城，销金之窟，然而国家呢？社会呢？像这样的昏天黑地般过生活，难道是人生的目的么？金钱的争夺，犯罪的公行，精神的浪费，肉欲的横流，天虽则不会掉下来，地虽则也不会陷落去，可是像这样的过去，是可以的么？在仅仅阅世十七年多一点儿的当时，我那幼稚的脑里，对于帝国主义的险毒、物质文明的糜烂、世界现状的危机，与夫国计民生的大略等明确的观念，原是什么也没有，不过无论如何，我想社会的归宿，做人的正道，总还不在这里。

正在对了这魔都的夜景，感到不安与疑惑的中间，背后房里的几位哥哥的朋友，却谈到了天蟾舞台迷人的戏剧。晚餐吃后，有人做东道主请去看戏，我自然也做了花楼包厢里的观众中的一人。

这时候梅博士还没有出名，而社会人士的绝望胡行，色情倒错，也没有像现在那么得彻底，所以全国上下，只有上海的一角，在那里为男扮女装的旦角而颠倒；那一晚天蟾舞台的压台名剧，是贾璧云的全本《棒打薄情郎》，是这一位色艺双绝的小旦的拿手风头戏。我们于九点多钟到戏院的时候，楼上楼下的观众已经是满坑满谷，实实在在地到了更无立锥之地的样子了。四周的珠玑粉黛、鬓影衣香，几乎把我这一个初到上海的乡下青年，窒塞到回不过气来；我感到了眩惑，感到了昏迷。

在最后一出贾璧云的名剧上台的时候，舞台灯光加了一层光亮，台下的观众也起了动摇。而从脚灯里照出来的这一位旦角的身材、容貌、举止与服装，也的确是美，的确足以挑动台下男女的柔情。在几个钟头之前，那样地对上海的颓废空气感到不满的我，这不自觉的精神主义者，到此也有点固持不住了。这一夜回到旅馆之后，精神兴奋，直到了早晨的三点，方才睡去，并且在熟睡的中间，也曾做了色情的迷梦。性的启发，灵肉的交哄，在这次上海的几日短短逗留之中，早已在我心里，起了发酵的作用。

为购买船票杂物等件，忙了几日；更为了应酬来往，也着实费去了许多精力与时间。终于在一天清早，我们同去者三四人坐了马车向杨树浦的汇山码头出发了，这时候马路上还没有行人，太阳也只出来了一线。自从这一次的离去祖国以后，海外飘泊，前后约莫有十余年的光景。一直到现在为止，我在精神上，还觉得是一个无祖国无故乡的游民。

太阳升高了，船慢慢地驶出了黄浦，冲入了大海；故国的陆地，缩成了线，缩成了点，终于被地平的空虚吞没了下去。但是奇怪得很，我鹄立在船舱的后部，西望着祖国的天空，却一点儿离乡去国的悲感都没有。比到三四年前，初去杭州时的那种伤感的情怀，这一回仿佛是在回国的途中。大约因为生活沉闷，两年来的蛰伏，已经把我的恋乡之情完全割断了。

海上的生活开始了，我终日立在船楼上，饱吸了几天天空海阔的自由的空气。傍晚的时候，曾看了伟大的海中的落日；夜半醒来，又上甲板去看了天幕上的秋星。船出黄海，驶入了明蓝到底的日本海的时候，我又深深地感受到了海天一碧，与白鸥水鸟为伴时的被解放的情趣。我喜欢大海，喜欢登高以望远，喜欢遗世而独处，怀恋大自然而嫌人的倾向。虽则一半也由于天性，但是正当青春的盛日，在四面是海的这日本孤岛上，过去的几年生活，大约总也发生了不可磨灭的绝大的影响。

船到了长崎港口，在小岛纵横，山青水碧的日本西部这通商海岸，我才初次见到了日本的文化、日本的习俗与民风。后来读到了法国罗底的记载这海港的美文，更令我对这位海洋作家，起了十二分的敬意。嗣后每次回国经过长崎心里总要跳跃半天，仿佛是遇见了初恋的情人，或重翻到了几十年前写过的情书。长崎现在虽则已经衰落了，但在我的回忆里，它却总保有着那种活泼天真，像处女似的清丽的印象。

半天停泊，船又起锚了。当天晚上，就走到了四周如画，明媚到了无以复加的濑户内海。日本艺术的清淡多趣，日本民族的刻苦耐劳，就是从这一路上的风景，以及四周海上的果园垦植地看来，也大致可以明白。蓬莱仙岛，所指的不知是否就在这一块地方，可是你若从中国东游，一过濑户内海，看看两岸的山光水色，与夫岸上的渔户农村，即使你不是秦朝的徐福，总也要生出神仙窟宅的幻想来，何况我在当时，正值多情多感，正是十八岁的青春期哩！

由神户到大坂，去京都，去名古屋，一路上且玩且行，到东京小石川区一处高台上租屋住下，已经是十月将终，寒风有点儿可怕起来了。改变了环境，改变了生活起居的方式，言语不通，经济行动，又受了监督没有自由，我到东京住下的两三个月里，觉得是入了一所没有枷锁的牢狱，静静儿地回想起来，方才感到了离家去国之悲，发生了不可遏止的怀乡之病。

在这郁闷的当中，左思右想，唯一的出路，是在日本语的早日的谙熟，与自己独立的经济来源。多谢我们国家文化的落后，日本与中国，曾有国立五校，开放收受中国留学生的约定。中国的日本留学生，只教能考上这五校的入学试验，以后一直到毕业为止，每月的衣食零用，就有官费可以领得。我于绝望之余，就于这一年的十一月，入了学日本文的夜校，与补习中学功课的正则预备班。

早晨五点钟起床，先到附近的一所神社的草地里去高声朗诵着"上野的樱花已经开了""我有着许多的朋友"等日文初步的课文；一到八点，就嚼着面包，步行三里多路，走到神田的正则学校去补课。以二角大洋的日用，在牛奶店里吃过午餐与夜饭，晚上就是三个钟头的日本文的夜课。

天气一日一日地冷起来了，这中间自然也少不了北风和雨雪。因为日日步行的结果，皮鞋前开了口，后穿了孔。一套在上海做的夹呢学生装，穿在身上，仍同裸着的一样。幸亏有了几年前一位在日本曾入过陆军士官学校的同乡，送给了我一件陆军的制服，总算在晴日当作了外套，雨日当作了雨衣，御了一个冬天的寒。这半年中的苦学，我在身体上，虽则种下了致命的呼吸器官的病根，但在智识上，却比在中国所受的十余年的教育，还有一程的进境。

　　第二年的夏季招考期近了，我为决定要考入官费的五校去起见，更对我的功课与日语，加紧了努力。本来是每晚于十一点就寝的习惯，到了三月以后，也一天天地改过了；有时候与教科书本荧荧相对，竟会到了附近的炮兵工厂的汽笛，早晨放五点钟的夜工时，还没有入睡。

　　必死的努力，总算得到了相当的酬报，这一年的夏季，我居然在东京第一高等学校的入学考试里占取了一席。到了秋季始业的时候，哥哥因为一年的考察期将满，准备回国来复命，我也从他们的家里，迁到了学校附近的宿店。于八月底边，送他们上了归国的火车，领到了第一次的自己的官费，我就和家庭，和戚属，永久地断绝了联络。从此野马缰弛，风筝线断，一生中潦倒飘浮，变成了一只没有舵楫的孤舟，计算起时日来，大约与第一次世界大战的开始，差不多是在同一的时候。

佳作点评

　　郁达夫是随着赴日考察的哥哥到日本的。在赴日的路上，十八岁的他感到周围的一切都是那样的不同，感情也是跌宕起伏，由最初离开时的"一点儿离乡去国的悲感都没有"到后来的"感到了离家去国之悲，发生了不可遏止的怀乡之病"。但对于这个一直追求自由和光明的人来说，"自从这一次的离去祖国以后，海外飘泊，前后约莫有十余年的光景。一直到现在为止，我在精神上，还觉得是一个无祖国无故乡的游民"。

　　郁达夫的文字细腻真实，尤其是他的自传体文字，更是能够带领读者去感受一个真实的世界。站在这漂泊的海轮上，郁达夫感受不到一丝温暖，只有"海中的落日和天幕上的秋星"作伴，让人感到一丝淡淡的悲凉。

心灵之感受

□ [中国] 瞿秋白

一间小小的屋子,以前很华丽的客厅中用木板隔成的。暗淡的灯光,射着满室散乱的黑影,东一张床,西一张凳,板铺上半边堆着杂乱破旧的书籍,半边就算客座,屋角站着一木柜,柜旁乱堆着小孩子衣服鞋帽,柜边还露着一角裙子,对面一张床上,红喷喷的一小女孩甜甜蜜蜜在破旧毡子下做酣梦呢。窗台上乱砌着瓶罐白菜胡萝卜的高山;一切一切都沉浮在灯影里,与女孩的稚梦相谐和,忘世忘形,绝无人间苦痛的经受,或者都不觉得自己的存在呢。那板铺前一张板桌,上面散乱地放着书报、茶壶、玻璃杯、黑面包、纸烟。主人,近三十岁的容貌,眉宇间已露艰辛的纹路,穿着赤军的军服,时时拂拭他的黄须。他坐在板桌前对着远东新客,大家印密切的心灵,虽然还没有畅怀地宽谈。两人都工作了一天,坐下吃了些热汤,暖暖的茶水,劳作之后,休息的心神得困苦中的快意;轻轻地引起生平的感慨回忆。主人喝了两口茶,伸一伸腰站起来,对客人道:

——唔!中国的青年,哪知俄罗斯心灵的悠远,况且"生活的经过"才知道此中的意味——人生的意趣,难得彻底了解呵,我想起一生的经受,应有多少感慨!欧战时在德国战线,壕沟生活,轰天裂地的手榴弹,咝……嘶……咝……嗡……哄……砰……硼。飞机在头上周转，足下泥滑污湿，初时每听巨炮一发，心脏震颤十几分钟不止，并不是一个"怕"字；听久了，神经早已麻木，睡梦之中耳鼓里也在殷鸣，朝朝晚晚，莫名其妙，一身恍荡，家、国、父母、兄弟、爱情，一切都不见了。哪里去了呢？心神惫劳，一回念之力都已消失了。十月革命一起，布尔塞维克解放了我们，停了战，我回到彼得堡得重见爱妻，……我们退到乡间，那时革命潮流四卷，乡间农民蠢蠢动摇，一旦爆发，因发起乡村苏维埃从事建设。一切事费了不少心血办得一个大概。我当了那一村村苏维埃的秘书，家庭中弄得干干净净——哪有像我现时的状况！不幸白党乱事屡起，劳农政府须得多集军队，下令征兵。我们村里应有三千人应征。花名册、军械簿，种种琐事，我们在苏维埃办了好几天。那一天早上，新兵都得齐集车站，我在那里替他们签名。车站堆着一大堆人，父母妻子兄弟，牵衣哀泣，"亲爱的伊凡，你一去，别忘了我……""滑西里，你能生还么？……"从军的苦情触目动心。我们正在办公室料理的时候，忽听得村外呼号声大起，突然一排枪声。几分钟后，公事房门口突现一大群人，街卒赶紧举枪示威，农民蜂拥上前，亦有有枪械的，两锋相对；我陡然觉得满身发颤，背上冰水浇来，肺脏突然暴胀，呼吸迫促，昏昏漠漠不辨东西，只听得呼号声、怒骂声，"不要当兵"，"不要苏维埃……"哄哄杂乱，只在我心神起直接地反射，思想力完全消失，胡……乱……——我生生世世忘不了这一刻的感觉——是"怕"，是"吓"，是"惊"？……不知道。

主人说到此处换一口气，忙着拿起纸烟末抽了一抽，双手按着心胸，接下又说道：

——然而……然而……过了这几分钟，我就失了记忆力了。不知怎么晚上醒来，一看，我自己在柴仓底里。什么时候，怎么样子逃到那地，我实在说不出来。自然如此一来，我们乡间生活完全毁了。来到一省城里，我内人和我都找了事情。过了几月才到莫斯科这军事学院里。我内人留在那省里，生了这一个女孩子——主人拿手指着床上——不能去办事了，口粮不够吃，我一人住在莫斯科，每一两星期带些面包(自然是黑的)回去，苦苦地过了一年。什么亦没有，你看现在内人亦来此地，破烂旧货都在这屋子里，俄国现在大多数的国家职员学生都是如是生活呵。可是我想起，还有一件事，是我屡经困厄中人生观的纪念。有一次，我上那一省城去——那时我家还没搬来——深夜两点钟火车才到站。我下站到家还有二里路，天又下雨，地上泥滑得不了，手中拿着面包，很难走得，况且坐在火车上又没有睡得着，正在困疲。路中遇见一老妇背着一大袋马铃薯，竭蹶前行，见我在旁就请我帮助。我应诺了她，背了大袋，一直送她到家，替她安置好。出来往家走，觉着身上一轻，把刚才初下站烦闷的心绪反而去掉了。自己觉得非常之舒泰，"为人服务"，忘了这"我"，"我"却安逸，念念着"我"，"我"反受苦。到家四点多钟，安安心心地躺下，念此时的心理较之在战场上及在苏维埃的秘书席上又如何！

主人说到此处，不禁微笑。女孩的酣睡声，在两人此时默然相对之中，隐隐为他们续下哲学谈话的妙论呢。

九月十日

佳作点评

瞿秋白，中国现代文学家、中共早期主要领导人之一。1920年，瞿秋白出访苏俄。访苏期间，他写下了《赤都心史》这部游记体散文著作，记录了他在苏俄的所见所闻、所思所感，真实地反映了那个时代，一个先进的中国人在"红色之都"的思想演变过程。

本文即是其中的一篇，讲述了一个普通的苏俄职员对来自"中国的青年"讲述自己所历经的苏维埃革命和自己经过一系列人生事件之后的个人感悟。

心之波

□ [中国] 石评梅

我立在窗前许多时候，我最喜欢见落日光辉，照在那烟雾迷蒙的西山，在暮色苍茫的园里，粗厉而且黑暗的假山影，在紫色光辉里照耀着；那傍晚的云霞，飘坠在楼下，青黄相间，迎风摇曳的梧桐树上——很美丽的闪烁；犹如一阵淡红蔷薇花片的微雨，偏染了深秋梧叶。我痴痴地看那晚霞坠在西山背后，今天的愉快中秋节，又匆匆地去了！时间张着口，把青春之花，生命之果都吸进去了，只留下迷路的小羊在山坡踌躇着。

夜间临到了！我在寂寞沉闷的自然怀抱中，我是宇宙的渺小者呵；这一瞥生命之波又应当这样把温和与甜蜜的情感，去发掘宇宙秘藏之奥妙；吸收她的美和感化，以安慰这枯燥的人生呵！晶莹光辉的一轮明月，她将一手蕴藏的光明，都兴尽地照遍宇宙了；那夜景的灿烂，都构成很和平很静默的空气。我从楼上下去到了后院——那空旷的操场上，去吸收她那素彩清辉的抚爱；一路过了许多游廊，那电灯都黑沉地想着他的沉闷，他是没有力量和月光争辉的，但在黑暗的夜里，那月儿被黑云翳遮满了，除了一二繁星闪烁外，在那黑暗里辉耀着的就是电灯了！但现在他是不能和她争点光明的，因为她是自然的神。我一路想着许多无聊的小问题，不觉地走到花园的后面一棵松树底下；我就拂着枯草坐在树底。从枝叶织成的天然幕里，仰着头看那含笑的月！我闭了眼，那灵魂儿不觉地飞出去，找我那理想中之幻想界——神之宫——仙之园——作我的游缘。我觉着灵魂从白云迷茫中，分出一道光明的路，我很欣喜地踏了进去，那白玉琢成的月宫里，冉冉地走出许多极美丽的白衣仙女，张着翅膀去欢迎我的灵魂！从微笑的温和中，我跪在那白绒的毡上，伏在那洁白神女之肩上。我那时觉着灵魂儿都化成千数只的蝴蝶，翩翩在白云的深宫跳舞了！神秘的音乐，飘荡在银涛的波光中，那地上的花木，也摇曳着合拍地发出相击的细声。眼睛开了，依然在伟大的松林影下坐着，眼中还映着那闪烁而飘浮的色带：仿佛那白衣的神妃及仙女都舞蹈着向我微笑！她听见各地方都发出嘹嘹的、奇异的、悲愁的、感动的、恳切的声调，如珍珠的细雨密在深密而开花的林中一样。我慢慢地醒了那灵魂中构成的幻梦，微细的音乐还依然在那银涛之光中波动着。我凝神细听，才知是远处的箫声，那一缕缕的哀音，告诉以人类的可怜！

去年今夜，不是同她在皓月之下叙别吗？我那时候无心去看月儿的娇媚，我的泪只是往肚子里流！现在月儿一样地照在我和她的心里，但重洋之波流不去我的思悯。我确知道她是最哀痛的一个失恋者，在生命中她不觉地愉快，幸福只充满了忏悔和哀怨。她生命之花，都被那恶社会的环境牺牲了。她觉着宇宙尽充着悲哀，在呜咽的音容中，微笑总是徒然，像海鸥躲出海去，是不可能的事啊！我思潮不定地波荡着，到了我极无聊的时候，我觉着又非常可笑！人生到底是怎样生活？我慢慢地向我寝室走，那萧瑟的秋风吹在两旁的树林里，瑟瑟地向我微语：他们的吟声和着风声，唱出那悲哀之歌。我踽踽独行，是沉闷无聊的事吗？但我看来，是在这烦恼嚣杂的社会里，不亲近人是躲避是非的妙法。所以人家待我有二三分的美意，我就觉着有一种说不出的恐怖布满了我的心腔。我慢慢地沉思着走到了我的楼下，忽然见楼旁有个黑影一闪，我很惊讶地问了一声"是谁"，但那黑影已完全消灭了，找不出半点行踪。一瞥的人生也是这样的无影无踪吗？我匆匆地上楼，那皓光恰好射在我的帐子上，现出极惨的白色！在帐中的一个小像上，她掬着充足的泪泉在那眼波中，摄我的灵魂去，游那悲哀之海啊！失恋的小羊哟，在这生命之波流动的时候，那种哀怨的人生，是阻止那进行的拦路虎，愈要觉着那不语的隐痛。但人要不觉悟人世是虚伪的，本来什么也不足为凭，何况是一种冲动的感情啊！不过人在旁观者的地位都觉着她是不知达观方面去想的，到了身受者亲切的感着时候，是比不得旁观者之冷眼讥笑。这假面具带满的社会，谁能看透那脑筋汇荡着什么波浪啊！谁知道谁的目的是怎样主张啊？况且人世的事都是完全相对的，不能定一个是非；如甲以为是的乙又以为非，是没有标准的。那么，在这恶社会里失望和懊恼，都是人类难免的事。这么一想，她有多少悲哀都要被极强的意志战胜。既然人世是宇宙的渺小者瞬息的一转，影一般的就捉不住了！那疲倦的青春，和沉梦的醉者，都是青年人所不应当消极的。但现在的青年——知识界的青年，因感觉的敏感，和思想的深邃，所以处处觉着不快的人生，烦闷的人生。他们见宇宙的事物，人类是受束缚的。那如天空的鸿雁，任意翱翔，春日的流莺，随心歌啭呢？他们是没有知识的，所以他们也减少烦恼，他们是生活简单的，所以也不受拘束。

　　我一沉思，虽晴光素彩，光照宇宙，但我心胸中依然塞满了黑暗。我搬把椅子，放在寝室外边的栏杆旁，恰好一轮明月，就照着我。那栏杆下沉静的青草和杨柳，也伸着头和月儿微语呢。一阵秋风，那树叶依然扑拉拉落了满地。月儿仍然不能保护他今夜不受秋风的摧残，她更不能借月儿的力量，帮助他的"生命之花"不衰萎、不败落。这是他们最不幸的事情，但他们也慷慨的委之于运命了！夜是何等的静默啊！心之波在这爱园中波荡着，想起多少的回忆：在初级师范读书的时候，天真烂漫，那赤血搏动的心里，是何等光亮和洁白呵！没有一点儿的尘埃，是奥妙神洁的天心呵！赶我渐渐一步一步地挨近社会，才透彻了社会的真相——是万恶的——引人入万恶之途的。一入万恶之渊，未有不被万恶之魔支配的！叫他洁白的心胸，染了许多的污点。他是意志薄弱的青年，能不为万恶之魔战败吗！所以一般知识略深的青年，对于社会的事业，是很热心去改造的，不过因为环境和恶魔的征服，他们结果便灰心了，所以他对于社会是背弃的，远避的。社会上所需要的事物，都是悖逆青年的意志，而偏要使他去做的事情。被征服的青年，也只好换一副面具和心肠去应付社会去，这是人生隐痛啊！觉悟的青年，感受着这种苦痛，都是社会告诉他的，将他从前的希望，都变成悲观的枯笑，使他自然地被摒弃于社会之外，社会的万恶之魔，就是许多相袭既久的陈腐习惯；在这种习惯下面，造出一种诈伪不自然的伪君子，面子上都是仁义道德，骨子里都是男盗女娼，然而，这是社会上最尊敬、最赞扬的人物。假如在这社会习惯里有一二青年，要秉着独立破坏的精神，去发展个人的天性，不甘心受这种陈腐不道德的束缚，于是乎东突西冲，想与社会作对，但是社会的权力很大，罗网很密，个人绝对不能做社会的公敌的，社会像个大火炉，什么金银铜铁锡，进了炉子，都要熔化的。况且"多数服从的迷信"是执行重罚的机关（舆论），所以他们用大多数的专制威权去压制那少数的真理志士，剥夺了他的言论行动、精神肉体——易卜生的社会栋梁同国民公敌都是青年在社会内的背影！

人生是不敢去预想未来，回忆过去的，只可合眼放步随造物的低昂去。一切希望和烦恼，都可归到命运的括弧下。积极方面斗争作去，终归于昙花一现，就消极方面挨延过去，依然一样的落花流水。所取的目的虽不同，而将来携手时，是同归于一点的。人生如沉醉的梦中，在梦中的时候一颦一笑，都是由衷的——发于至情的；迨警钟声唤醒噩梦后，回想是极无意识而且发笑的！人生观中一片片的回忆，也是这种现象。

今夜的月儿，好像朵生命之花，而我的赤魂又不能永久深藏在月宫，躲着这沉浊的社会去，这是永久的不满意呵！世界上的事物，没有定而不变的，没有绝对真实的。我这一时的心波是最飘忽的一只雁儿；那心血汹涌的时候，已一瞥地追不回来了！追不回来了！我只好低着头再去沉思之渊觅她去……

佳作点评

这是一篇作于1923年的散文。这一年对于石评梅来说是悲喜交加的一年，喜的是她完成学业，走出女高师去师大附中担任教员，悲的是爱情上遇到了极大的挫折，自己的初恋对象居然是个有妻室的人，她经受着痛苦与煎熬。

在文中我们可以感受到她的苦闷与彷徨，"时间张着口，把青春之花，生命之果都吸进去了；只留下迷路的小羊在山坡踌躇着"。她是最哀痛的一个失恋者，在生命中她不觉得愉快幸福，只充满了忏悔和哀怨。

偶然草

□ [中国] 石评梅

算是懒，也可美其名曰忙。近来不仅连四年未曾间断的日记不写，便是最珍贵的天辛的遗照，置在案头已经灰尘迷漫，模糊地看不清楚是谁。朋友们的信堆在抽屉里有许多连看都不曾看，至于我的笔成了毛锥，墨盒变成干绵自然是不必说了，屋中零乱的杂琐的状态，更是和我的心情一样，不能收拾，也不能整理。连自己也莫明其妙为什么这样颓废？而我最奇怪的是心灵的失落，常觉和遗弃了什么重要的东西一般，总是神思恍惚，少魂失魄。

不会哭！也不能笑！一切都无感。这样凄风冷月的秋景，这样艰难苦痛的生涯，我应该多愁善感，但是我并不曾为了这些介意。几个知己从远方写多少安慰我、同情我的话，我只呆呆地读，读完也不觉什么悲哀，更说不到喜欢了。我很恐惧自己。这样的生活，毁灭了灵感的生活，不是一种太残忍的酷刑吗？对于一切都漠然的人生，这岂是我所希望的人生。我常想做悲剧中的主人翁，但悲剧中的风云惨变，又哪能任我这样平淡冷寂的过去呢！

我想让自己身上燃着火，烧死我。我想自己手里握着剑，杀死人。无论怎样最好痛快一点儿去生，或者痛快点儿求死。这样平淡冷寂、漠然一切的生活令我愤怒、令我颓废。

心情过分冷静的人，也许就是很热烈的人，然而我的力在哪里呢？终于在人群灰尘中遗失了。车轨中旋转多少百结不宁的心绪，来来去去，百年如一日地过去了。就这样把我的名字埋没在十字街头的尘土中吗？我常在奔波的途中这样问自己。

多少花蕾似的希望都揉碎了。落叶般的命运只好让秋风任意的漂泊吹散吧！繁华的梦远了，春还不曾来，暂时的殡埋也许就是将来的滋荣。

远方的朋友们！我在这长期沉默中，所能告诉你们的只有这几句话。我不能不为了你们的关怀而感动，我终于是不能漠然一切的人。如今我不希求于人给我什么，所以也不曾得到烦恼和爱怨。不过我蔑视人类的虚伪和扰攘，然而我又不幸日在虚伪扰攘中辗转因人，这就是使我痛恨于无穷的苦恼！

离别和聚合我倒是不介意，心灵的交流是任天下什么东西都阻碍不了的；反之，虽日相晤对，咫尺何非天涯。远方的朋友愿我们的手在梦里互握着，虽然寂外古都，触景每多忆念，但你们这一点儿好意远道缄来时，也了解我万种愁怀呢！

佳作点评

文章开头即表示"算是懒，也可美其名曰忙。近来不仅连四年未曾间断的日记不写，便是最珍贵的天辛的遗照，置在案头已经灰尘迷漫，模糊地看不清楚是谁"。我们可以想象，痛失高君宇以后的很长一段时间里，哀苦、悔恨、疼痛、悲泣会时时侵袭着她那脆弱的心，以至于连"最珍贵的天辛的遗照"也没有心思去拂拭了。读罢此文，我们仿佛看到了石评梅那挂于脸上的泪珠，她坦言，"我常想做悲剧中的主人翁，但悲剧中的风云惨变，又哪能任我这样平淡冷寂得过去呢！"不久，她实现了自己"生前未能相依共处，愿死后得并葬荒丘"的心愿。在1928年与高君宇合葬在陶然亭。

归 来

□ [中国] 石评梅

四围山色中，一鞭残照里，我骑着驴儿归来了。过了南天门的长山坡，远远望见翠绿丛中一带红墙，那就是孔子庙前我的家了，心中说不出是什么滋味，这又是一度浩劫后的重生呢：依稀在草香中我嗅着了血腥，在新冢里看见了战骨。我的家，真能如他们信中所说的那样平安吗？我有点儿不相信。

抬头已到了城门口，在驴背上忽然听见有人唤我的乳名。这声音和树上的蝉鸣夹杂着，我不知是谁？回过头来问跟着我的小童：

"珑珑！听谁叫我呢！你跑到前边看看。"

接着又是一声，这次听清楚了是父亲的声音；不过我还不曾看见他到底是在哪里喊我，驴儿过了城洞我望见一个新的炮垒，父亲穿着白的长袍，站在那土丘的高处，银须飘拂向我招手；我慌忙由驴背上下来，跑到父亲面前站定，心中觉着凄梗万分，眼泪不知怎么那样快，我怕父亲看见难受，不敢抬起头来，也说不出什么话来。父亲用他的手抚摸着我的短发，心里感到异样的舒适与快愉。也许这是梦吧，上帝能给我们再见的机会。

沉默了一会儿，我才抬起头来，看父亲比别时老多了，面容还是那样慈祥，不过举动得迟钝龙钟了。我扶着他下了土坡，慢慢缘着柳林的大道，谈着路上的情形。我又问问家中长亲们的健康，有的死了，有的还健在，年年归来都是如此沧桑呢。珑珑赶着驴儿向前去了，我和父亲缓步在黄昏山色中。

过了孔庙的红墙，望见我骑的驴儿拴在老槐树上，昆林正在帮着珑珑拿东西呢！她见我来了，把东西扔了就跑来，喊了一声"梅姑！"似乎有点儿害羞，马上低了头，我握着她手一端详：这孩子出脱得更好看了，一头如墨云似的头发，衬着她如雪的脸儿，睫毛下一双大眼睛澄碧灵活，更显得她聪慧过人。这年龄，这环境，完全是十年前我的幻影，不知怎样联想起自己的前尘，悄悄在心底叹了一口气。

进了大门，母亲和一个不认识的女人坐在葡萄架下，嫂嫂正在洗手。她们看见我都喜欢得很。母亲介绍我那个人，原来是新娶的八婶。吃完饭，随便谈谈奉军春天攻破娘儿关的恐慌虚惊，母亲就让我上楼去休息。这几间楼房完全是我特备的，回来时母亲就收拾清楚，真是窗明几净，让我这匹跋涉千里、疲惫万分的征马，在此卸鞍。走了时就封锁起来，她日夜望着它祷祝我平安归来。

每年走进这楼房时，纵然它是如何的风景依然，我总感到年年归来时的心情异昔。扶着石栏看紫光弥漫中的山城，天宁寺矗立的双塔，依稀望着我流浪的故人微笑！沐浴在这苍然暮色的天幕下时，一切扰攘奔波的梦都霍然醒了。忘掉我还是在这嚣杂的人寰。尤其令我感谢的是故乡能逃出野蛮万恶的奉军蹂躏，今日归来不仅天伦团聚而且家园依旧。

我看见一片翠挺披拂的玉米田，玉米田后是一畦畦的瓜田，瓜田尽头处是望不断的青山，青山的西面是烟火、人家、楼台城郭，背着一带黑森森的树林，树梢头飘游着逍遥的流云。静悄悄不见一点儿嘈杂的声音，只觉一阵阵凉风吹摩着鬓角衣袂，几只小鸟在白云下飞来飞去。

我羡慕流云的逍遥，我忌恨飞鸟的自由。宇宙是森罗万象的，但我的世界却是狭的笼呢！

追逐着，追逐着，我不能如愿满足的希望。来到这里又想那里，在那里又念着回到这里，我痛苦的，就是这不能宁静、不能安定的灵魂。

正凝想着，昆林抱着黑猫上来了。这是母亲派来今夜陪我的侣伴。

临睡时，天暮上只有几点半明半暗的小星星。我太疲倦了，这夜不曾失眠，也不曾做梦。

佳作点评

这是石评梅回到家乡的一段文字。在文中，我们感到她的欣喜和踏实，漂泊的心有了归宿感。

石评梅之父石铭（又名鼎丞），是清末的举人，石评梅自幼便得到父亲家学的滋养。石父是一位慈父，对女儿也是牵挂已久，老早就到城门口附近去迎接女儿。而母亲更是心疼地"让我上楼去休息。这几间楼房完全是我特备的，回来时母亲就收拾清楚，真是窗明几净，让我这匹跋涉千里疲惫万分的征马，在此卸鞍。走了时就封锁起来，她日夜望着它祷祝我平安归来"。读罢此文，家的温暖充盈在我们的心中。

露　沙

□［中国］石评梅

昨夜我不知为了什么，绕着回廊走来走去地踱着，云幕遮蔽了月儿的皎靥，就连小星的微笑也看不见，寂静中我只渺茫的瞻望着黑暗的远道，毫无意志地痴想着。算命的鼓儿，声声颤荡着，敲破了深巷的沉静。我靠着栏杆想到往事，想到一个充满诗香的黄昏、悲歌慷慨的我们。

记得，古苍的虬松，垂着长须，在晚风中；对对暮鸦从我们头上飞过，急箭般隐入了深林。在平坦的道上，你慢慢地走着，忽然停步握紧了我手说："波微！只有这层土上，这些落叶里，这个时候，一切是属于我们的。"

我没有说什么，捡了一片鲜红的枫叶，低头夹在书里。当我们默然穿过了深秋的松林时，我慢走了几步，留在后面，望着你双耸的瘦肩，急促的步履，似乎告诉我你肩上所负心里隐存的那些重压。

走到水榭荷花池畔，坐在一块青石上，抬头望着蔚蓝的天空；水榭红柱映在池中，蜿蜒着像几条飞舞的游龙。云雀在枝上叫着，将睡了的秋蝉，也引得啾啾起来。白鹅把血红的嘴、黑漆的眼珠，都曲颈藏在雪绒的翅底；鸳鸯激荡着水花，昂首游泳着。那翠绿的木栏，是聪明的人类巧设下的藩篱。

　　这时我已有点醺醉，看你时，目注着石上的苍苔，眼里转动着一种神秘的讪笑，猜不透是诅咒，还是赞美！你慢慢由石上站起，我也跟着你毫无目的地走去。到了空旷的社稷坛，你比较有点儿勇气了，提着裙子昂然踏上那白玉台阶时，脸上轻浮着女王似的骄傲尊贵。晚风似侍女天鹅的羽扇，拂着温馨的和风，袅袅地圈绕着你。望西方荫深的森林，烟云冉冉，树叶交织间，露出一角静悄悄重锁的宫殿。

　　我们依偎着，天边的晚霞，似纱帷中掩映着少女的桃腮，又像爱人手里抱着的一束玫瑰。渐渐地淡了，渐渐地淡了，只现出几道青紫的卧虹，这一片模糊暮云中，有诗情也有画景。

　　远远的军乐，奏着郁回悲壮之曲，你轻踏着蛮靴，高唱起"古从军"曲来。我虽然想笑你的狂态浪漫，但一经沉思，顿觉一股冰天的寒风，吹散了我心头的余热。无聊中我绕着坛边，默数上边刊着的青石，你忽然转头向我说："人生聚散无常，转眼漂泊南北，回想到现在，真是千载难遇的良机，我们努力快乐现在吧！"

　　当时我凄楚地说不出什么；就是现在我也是同样地说不出什么。我想将来重翻起很厚的历史，大概也是说不出什么。

　　往事只堪追忆，一切固然是消失地逃逸了。但我们在这深夜想到时，过去总不是概归空寂的，你假如能想到今夜天涯沦落的波微，你就能想到往日浪漫的遗迹。但是有时我不敢想、不愿想，月月的花儿开满了我的园里，夜夜的银辉，照着我的窗帏，她们是那样万古不变。我呢！时时在上帝的机轮下回旋，令我留恋地不能驻停片刻，令我恐惧的又重重实现。露沙！从前我想着盼着的，现在都使我感到失望了！

　　自你走后，白屋的空气沉寂的像淡月凄风下的荒冢，我似暗谷深林里往来飘忽的幽灵。这时才感到从前认为凄绝冷落的谈话、放浪狂妄的举动，现在都化作了幸福的安慰，愉快的兴奋。在这长期的沉寂中，屡次我想去信问候你的近况，但慵懒的我，搁笔直到如今。上次在京汉路中读完《前尘》，想到你向我索感的信，就想写信，这次确是能在你盼望中递到你手里了。

读了最近写的信，知你柔情万缕中，依稀仍珍藏着一点儿不甘雌伏的雄心，果能如此，我觉十分欣喜！原知宇宙网罗，有时在无意中无端地受了束缚；云中翱翔的小鸟，猎人要射击时，谁能预防，谁能逃脱呢！爱情的陷入也是这样。你我无端邂逅、无端结交，上帝的安排，有时原觉多事。我于是常奢望着你，在锦帷绣帏中，较量柴米油盐之外，要承继着从前的希望，努力作未竟的事业。因之，不惮烦嚣在香梦朦胧时，我常督促你的警醒。不过，一个人由青山碧水到了崎岖荆棘的路上，由崎岖荆棘又进了柳暗花明的村庄，已感到人世的疲倦。在这期内，彻悟了的自然又是一种人生。

在学校时，我见你激昂慷慨的态度，我曾和婉说你是"女儿英雄"；有时我逢见你和宗莹在公园茅亭里大嚼时，我曾和婉说你是"名士风流"。想到扶桑余影，当你握着利如宝剑的笔锋，铺着云霞天样的素纸，立在万丈峰头，俯望着千仞飞瀑的华严泷，凝思神往的时候，原也曾独立苍茫，对着眼底河山，吹弹出雄壮的悲歌；曾几何时，栉风沐雨的苍松，化作了醉醺阳光的蔷薇。

但一想到中国妇女界的消沉，我们懦弱的肩上，不得不负一种先觉觉人的精神，指导奋斗的责任。那么，露沙呵！我愿你为了大多数的同胞努力创造未来的光荣，不要为了私情而抛弃一切。

我自然还是那样摒绝外缘，自谋清静，虽竭力规避尘世，但也不见得不坠落人间。将来我计划着有两条路走，现暂不告你，你猜想一下如何？

从前我常笑你那句，"我一生游戏人间，想不到人间反游戏了我"。如今才领略了这种含满了血泪的诉述。我正在解脱着一种系缚，结果虽不可预知，但情景之悲惨，已揭露了大半，暗示了我悠远的恐惧。不过，露沙！我已经在心田上生根的信念，是此身虽朽，而此志不变的；我的血脉莫有停止，我和情感的决斗没有了结，自知误己误人，但愚顽的我，已对我灵魂宣誓过这样去做。

佳作点评

"露沙"是庐隐的笔名，这是石评梅写给庐隐的一封信，信是答复庐隐的，因为"想到你向我索感的信，就想写信"，"但慵懒的我，搁笔直到如今"。

在文中，回忆了两人从前一起游玩的快乐时光，寄托了自己对庐隐的思念之情。"自你走后，白屋的空气沉寂的像淡月凄风下的荒冢，我似暗谷深林里往来飘忽的幽灵"，感叹世事无常，"我一生游戏人间，想不到人间反游戏了我"。面对未来，她劝告好友，"为了大多数的同胞努力创造未来的光荣，不要为了私情而抛弃一切"。

月下的回忆

□ ［中国］庐隐

晚凉的时候，困倦的睡魔都退避了，我们便乘兴登大连的南山，在南山之巅，可以看见大连全市。我们出发的时候已经是暮色苍茫，看不见娇媚的夕阳影子了。登山的时候，眼前模糊，只隐约能辨人影；漱玉穿着高底皮鞋，几次要摔倒，都被淡如扶住，因此每人都存了戒心，不敢大意了。

到了山巅，大连全市的电灯，如中宵的繁星般，密密层层满布太空，淡如说是钻石缀成的大衣，披在淡妆的素娥身上，漱玉说比得不确，不如说我们乘了云梯，到了清虚上界，下望诸星，吐豪光千丈的情景为逼真些。

他们两人的争论，无形中引动我们的幻想，子豪仰天吟道："举首问明月，不知天上今夕是何年？"她的吟声未竭，大家的心灵都被打动了，互相问道："今天是阴历几时？有月亮吗？"有的说十五，有的说十七，有的说十六。漱玉高声道："不用争了！今日是十六，不信看我的日记本去！"子豪说："既是十六，月光应当还是圆的，怎么这时候还没看见出来呢？"淡如说："你看那两个山峰的中间一片红润，不是月亮将要出来的预兆吗？"我们集中目力，都望那边看去了，果见那红光越来越红，半边灼灼的天，像是着了火，我们静悄悄地望了些时，那月儿已露出一角来了，颜色和丹砂一般红，渐渐大了，也渐渐淡了，约有五分钟的时候，全个团团的月儿，已经高高站在南山之巅，下窥芸芸众生了。我们都拍着手，表示欢迎的意思。子豪说："是我们多情欢迎明月？还是明月多情，见我们深夜登山来欢迎我们呢？"这个问题提出来后，大家议论的声音，立刻破了深山的寂静和夜的消沉，那酣眠高枝的鸤鸠也吓得飞起来了。

淡如最喜欢在清澈的月下、妩媚的花前，作苍凉的声音读诗吟词，这时又在那里高唱南唐李后主的《虞美人》，诵到"故国不堪回首月明中"声调更加凄楚；这声调随着空气震荡，更轻轻浸进我的心灵深处。对着现在玄妙笼月的南山的大连，不禁更回想到三日前所看见污浊充满的大连，不能不生一种深刻的回忆了！

在一个广场上，有无数的儿童，拿着几个球在那里横穿竖冲地乱跑。不久铃声响了，一个一个和一群蜜蜂般地涌进学校门去了；当他们往里走的时候，我脑膜上已经张好了白幕，专等照这形形式式的电影。顽皮没有礼貌的行动、憔悴带黄色的面庞、受压迫含抑闷的眼光，一色色都从我面前过去了，印入心幕了。

进了课堂，里头坐着五十多个学生，一个三十多岁，有一点儿胡须的男教员正在那里讲历史，"支那之部"四个字端端正正写在黑板上，我心里忽然一动，我想大连是谁的地方啊？用的可是日本的教科书——教书的又是日本教员——这本来没有什么，教育和学问是没有国界的，除了政治的臭味——他是不许藩篱这边的人和藩篱那边的人握手，以外人们的心都和电流一般相通的——这个很自然……

"这是哪里来的，不是日本人吗？"靠着我站在这边两个小学生在那窃窃私语，遂打断我的思路，只留心听他们的谈话。过了些时，那个较小的学生说："这是支那，北京来的，你没看见先生在揭示板写的告白吗？"我听了这口气真奇怪，分明是日本人的口气，原来大连人已受了软化了吗？不久，我们出了这课堂，孩子们的谈论听不见了。

那一天晚上，我们住的房子里，灯光格外明亮。在灯光之下有一个瘦长脸的男子，在那里指手画脚演说："诸君！诸君！你们知道用吗啡培成的果子，给人吃了，比那百万雄兵的毒还要大吗？教育是好名词，然而这种含毒质的教育，正和吗啡果相同……你们知道吗？大连的孩子谁也不晓得有中华民国呵！他们已经中了吗啡果的毒了！……"

"中了毒无论怎样，终究是要发作的，你看那一条街上是西岗子，一连有一千余家的暗娼，是谁开的，原来是保护治安的警察老爷，和暗探老爷们勾通地棍办的，警察老爷和暗探老爷，都是吃了吗啡果子的大连公学校的卒业生呵！"

他说到那里，两个拳头不住在桌上乱击，口里不住地诅咒，眼泪不竭地涌出，一颗赤心几乎从嘴里跳了出来！歇了一歇他又说：我有一个朋友，在一天下午，从西岗子路过，就见那灰色的墙根底下每一家的门口，都有一个邪形鸠面的男子蹲在那里，看见他走过去的时候，由第一个人起，连续着打起呼啸来。这种奇异的暗号，真是使人惊吓，好像一群恶魔要捕人的神气。更奇怪的，打过这呼啸以后，立刻各家的门又都开了。有妖态荡气的妇人，向外探头，我那个朋友，看见她们那种样子，已明白她们要强留客人的意思，只得低下头，急急走过。经过她们门前，有的捉他的衣袖，有的和他调笑，幸亏他穿的是西装，他们不知道他到底是什么来历，不敢过于造次，他才得脱了虎口。当他才走出胡同口的时候，从胡同的那一头，来了一个穿着黄灰色短衣裤的工人，他们依样地作那呼啸的暗号；他回头一看，那人已被东首第二家的一个高颧骨的妇人拖进去了！

唉！这不是吗啡果的种子开的沉沦的花吗？

我正在回忆从前的种种，忽漱玉在我肩上击了一下说："好好的月亮不看，却在这漆黑树影底下发什么怔。"

漱玉的话打断我的回忆，现在我不再想什么了，东西张望，只怕辜负了眼前的美景！

　　远远的海水，放出寒栗的光芒来；我寄我的深愁于流水，我将我的苦闷付清光；只是那多事的月亮，无论如何把我尘浊的影子，清清楚楚反射在那块白石头上；我对着她，好像怜她，又好像恼她；怜她无故受尽了苦痛的磨折！恨她为什么自己要着迹，若没这有形的她，也没有这影子的她了，无形无迹，又何至被有形有迹的世界折磨呢？……连累得我的灵魂受苦恼……

　　夜深了！月儿的影子偏了，我们又从来处去了。

佳作点评

　　茅盾说："庐隐，她是'五四'的产儿"。"五四时期的女作家能够注目在革命性的社会题材的，不能不推庐隐是第一人。"

　　庐隐的文字，字里行间透着忧国忧民的感伤。在一个月圆之夜，在南山之巅俯瞰大连全市，如中宵繁星般的电灯引起了她们的关注和争论，而淡如那苍凉的声音所吟诵的南唐李后主的"故国不堪回首月明中"的诗句，更是勾起了庐隐的爱国情怀，并激起了她对殖民主义的义愤。

思 潮

□［中国］庐隐

开着窗户，对着场圃，很惬意地眺望；绿草刚刚萌芽，碧桃却含着无限的春意，对人微微笑着——轻盈而娇艳；花影射在横塘里，惹得鱼儿上下地追逐；清闲快乐，这么过一生，便北面封王也比不上这个好呵！在这波清气爽的境地，几个亲密的朋友，拉着手在这草地上散步，唱着甜美的歌儿，天上的安琪儿都要羡慕呢！要是倦了，就坐在这块滑润的石头上歇着，听水声潺潺地流着，正是一种天然的音乐，这石头多么"玲珑剔透"呵！……呀！像是甚么地方也有这么一块？……哦！不错，三个卷着头发，露着雪白小腿，蓝眼睛白脸蛋的小女孩，倚在那石头上，三四个游公园的男学生，拿着照相器给她们拍照。那个顶小的，忽然垂着眼皮，突着嘴叫道："萧妈！我生气啦！"这个声音娇憨而清脆，惹得四围许多男的女的老的少的，都张着嘴、眯着眼，嘻嘻哈哈地笑个不住。奇怪呵！他们真像上了机器似的，嘴里不住叫着："这孩子真有意思！……真有意思。嘻嘻嘻！"眼睛眯着，不细看简直看不出缝来。

一个老头，一只手拿着一根拐杖，一只手摸着胡子，弯曲着腰，也是"哈哈哈"地笑；她更奇怪，倚在小山石上，一边张着嘴笑得哎呀哎呀的，一边眼泪却好像"断线珍珠般"往下坠。

忽然大家都寂静了,许许多多的眼神,都集中在那三个天真烂漫的孩子身上;她们也很知道照相是一件很要注意的事情,挺直了腰、放好手、仰着头,碧蓝的三对小眼,也都聚精会神,对着相架那边望着,现在已是准备好了,一个男学生笑着对她们说:"别动呵!要照啦!"忽然顶小的那个,眼睛一转,不知想起甚么,赶紧转过头来,对着她那个看妈嚷道:"你瞧,你瞧,那边一只小狗狗……一只狗狗,"说着小手不由得举起来往远处——一只西洋狮子狗伏的地方指着,跟着小腿不觉得抬起来,一步一步地向前迈,渐渐迈得更快,竟跑着追起那个小狗来了。

许多经过她们旁边的游人,都站住看她们。起初人们都怔怔地望着她——追小狗的女孩子,灵魂都被她那活泼天真的微妙勾了去,寂静和幽秘是这时候的空气。忽然一回头,见那两个稍大的女孩子,仍旧很稳静地站在那里,预备和希望照一张很整齐的相,这才提醒了大家,一阵哈哈的笑声,立刻破了空气的寂静。

她追着小狗,跑得累了,细弱的娇喘,涨得柔嫩的面皮,红艳直像浇着露水,新开的紫玫瑰花。额上的头发,也散了下来,覆在脸上;小手不住在胸口摩挲,望了众人一眼,又犇犇跳跳地跑开了。跑到萧妈面前,接了小白帽子,斜歪着戴在头上,憨皮的样子和稚琴简直差不多。当天热的时候,在大马路上不是时常看见稚琴戴着那顶白篷布帽子摇摇摆摆地走过吗?得意而且活泼的神情,时时从她眼睛里流露出来。公司门口那架大镜子,当她走过这里的时候,必要照一回。

照镜子原是靠不住的事情啊!从前新世界里放着八架镜子,每一架镜子,把人照成一个样子,八架镜子就把人照成八个样子。德福她长得极胖——在学堂里验起身体来,她的体重总在一百五十斤以上,可是她极不相信她是真胖。那天她逛新世界,看见一个个来逛的太太小姐们,都很细挑,竟惹起她的怀疑心来:"我果比她们胖吗?"这个念头老在她心里起伏，恰好她走到这架镜子面前——一个照人细长的镜子里，立刻露出一个"长身玉立"的她，这一喜欢真非同小可啊！她不觉自言自语道："人家都说我胖，块头不大好看，他们真是没眼睛呢！绍玉她在我们一堆算是顶小顶瘦的了，可是和我也差不多呢！到底是镜子有准啊！"

胖子顶怕人说胖，可是爱睡觉，就足以作胖的特征呢。姚先生他也是一个胖子，脂肪真多呵，五脏都被脂肪蒙住了，脑子也胶住啦，所以顶喜欢睡觉，无论坐在车上或是椅上，到不了三分钟，就可睡着；站在门槛上，或柱旁边，也是立刻要打呼的……那天他站在台阶上，看人家行结婚礼，嘴里还衔着一支吕宋烟，忽然烟卷从他嘴里掉了下来，跟着"了不得，快着，快着……"一阵的乱叫，大家都吓住了，抬头往对面一看，原来是他又睡觉了，险些儿摔下来，幸亏旁边的人扶得快，不然怕免不了头破血流呢！——野狗又得一顿饱了。

嘿！野狗吃人血真可怕呢！上次西郊外，难民阿三，不是被野狗把腿咬断了吗？血流了一地，像一道小红河似的，野狗不久就把他喝干了！人真可怜呵！作了难民更可怜，对了他们"泣饥号寒"的同类，谁有良心能不为他们叫屈呢？我们当然要帮助他们，使他们得到平安；他们又何尝不希望人家拯救他们？只是他们的运气不好，有心的又没力，有力的又没心！他们就是把一只耕地的肥牛牵出来卖，这个牛也不受他们的支配呢！无论卖给谁，它都要用它那个犄角，作抵抗的武器，和人家拼命呢！必得等到王大来了，用一种什么降魔的方法，它才服服帖帖跟他去了……世界上没有方法是不能作事呵！

人家说王大知道牛脾气，所以他能降伏牛，这些难民他不知道牛脾气，又怎么会降伏牛，以至于要牛救济他们呢？乡下人真不懂事呵！那个马惊了，赵老婆子不知道躲进屋里去，反倒躲在放螃蟹的木桶里。螃蟹本是"横行公子"，它怎解得救济人？赵老婆的脚竟被它那两把大剪子夹得出了血，只得不顾命地从桶里窜了出来；一个不小心，木桶倒了，养螃蟹的腥水浇了她一身,直像一个雨淋的水鸡,像刺猬般的缩作一团,怎么不可笑呢!

公园的小孩……胖子都赶不上这个有趣,哈哈!我不禁对着天空大笑起来。

"嘿!你莫非真得了神经病吗?"她——我的表妹推了我一下,我才定了神,四面地看看,除了从窗户射进来的阳光,照着壁上的钟闪闪放光——似乎是新鲜的以外,其余的布置没改平日分毫的样子。刚才所涌现我眼前的东西,原来都是起伏不定的思潮,那个傻老太太也只是从前的印象——现在的思潮呵!……

佳作点评

在这篇文章中,庐隐由公园内和谐的生活场景、幸福的小女孩、关注自身胖瘦的德福,又联想到了被野狗追咬的难民,体现的是对社会底层老百姓的同情之心。

她在《著作家应有的修养》一文中说,作家内质方面的修养应该有二:"一应对于人类的生活,有透彻的观察,能找出人间的症结,把浮光下的丑恶,不客气地、忠实地披露出来,使人们感觉到找寻新路的必要。二应把他所想象的未来世界,指示给那些正在歧路上彷徨的人们,引导他们向前去。同时更应以你的热情,去温慰人间悲苦者,鼓励世上的怯懦者。"

月夜孤舟

□［中国］庐隐

发发弗弗的飘风，午后吹得更起劲，游人都带着倦意寻觅归程，马路上人迹寥落，但黄昏时风已渐息，柳枝轻轻款摆，翠碧的景山巅上，斜辉散霞，紫罗兰的云幔，横铺在西方的天际。他们在松荫下，迈上轻舟，慢摇兰桨，荡向碧玉似的河心去。

全船的人都悄默地看远山群岫，轻吐云烟，听舟底的细水潺潺，渐渐地四境包溶于模糊的轮廓里，远景地更清幽了。

他们的小舟，沿着河岸慢慢地前进。这时淡蓝的云幕上，潆缀着金星，皎月盈盈下窥，河上没有第二只游船，只剩下他们那一叶的孤舟，吻着碧流，悄悄地前进。

这孤舟上的人们——有寻春的骄子，有漂泊的归客——在咿呀的桨声中，夹杂着欢情的低吟和凄意的叹息。把舵的阮君在清辉下，辨认着孤舟的方向，森帮着摇桨，这时他们的确负有伟大的使命，可以使人们得到安全，也可以使人们沉溺于死的深渊。森努力拨开牵绊的水藻，舟已到河心。这时月白光清，银波雪浪动了沙的豪兴，她扣着船舷唱道：

十里银河堆雪浪,

四顾何茫茫?

这一叶孤舟轻荡,

荡向那天河深处,

只恐玉宇琼楼高处不胜寒!

……

我欲叩苍穹,

问何处是隔绝人天的离恨宫?

奈雾锁云封!

奈雾锁云封!

绵绵恨……几时终!

这凄凉的歌声使独坐船尾的颦黯然了,她呆望天涯,悄数陨堕的生命之花;而今呵,不敢对冷月逼视,不敢向苍天申诉,这深抑的幽怨,使得她低默饮泣。

自然,在这展布天衣缺陷的人间,谁曾看见过不谢的好花?只要在静默中掀起心幕,摧毁和焚炙的伤痕斑斑可认,这时全船的人,都觉得灵弦凄紧。虞斜倚船舷,仿佛万千愁恨,都要向清流洗涤,都要向河底深埋。

天真的丽,他神经更脆弱,他凝视着含泪的颦、狂痴的沙,仿佛将有不可思议的暴风雨来临,要摧毁世间的一切,尤其要捣碎雨后憔悴的梨花,他颤抖着稚弱的心,他发愁,他叹息,这时的四境实在太凄凉了!

沙呢!她原是漂泊的归客,并且归来后依旧漂泊,她对着这凉云淡雾中的月影波光,只觉幽怨凄楚,她几次问青天,但苍天冥冥依旧无言!这孤舟夜泛,这冷月只影,都似曾相识——但细听没有灵隐深处的钟磬声,细认也没有雷峰塔痕,在她毁灭而不曾毁灭尽的生命中,这的确是一个深深的伤痕。

八年前的一个月夜,是她悄送掉童心的纯洁,接受人间的绮情柔意,她和青在月影下，双影厮并，她那时如依人的小鸟，如迷醉的荼蘼，她傲视冷月，她窃笑行云。

但今夜呵！一样的月影波光，然而她和青已隔绝人天。让月儿蹂躏这寞落的心，她挣扎残喘，要向月姊问青的消息，但月姊只是阴森的惨笑，只是傲然的凌视——指示她的孤独。唉！她枉将凄音冲破行云，枉将哀调深渗海底——天意永远是不可思议！

沙低声默泣，全船的人都罩在绮丽的哀愁中。这时船已穿过玉桥，两岸灯光，映射波中，似乎万蛇舞动，金彩飞腾，沙凄然道："这到底是梦境还是人间？"

鼙道："人间便是梦境，何必问哪一件是梦，哪一件非梦！"

"呵！人间便是梦境，但不幸的人类，为什么永远没有快活的梦……这惨愁，为什么没有焚化的可能？"

大家都默然无言，只有阮君依然努力把舵，森不住地摇桨，这船又从河心荡向河岸。"夜深了，归去罢！"森仿佛有些倦了，于是将船儿泊在岸旁，他们都离开这美妙的月影波光，在黑夜中摸索他们的归程。

月儿斜倚翡翠云屏，柳丝细拂这归去的人们——这月夜孤舟又是一番梦痕！

佳作点评

文章描写了几个"寻春的骄子、漂泊的归客"，乘一叶孤舟，"慢摇兰桨，荡向碧玉似的河心去"。他们在探寻什么呢？"淡蓝的云幕上，满缀着金星，皎月盈盈下窥"，美丽的夜，美丽的"远山群岫"，但在"漂泊的沙"看来，"她原是漂泊的归客，并且归来后依旧漂泊，她对着这凉云淡雾中的月影波光，只觉幽怨凄楚"，"沙低声默泣，全船的人都罩在绮丽的哀愁中"，"月儿斜倚翡翠云屏，柳丝细拂这归去的人们——这月夜孤舟又是一番梦痕！"

希望固然有

□ [中国] 萧红

均：

　　因为夜里发烧，一个月来，就是嘴唇，这一块那一块地破着，精神也烦躁得很，所以一直把工作停了下来，想了些无用的和辽远的想头……

　　买了三张画，东墙上一张，北墙上一张。一张是一男一女在长廊上相会，廊口处站着一个弹琴的女人。还有一张是关于战争的，在一个破屋子里把花瓶打碎了，因为喝了酒，军人穿着绿裤子就跳舞。我最喜欢的是第三张，一个小孩睡在檐下了，在椅子上，靠着软枕。旁边来了的大概是她的母亲，在栅栏外肩扛着大镰刀的大概是她的父亲。那檐下方块石头的廊道，那远处微红的晚天，那茅草的屋檐，檐下开着的格窗，那孩子双双垂着的两条小腿，真是好。不瞒你说，因为看到了那女孩好像看到自己似的，我小的时候就是那样，所以我很爱她。

　　……

　　这里没有书看，有时候自己很生气。看看《水浒》吧！看着看着就睡着了，夜半里的头痛和恶梦对于我是非常坏。前夜就是那样醒来的，而不敢再睡了。

我的那瓶红色酒，到现在还是多半瓶，前天我偶然借了房东的锅子烧了点菜，就在火盆上烧的（对了，我还没有告诉你，我已经买了火盆，前天是星期日，我来试试）。小桌子，摆好了，但吃起来不是滋味，于是反受了感触，我虽不是什么多情的人，但也有些感触，于是把房东的孩子唤来，对面吃了。

地震，真是骇人，小的没有什么，上次震得可不小，两三分钟，房子格格地响着，表在墙上摇着。天还未明，我开了灯，也被震灭了，我梦里梦憎地穿着短衣裳跑下楼去。房东也起来了，他们好像要逃的样子，隔壁老太婆叫唤着我，开着门，人却没有应声，等她看到我是在楼下，大家大笑了一场。

纸烟向来不抽了，可是近几天忽然又挂在嘴上。

胃很好，很能吃，就好像我们在顶穷的时候那样，就连块面包皮也是喜欢的。点心之类，不敢买，买了就放不下。也许因为日本饭没有油水的关系，早饭一毛钱，晚饭两毛钱，中午两片面包、一瓶牛奶。越能吃，我越节制着它。我想胃病好了也就是这个原因。但是闲饥难忍，这是不错的。但就把自己布置到这里了，精神上的不能忍也忍了下去，何况这一个饥呢？

又收到了五十元的汇票，不少了。你的费用也不小，再有钱就留下你用吧，明年一月末，照预算是够了的。

前些日子，总梦想着今冬要去滑冰，这里的别的东西都贵，只有滑冰鞋又好又便宜。旧货店门口，挂着的崭新的，简直看不出是旧货，鞋和刀子都好，十一元，还有八九元的也好。但滑冰场一点钟的门票五角，还离得很远，车钱不算，我合计一下，这干不得。我又打算随时买一点旧画，中国是没处买的，一方面留着带回国去，一方面围着火炉看一看，消消寂寞。均，你是还没过过这样的生活，和蛹一样，自己被卷在茧里去了。希望固然有，目的也固然有，但是都那么远和那么大。人尽靠着远的和大的来生活是不行的，虽然生活是为着将来而不是为着现在。

窗上洒满着白月的当儿，我愿意关了灯，坐下来沉默一些时候，就在这沉默中，忽然像有警钟似的来到我的心上："这不就是我的黄金时代吗？此刻。"于是我摸着桌布，回身摸着藤椅的边沿，而后把手举到面前，模模糊糊的，但确认这是自己的手，而后再看到那单细的窗棂上去。是的，自己就在日本，自由和舒适，平静和安闲，经济一点儿也不压迫，这真是黄金时代，是在笼子过的。从此我又想到了别的，什么事来到我这里就不对了，也不是时候了。对于自己的平安，显然是有些不惯，所以又爱这平安，又怕这平安。

均，上面又写了一些怕又引起你误解的一些话，因为一向你看得我很弱……

吟
十一月十九日

佳作点评

这是萧红东渡日本之后写给萧军的一封信，此时两人感情已经出现了裂痕：具有东北男人脾性的萧军，脾气暴躁，而富于反抗精神的萧红不甘成为他的附属品。于是，两人的争执不可避免。为了缓和关系，萧红选择了出国。在信中我们可以看到，萧红的生活有了暂时的安稳，病情也有所好转，但初到日本的不适和孤独也伴随着她。在这个"自由和舒适，平静和安闲，经济一点儿也不压迫"的地方，虽然是萧红的"黄金时代"，但她觉得更像"是在笼子过的"。

感情的碎片

□［中国］萧红

近来觉得眼泪常常充满着眼睛，热的，它们常常会使我的眼圈发烧。然而它们一次也没有滚落下来。有时候它们站到了眼毛的尖端，闪耀着玻璃似的液体，每每在镜子里面看到。

一看到这样的眼睛，又好像回到了母亲死的时候。母亲并不十分爱我，但也总算是母亲。她病了三天了，是七月的末梢，许多医生来过了，他们骑着白马，坐着三轮车，但那最高的一个，他用银针在母亲的腿上刺了一下，他说：

"血流则生，不流则亡。"

我确确实实看到那针孔是没有流血，只是母亲的腿上凭空多了一个黑点。医生和别人都退了出去，他们在堂屋里议论着。我背向了母亲，我不再看她腿上的黑点。我站着。

"母亲就要没有了吗？"我想。

大概就是她极短的清醒的时候：

"……你哭了吗？不怕，妈死不了！"

我垂下头去，扯住了衣襟，母亲也哭了。

尔后，我站到房后摆着花盆的木架旁边去。我从衣袋取出母亲买给我的小洋刀。

"小洋刀丢了就从此没有了吧？"于是眼泪又来了。

花盆里的金百合映着我的眼睛，小洋刀的闪光映着我的眼睛。眼泪就再没有流落下来，然而那是热的，是发炎的。但是，那是孩子的时候。

而今则不应该了。

佳作点评

萧红，是民国四大才女中命运最为悲苦的一个。为了逃婚离家出走后，她在生活上长期处于一种饥饿的状态，感情上又极其不幸。但体弱多病的她，却用瘦小的身躯扛起了与命运抗争的大旗。她坚强隐忍，从不退缩，在艰难中一路前行。

萧红的这段文字，感情真挚细腻，文字自然朴实，叙述平静中暗藏波澜，在一件件看似平常的事情中，能够让人体会到一种哭不出来的压抑感。而最后的"而今则不应该了"的表述，则表现了她的顽强意志。

想入非非

□［中国］朱湘

——贾宝玉在出家一年以后去寻求藐姑射山的仙人

自从宝玉出了家以来，到如今已是一个整年了。从前的脂粉队，如今的袈裟服；从前的立社吟诗，如今的奉佛诵经……这些，相差有多远，那是不用说了。却也是他所自愿，不必去提。

只有一桩，是他所不曾预料得到的。那便是，他的这座禅林之内，并不只是他自己这一个僧徒。他们，恐怕是只有很少的几个人，像他这般，是由一个饱尝了世上的声色利欲的富家公子而勘破了凡间来皈依于我佛的。从前，他在史籍上所知道的一些高僧，例如达摩的神异，支遁的文采，玄奘的渊博，他们都只是旷世而一见的，并不能以在任何地方，任何时候都遇到。他所受戒的这座禅林，跋涉了许久，始行寻到的，自然是他所认为最好的了。在这里，有一个道貌清癯，熟诸释典的住持；便是在听到过他的一番说法以后，宝玉才肯决定了：在这里住下，剃度为僧的。这里又有静谧的禅房可以习道；又有与人间隔绝的胜景可以登临。不过，喜怒哀乐，亲疏同异，那是谁也免不了的，即使是僧人，像他这么整天的只是在忙着自己的经课,在僧众之间是寡于言笑的,自然是要常常的遭受闲言冷语了。

黛玉之死,使得他勘破了世情的,到如今,这一个整年以后,在他的心上,已经不像当初那么一想到便是痛如刀割了。甚至于,在有些时候——自然很少——他还曾经纳罕过,妙玉是怎么一个结果:她被强盗劫去了以后,到底是自尽了呢,还是被他们拦挡住了不曾自尽;还是,在一年半载,十年五载之后,她已经度惯了她的生活,当然不能说是欢喜,至少是,那一种有洁癖的人在沾触到下洁之物那时候所立刻发生的肉体之退缩已经没有了。

虽然如此,黛玉的形象,在他的心目之前,仍旧是存留着。或许不像当时那样显明,不过依然是清晰的。并且,她的形象每一次涌现于他的心坎底层的时候,在他的心头所泛起的温柔便增加了一分。

这一种柔和而甜蜜的感觉,一方面增加了他的留恋,一方面,在静夜,檐铃的声响传送到了他的耳边的时候,又使得他想起来了烦恼。因为,黛玉是怎么死去的?她岂不便是死于五情么?这使得她死去了的五情,它们居然还是存在于他——宝玉的胸中,并且,不仅是没有使得他死去,居然还给与了他一种生趣!

在头半年以内,无日无夜的,他都是在想着,悲悼着黛玉。这是很自然的事情。半年快要完了的时候,黛玉以外的各人,当然都是女子了,不知不觉的,渐渐的侵犯到他的心上,来占取他的回忆与专一。以至于到了下半年以内,她们已经平分得他的思想之一半了。这个使得他十分的感觉到不安,甚至于,自鄙。他在这种时候,总是想起了古人的三年庐墓之说……像他与黛玉的这种感情,比起父母与子女的感情来,或者不能说是要来得更为浓厚一些,至少是,一般的浓厚了;不过,简直谈不上三年的极哀,也谈不上后世所改制的一年的,他如今是半年以后,已经减退了他的对于黛玉之死的哀痛了。他也曾经想过各种各样的方法,要使得他的心内，在这一年里面，只有一个林妹妹，没有旁人——但是，他这颗像柳絮一般的心，漂浮在"悼亡"之水上的，并不能够禁阻住它自己，在其他的水流汇注入这片主流的时候，不去随了它们所激荡起的波折而回旋。

　　　　天长地久有时尽，
　　　　此恨绵绵无尽期。

　　这两句诗，他想，不是诗人的夸大之辞，便是他自己没有力量可以作得到。

　　在这种时候，他把自己来与黛玉一比较，实在是惭愧。她是那么的专一！

　　也有心魔，在他的耳边，低声的说：宝钗呢？晴雯呢？她们岂不也是专一的么？何以他独独厚于彼而薄于此？并且，要是没有她们，以及其他的许多女子，在一起，黛玉能够爱他到那种为了他而情死的田地么？

　　他不能否认，宝钗等人在如今是处于一种如何困难，伤痛的境地；但是，同时，黛玉已经为他死去了的这桩事实，他也不能否认。他告诉心魔，教它不要忽略去了这一层。

　　话虽如此，心魔的一番诱惑之词已经是渐渐的在他的头颅里著下根苗来了。他仍然是在想念着黛玉；同时，其他的女子也在他的想念上逐渐的恢复了她们所原有的位置。并且，对于她们，他如今又新生有一种怜悯的念头。这怜悯之念，在一方面说来，自然是她们分所应得的；不过，在另一方面说来，它便是对于黛玉的一种侵夺。这种侵夺他是无法阻止的，所以，他颇是自鄙。

　　佛经的讽诵并不能羁勒住他的这许多思念。如其说，贪嗔爱欲便是意马心猿，并不限定要作了贪嗅爱欲的事情才是的，那么，他这个僧人是久已破了戒的了。

他细数他的这二十几年的一生，以及这一生之内所遭遇到的人，贾母的溺爱不明，贾政的优柔寡断，凤姐的辣，贾琏的淫，等等，以及在这些人里面那个与他是运命纠缠了在一起的人，黛玉——这里面，试问有谁，是逃得过五情这一关的？人世间的悲欢离合，无一不是五情这妖物在里面作怪！

由我佛处，他既然是不能够寻求得他所要寻求到的解脱，半路上再还俗，既然又是他所吞咽不下去的一种屈辱，于是，自然而然的，他的念头又向了另一个方向去希望着了。

庄子的《南华真经》里所说的那个藐姑射山的仙人，大旱金石流而不焦，大浸稽天而不溺，那许是庄周的又一种"齐谐"之语，不过，这里所说的"大旱"与"大浸"，要是把它们来解释作五情的两个极端，那倒是可以说得通的。天下之大，何奇不有？虽然不见得一定能找到一个真是绰约若处子的藐姑射仙人，或许，一个真是槁木死灰的人，五情完全没有了，他居然能以寻找得到，那倒也不能说是一件完全不可能的事体。

他在这时候这么的自忖着。

本来，一个寻常的人是决不会为着钟爱之女子死去而抛弃了妻室去出家的；贾宝玉既然是在这种情况之内居然出了家，并且，他是由一个唯我独尊的"富贵闲人"一变而为一个荒山古刹里的僧侣的，那么，他这样的异想天开要去寻求一个藐姑射仙人，倒也不足为奇了。

由离开了家里，一直到为僧于这座禅林，其间他也曾跋涉了一些时日。行旅的苦楚，在这一年以后回想起来，已经是褪除了实际的粗糙而渲染有一种引诱的色彩了。静极思动，乃是人之常情。于是，宝玉，著的僧服，肩着一根杖，一个黄包袱，又上路去了。

佳作点评

道不尽的"红楼梦",说不完的"宝玉情"。作为中国诗坛的英才,朱湘曾慨叹人生有三件大事:"朋友、性、文章。"在此文中,朱湘借贾宝玉之口,叙述了人的爱情心理,心理描写细腻动人,尽管"宝玉出了家以来,到如今已是一个整年",但"黛玉的形象,在他的心目之前,仍旧是存留着。或许不像当时那样显明,不过依然是清晰的。并且,她的形象每一次涌现于他的心坎底层的时候,在他的心头所泛起的温柔便增加了一分","佛经的讽诵并不能羁勒住他的这许多思念"。于是,"宝玉,著的僧服,肩着一根杖,一个黄包袱,又上路去了",他要去"寻求藐姑射山的仙人"了。

此文读来让人觉得清新灵秀,似乎总有一种空灵的感觉回荡在心际。

对 花

□ [中国] 柔石

我用眼看你,你是何等美丽,但我用口嚼你,你是何等苦味呀!

唉,你含苞初放的时候,谁都知你脸上的春容,可掩映于三秋的流水,但当你凋零飘落于地面时,又谁知你心怀的凄楚,可共大地而长存?

我,而今知道了。

我将静默不移,永生在你的身前,用我的眼低视于我的脚下,待你飘落到我的脚下时,我将立刻轻轻地拾起你,葬在我的心头。

我用眼看着你,你是何等美丽,但我用口嚼你,你是何等苦味呀!

一九二五年五月八日

佳作点评

在这里,我们看到的是台州硬汉的柔情。他歌颂自己心目中的爱情,此时期的他正在北大做旁听生,并有幸聆听了鲁迅的教诲,思想发生了很大变化。

　　古人有云："性情之大，莫若男女。"就让我们一起去感受柔石那"我用眼看着你，你是何等美丽，但我用口嚼你，你是何等苦味"的感情吧！

房东太太

□［中国］朱自清

歇卜士太太（Mrs. Hbbs）没有来过中国，也并不怎样喜欢中国，可是我们看，她有中国那老味儿。她说人家笑她母女是维多利亚时代的人，那是老古板的意思；但她承认她们是的，她不在乎这个。

真的，圣诞节下午到了她那间黯淡的饭厅里，那家具、那人物、那谈话，都是古气盎然，不像在现代。这时候她还住在伦敦北郊芬乞来路（Finchley Road）。那是一条阔人家的路，可是她的房子已经抵押满期，经理人已经在她门口路边上立了一座木牌，标价招买，不过半年多还没人过问罢了。那座木牌和篮球架子差不多大，只是低些，一走到门前，准看见。晚餐桌上，听见厨房里尖叫了一声，她忙去看了，回来说，火鸡烤枯了一点儿，可惜，二十二磅重，还是卖了几件家具买的呢。她可惜的是火鸡，倒不是家具，但我们一点儿没吃着那烤枯了的地方。

她爱说话，也会说话，一开口滔滔不绝，押房子、卖家具等等，都会告诉你。但是只高高兴兴地告诉你，至少也平平淡淡地告诉你，决不垂头丧气，决不唉声叹气。她说话是个趣味，我们听话也是个趣味（在她的话里，她死了的丈夫和儿子都是活的，她的一些住客也是活的）；所以后来虽然听了四个多月，倒并不觉得厌倦。有一回早餐时候，她说有一首诗，忘记是谁的，可以作她的墓铭，诗云：

　　这儿一个可怜的女人，
　　她在世永没有住过嘴。
　　上帝说她会复活，
　　我们希望她永不会。

其实我们倒是希望她会的。

道地的贤妻良母，她是；这里可以看见中国那老味儿。她原是个阔小姐，从小送到比利时受教育，学法文、学钢琴。钢琴大约还熟，法文可生疏了。她说街上如有法国人向她问话，她想起答话的时候，那人怕已经拐了弯儿了。结婚时得着她姑母一大笔遗产，靠着这笔遗产，她支持了这个家庭二十多年。歇卜士先生在剑桥大学毕业，一心想作诗人，成天住在云里雾里。他二十年只在家里待着，偶然教几个学生。他的诗送到剑桥的刊物上去，原稿却寄回了，附着一封客气的信。他又自己花钱印了一小本诗集，封面上注明，希望出版家采纳印行，但是并没有什么回响。太太常劝先生删诗行，譬如说，四行中可以删去三行罢。但是他不肯割爱，于是乎只好敝帚自珍了。

歇卜士先生却会说好几国话。大战后，太太带了先生小姐，还有一个朋友去逛意大利，住旅馆、雇船等等，全交给诗人的先生办，因为他会说意大利话。幸而没出错儿。临上火车，到了站台上，他却不见了。眼见车就要开了，太太这一急非同小可，又不会说给别人，只好叫小姐去张看，却不许她远走。好容易先生钻出来了，从从容容的，原来他上"更衣室"来着。

太太最伤心她的儿子。他也是大学生，长得一表人才。大战时去从军，训练的时候偶然回家，非常爱惜那庄严的制服，从不叫它有一个折儿。大战快完的时候，却来了恶消息，他尽了他的职务了。太太最伤心的是这个时候的这种消息，她在举世庆祝休战声中，迷迷糊糊过了好些日子。后来逛意大利，便是解闷儿去的。她那时甚至于该领的恤金，无心也不忍去领——等到限期已过，即使要领，可也不成了。

小姐现在是她唯一的亲人，她就为这个女孩子活着。早晨一块儿拾掇拾掇屋子，吃完了早饭，一块儿上街散步，回来便坐在饭厅里，说说话、看看通俗小说，就过了一天。晚上睡在一屋里。一星期也同出去看一两回电影。小姐大约有二十四五了，高个儿，总在五英尺十寸左右；蟹壳脸，露牙齿，脸上倒是和和气气的；爱笑，说话也天真得像个十二三岁的小姑娘。先生死后，他的学生爱利斯(Ellis)很爱歇卜士太太，几次想和她结婚，她不肯。爱利斯是个传记家，有点小名气。那回诗人德拉梅在伦敦大学院讲文学的创造，曾经提到他的书。他很高兴，在歇卜士太太晚餐桌上特意说起这个。但是太太说他的书干燥无味，他送来，她们只翻了三五页就搁在一边儿了。她说最恨猫怕狗，连书上印的狗都怕，爱利斯却养着一大堆。她女儿最爱电影，爱利斯却瞧不起电影。她的不嫁，怎么穷也不嫁，一半为了女儿。

这房子招徕住客，远在歇卜士先生在世时候。那时只收一个人，每日供早晚两餐，连宿费每星期五镑钱，合八九十元，够贵的。广告登出了，第一个来的是日本人，他们答应下了。第二天又来了个西班牙人，却只好谢绝了。从此住这所房的总是日本人多；先生死了，住客多了，后来竟有"日本房"的名字。这些日本人有一两个在外边有女人，有一个还让女人骗了，他们都回来在饭桌上报告，太太也同情得听着。有一回，一个人忽然在饭桌上谈论自由恋爱，而且似乎是冲着小姐说的。这一来太太可动了气。饭后就告诉那个人，请他另外找房住。这个人走了，可是日本人有个俱乐部，他大约在俱乐部里报告了些什么，以后日本人来住的便越过越少了。房间老是空着，太太的积蓄早完了，还只能在房子上打主意，这才抵押了出去。那时自然盼望赎回来，可是日子一天一天过去，情形并不见好。房子终于标卖，而且圣诞节后不久，便卖给一个犹太人了。她想着年头不景气，房子且没人要呢，哪知犹太人到底有钱，竟要了去，经理人限期让房。快到期了，她直说来不及。经理人又向法院告诉，法院出传票叫她去。她去了，女儿搀扶着；她从来没上过堂，法官说欠钱不让房，是要坐牢的。她又气又怕，几乎昏倒在堂上，结果只得答应了加紧找房。这种种也都是为了女儿，她可一点儿不悔。

她家里先后也住过一个意大利人，一个西班牙人，都和小姐做过爱；那西班牙人并且和小姐定过婚，后来不知怎样解了约。小姐倒还惦着他，说是"身架真好看！"太太却说，"那是个坏家伙！"后来似乎还有个"坏家伙"，那是太太搬到金树台的房子里才来住的。他是英国人，叫凯德，四十多了。先是做公司兜售员，沿门兜售电器扫除器为生。有一天撞到太太旧宅里去了，他要表演扫除器给太太看，太太拦住他，说不必，她没有钱；她正要卖一批家具，老卖不出去，烦着呢。凯德说可以介绍一家公司来买。那一晚太太很高兴，想着他定是个大学毕业生。没两天，果然介绍了一家公司，将家具卖去了。他本来住在他姊姊家，却搬到太太家来了。他没有薪水，全靠兜售的佣金；而电器扫除器那东西价钱很大，不容易脱手，所以便干搁起来了。这个人只是个买卖人，不是大学毕业生。大约穷了不止一天，他有个太太，在法国给人家看孩子，没钱，接不回来；住在姊姊家，也因为穷，让人家给请出来了。搬到金树台来，起初整付了一回房饭钱，后来便零碎的半欠半付，后来索性付不出了。不但不付钱，有时连午饭也要叨光。如是者两个多月，太太只得将他赶了出去。回国后接着太太的信，才知道小姐却有点喜欢凯德这个"坏蛋"，大约还跟他来往着。太太最提心这件事，小姐是她的命，她的命决不能交在一个"坏蛋"手里。

小姐在芬乞来路时，教着一个日本太太英文。那时这位日本太太似乎非常关心歇卜士家住着的日本先生们，老是问这个问那个的；见了他们，也很亲热似的。歇卜士太太瞧着不大顺眼,她想着这女人有点儿轻狂。凯德的外甥女有一回来了,一个摩登少女。她照例将手绢掖在袜带子上,拿出来用时,让太太看在眼里。后来背地里议论道,"这多不雅相!"太太在小事情上是很敏锐的。有一晚那爱尔兰女仆端菜到饭厅,没有戴白帽沿儿,太太很不高兴,告诉我们,这个侮辱了主人,也侮辱了客人。但那女仆是个"社会主义"的贪婪的人,也许匆忙中没想起戴帽沿儿,压根儿她怕就觉得戴不戴都是无所谓的。记得那回这女仆带了男朋友到金树台来,是个失业的工人。当时刚搬了家,好些零碎事正得一个人。太太便让这工人帮帮忙,每天给点钱。这原是一举两得,各相情愿的。不料女仆却当面说太太揩了穷小子的油。太太听说,简直有点莫名其妙。

太太不上教堂去,可是迷信。她虽是新教徒,可是有一回丢了东西,却照人家传给的法子,在家点上一枝蜡,一条腿跪着,口诵安东尼圣名,说是这么着东西就出来了,拜圣者是旧教的花样,她却不管。每回作梦,早餐时总翻翻占梦书。她有三本占梦书;有时她笑自己,三本书说的都不一样,甚至还相反呢。喝碗茶,碗里的茶叶,她也爱看;看像什么字头,便知是姓什么的来了。她并不盼望访客,她是在盼望住客啊。到金树台时,前任房东太太介绍一位英国住客继续住下。但这位半老的住客却嫌客人太少,女客更少,又嫌饭桌上没有笑,没有笑话,只看歇卜士太太的独角戏,老母亲似的唠唠叨叨,总是那一套。他终于托故走了,搬到别处去了。我们不久也离开英国,房子于是乎空空的。去年接到歇卜士太太来信,她和女儿已经作了人家管家老妈了。"维多利亚时代"的上流妇人,这世界已经不是她的了。

佳作点评

在这篇文章中,作者首先提到,"歇卜士太太没有来过中国,也并不怎样喜欢中国，可是我们看，她有中国那老味儿。她说人家笑她母女是维多利亚时代的人，那是老古板的意思。但她承认她们是的，她不在乎这个"，她是"道地的贤妻良母"，这就把她性格的主导方面呈现在了读者的面前。全篇对房东太太的性格进行了具体而生动地刻画，她的"爱说话，也会说话，一开口滔滔不绝"；她的繁文缛节，她的守旧的思想等等，但她又是坚强的、坚韧的，面对家庭的巨大变故和经济生活的拮据，她又在顽强地支撑着，"押房子、卖家具等等，都会告诉你。但是只高高兴兴地告诉你，至少也平平淡淡地告诉你，决不垂头丧气，决不唉声叹气。"作品更多地描写的是她和女儿的相依为命，以及对未来的希冀和期待。

　　此文文字朴实无华，没有任何的渲染，但读后会让人久久回味，感触良多。

桨声灯影里的秦淮河

□[中国]朱自清

一九二三年八月的一晚，我和平伯同游秦淮河；平伯是初泛，我是重来了。我们雇了一只"七板子"，在夕阳已去，皎月方来的时候，便下了船。于是桨声汩——汩，我们开始领略那晃荡着蔷薇色的历史的秦淮河的滋味了。

秦淮河里的船，比北京万牲园、颐和园的船好，比西湖的船好，比扬州瘦西湖的船也好。这几处的船不是觉着笨，就是觉着简陋、局促；都不能引起乘客们的情韵，如秦淮河的船一样。秦淮河的船约略可分为两种：一是大船；一是小船，就是所谓"七板子"。大船舱口阔大，可容二三十人。里面陈设着字画和光洁的红木家具，桌上一律嵌着冰凉的大理石面。窗格雕镂颇细，使人起柔腻之感。窗格里映着红色蓝色的玻璃；玻璃上有精致的花纹，也颇悦人目。"七板子"规模虽不及大船，但那淡蓝色的栏干、空敞的舱，也足系人情思。而最出色处却在它的舱前。舱前是甲板上的一部。上面有弧形的顶，两边用疏疏的栏干支着。里面通常放着两张藤的躺椅。躺下，可以谈天，可以望远，可以顾盼两岸的河房。大船上也有这个，便在小船上更觉清隽罢了。舱前的顶下，一律悬着灯彩；灯的多少、明暗，彩苏的精粗、艳晦，是不一的。但好歹总还你一个灯彩。这灯彩实在是最能勾人的东西。夜幕垂垂地下来时，大小船上都点起灯火。从两重玻璃里映出那辐射着的黄黄的散光，反晕出一片朦胧的烟霭；透过这烟霭，在黯黯的水波里，又逗起缕缕的明漪。在这薄霭和微漪里，听着那悠然的间歇的桨声，谁能不被引入他的美梦去呢？只愁梦太多了，这些大小船儿如何载得起呀？我们这时模模糊糊的谈着明末的秦淮河的艳迹，如《桃花扇》及《板桥杂记》里所载的。我们真神往了。我们仿佛亲见那时华灯映水，画舫凌波的光景了。于是我们的船便成了历史的重载了。我们终于恍然秦淮河的船所以雅丽过于他处，而又有奇异的吸引力的，实在是许多历史的影象使然了。

秦淮河的水是碧阴阴的；看起来厚而不腻，或者是六朝金粉所凝么？我们初上船的时候，天色还未断黑，那漾漾的柔波是这样的恬静、委婉，使我们一面有水阔天空之想，一面又憧憬着纸醉金迷之境了。等到灯火明时，阴阴的变为沉沉了：黯淡的水光，像梦一般；那偶然闪烁着的光芒，就是梦的眼睛了。我们坐在舱前，因了那隆起的顶棚，仿佛总是昂着首向前走着似的；于是飘飘然如御风而行的我们，看着那些自在的湾泊着的船，船里走马灯般的人物，便像是下界一般，迢迢的远了，又像在雾里看花，尽朦朦胧胧的。这时我们已过了利涉桥，望见东关头了。沿路听见断续的歌声：有从沿河的妓楼飘来的，有从河上船里度来的。我们明知那些歌声，只是些因袭的言词，从生涩的歌喉里机械的发出来的；但它们经了夏夜的微风的吹漾和水波的摇拂，袅娜着到我们耳边的时候，已经不单是她们的歌声，而混着微风和河水的密语了。于是我们不得不被牵惹着、震撼着，相与浮沉于这歌声里了。从东关头转湾，不久就到大中桥。大中桥共有三个桥拱，都很阔大，俨然是三座门儿；使我们觉得我们的船和船里的我们，在桥下过去时，真是太无颜色了。桥砖是深褐色，表明它的历史的长久；但都完好无缺，令人太息于古昔工程的坚美。桥上两旁都是木壁的房子，中间应该有街路。这些房子都破旧了，多年烟熏的迹，遮没了当年的美丽。我想象秦淮河的极盛时,在这样宏阔的桥上,特地盖了房子,必然是髹漆得富富丽丽的;晚间必然是灯火通明的。现在却只剩下一片黑沉沉!但是桥上造着房子,毕竟使我们多少可以想见往日的繁华;这也慰情聊胜无了。过了大中桥,便到了灯月交辉,笙歌彻夜的秦淮河;这才是秦淮河的真面目哩。

大中桥外,顿然空阔,和桥内两岸排着密密的人家的大异了。一眼望去,疏疏的林,淡淡的月,衬着蓝蔚的天,颇像荒江野渡光景;那边呢,郁丛丛的,阴森森的,又似乎藏着无边的黑暗:令人几乎不信那是繁华的秦淮河了。但是河中眩晕着的灯光、纵横着的画舫、悠扬着的笛韵,夹着那吱吱的胡琴声,终于使我们认识绿如茵陈酒的秦淮水了。此地天裸露着的多些,故觉夜来的独迟些;从清清的水影里,我们感到的只是薄薄的夜——这正是秦淮河的夜。大中桥外,本来还有一座复成桥,是船夫口中的我们的游踪尽处,或也是秦淮河繁华的尽处了。我的脚曾踏过复成桥的脊,在十三四岁的时候。但是两次游秦淮河,却都不曾见着复成桥的面;明知总在前途的,却常觉得有些虚无缥缈似的。我想,不见倒也好。这时正是盛夏。我们下船后,借着新生的晚凉和河上的微风,暑气已渐渐消散;到了此地,豁然开朗,身子顿然轻了——习习的清风荏苒在面上、手上、衣上,这便又感到了一缕新凉了。南京的日光,大概没有杭州猛烈;西湖的夏夜老是热蓬蓬的,水像沸着一般,秦淮河的水却尽是这样冷冷地绿着。任你人影的憧憧,歌声的扰扰,总像隔着一层薄薄的绿纱面幂似的;它尽是这样静静的、冷冷的绿着。我们出了大中桥,走不上半里路,船夫便将船划到一旁,停了桨由它宕着。他以为那里正是繁华的极点,再过去就是荒凉了;所以让我们多多赏鉴一会儿。他自己却静静的蹲着。他是看惯这光景的了,大约只是一个无可无不可。这无可无不可,无论是升的沉的,总之,都比我们高了。

那时河里闹热极了;船大半泊着,小半在水上穿梭似的来往。停泊着的都在近市的那一边，我们的船自然也夹在其中。因为这边略略的挤，便觉得那边十分的疏了。在每一只船从那边过去时，我们能画出它的轻轻的影和曲曲的波，在我们的心上；这显着是空，且显着是静了。那时处处都是歌声和凄厉的胡琴声，圆润的喉咙，确乎是很少的。但那生涩的、尖脆的调子能使人有少年的、粗率不拘的感觉，也正可快我们的意。况且多少隔开些儿听着，因为想象与渴慕的做美，总觉更有滋味；而竞发的喧嚣，抑扬的不齐，远近的杂沓，和乐器的嘈嘈切切，合成另一意味的谐音，也使我们无所适从，如随着大风而走。这实在因为我们的心枯涩久了，变为脆弱；故偶然润泽一下，便疯狂似的不能自主了。但秦淮河确也腻人。即如船里的人面，无论是和我们一堆儿泊着的，无论是从我们眼前过去的，总是模模糊糊的，甚至渺渺茫茫的；任你张圆了眼睛，揩净了眦垢，也是枉然。这真够人想呢。在我们停泊的地方，灯光原是纷然的；不过这些灯光都是黄而有晕的。黄已经不能明了，再加上了晕，便更不成了。灯愈多，晕就愈甚；在繁星般的黄的交错里，秦淮河仿佛笼上了一团光雾。光芒与雾气腾腾的晕着，什么都只剩了轮廓了；所以人面的详细的曲线，便消失于我们的眼底了。但灯光究竟夺不了那边的月色；灯光是浑的，月色是清的，在浑沌的灯光里，渗入了一派清辉，却真是奇迹！那晚月儿已瘦削了两三分。她晚妆才罢，盈盈的上了柳梢头。天是蓝得可爱，仿佛一汪水似的；月儿便更出落得精神了。岸上原有三株两株的垂杨树，淡淡的影子，在水里摇曳着。它们那柔细的枝条浴着月光，就像一支支美人的臂膊，交互的缠着、挽着；又像是月儿披着的发。而月儿偶然也从它们的交叉处偷偷窥看我们，大有小姑娘怕羞的样子。岸上另有几株不知名的老树，光光的立着；在月光里照起来。却又俨然是精神矍铄的老人。远处——快到天际线了，才有一两片白云，亮得现出异彩，像美丽的贝壳一般。白云下便是黑黑的一带轮廓；是一条随意画的不规则的曲线。这一段光景，和河中的风味大异了。但灯与月竟能并存着、交融着，使月成了缠绵的月，灯射着渺渺的灵辉；这正是天之所以厚秦淮河，也正是天之所以厚我们了。这时却遇着了难解的纠纷。秦淮河上原有一种歌妓，是以歌为业的。从前都在茶舫上，唱些大曲之类。每日午后一时起；什么时候止，却忘记了。晚上照样也有一回。也在黄晕的灯光里。我从前过南京时，曾随着朋友去听过两次。因为茶舫里的人脸太多了，觉得不大适意，终于听不出所以然。前年听说歌妓被取缔了，不知怎的，颇涉想了几次——却想不出什么。这次到南京，先到茶舫上去看看，觉得颇是寂寥，令我无端的怅怅了。不料她们却仍在秦淮河里挣扎着，不料她们竟会纠缠到我们，我于是很张皇了。她们也乘着"七板子"，她们总是坐在舱前的。舱前点着石油汽灯，光亮眩人眼目：坐在下面的，自然是纤毫毕见了——引诱客人们的力量，也便在此了。舱里躲着乐工等人，映着汽灯的余辉蠕动着；他们是永远不被注意的。每船的歌妓大约都是二人；天色一黑，她们的船就在大中桥外往来不息的兜生意。无论行着的船，泊着的船，都要来兜揽的。这都是我后来推想出来的。那晚不知怎样，忽然轮着我们的船了。我们的船好好的停着，一只歌舫划向我们来的；渐渐和我们的船并着了。铄铄的灯光逼得我们皱起了眉头；我们的风尘色全给它托出来了，这使我踧踖不安了。那时一个伙计跨过船来，拿着摊开的歌折，就近塞向我的手里，说，"点几出吧"！他跨过来的时候，我们船上似乎有许多眼光跟着。同时相近的别的船上也似乎有许多眼睛炯炯的向我们船上看着。我真窘了！我也装出大方的样子，向歌妓们瞥了一眼，但究竟是不成的！我勉强将那歌折翻了一翻，却不曾看清了几个字；便赶紧递还那伙计，一面不好意思地说，"不要，我们……不要。"他便塞给平伯。平伯掉转头去，摇手说，"不要！"那人还腻着不走。平伯又回过脸来，摇着头道，"不要！"于是那人重到我处。我窘着再拒绝了他。他这才有所不屑似的走了。我的心立刻放下，如释了重负一般。我们就开始自白了。

我说我受了道德律的压迫，拒绝了她们，心里似乎很抱歉的。这所谓抱歉，一面对于她们，一面对于我自己。她们于我们虽然没有很奢的希望；但总有些希望的。我们拒绝了她们，无论理由如何充足，却使她们的希望受了伤；这总有几分不做美了。这是我觉得很怅怅的。至于我自己，更有一种不足之感。我这时被四面的歌声诱惑了，降服了；但是远远的，远远的歌声总仿佛隔着重衣搔痒似的，越搔越搔不着痒处。我于是憧憬着贴耳的妙音了。在歌舫划来时，我的憧憬，变为盼望；我固执的盼望着，有如饥渴。虽然从浅薄的经验里，也能够推知，那贴耳的歌声，将剥去了一切的美妙；但一个平常的人像我的，谁愿凭了理性之力去丑化未来呢？我宁愿自己骗着了。不过我的社会感性是很敏锐的；我的思力能拆穿道德律的西洋镜，而我的感情却终于被它压服着，我于是有所顾忌了，尤其是在众目昭彰的时候。道德律的力，本来是民众赋予的；在民众的面前，自然更显出它的威严了。我这时一面盼望，一面却感到了两重的禁制：一，在通俗的意义上，接近妓者总算一种不正当的行为；二，妓是一种不健全的职业，我们对于她们，应有哀矜勿喜之心，不应赏玩的去听她们的歌。在众目睽睽之下，这两种思想在我心里最为旺盛。她们暂时压倒了我的听歌的盼望，这便成就了我的灰色的拒绝。那时的心实在异常状态中，觉得颇是昏乱。歌舫去了，暂时宁靖之后，我的思绪又如潮涌了。两个相反的意思在我心头往复：卖歌和卖淫不同，听歌和狎妓不同，又干道德甚事？——但是，但是，她们既被逼的以歌为业，她们的歌必无艺术味的；况她们的身世，我们究竟该同情的。所以拒绝倒也是正办。但这些意思终于不曾撇开我的听歌的盼望。它力量异常坚强；它总想将别的思绪踏在脚下。从这重重的争斗里，我感到了浓厚的不足之感。这不足之感使我的心盘旋不安，起坐都不安宁了。唉！我承认我是一个自私的人！平伯呢，却与我不同。他引周启明先生的诗："因为我有妻子，所以我爱一切的女人，因为我有子女，所以我爱一切的孩子。"

　　他的意思可以见了。他因为推及的同情，爱着那些歌妓，并且尊重着她们，所以拒绝了她们。在这种情形下，他自然以为听歌是对于她们的一种侮辱。但他也是想听歌的，虽然不和我一样，所以在他的心中，当然也有一番小小的争斗；争斗的结果，是同情胜了。至于道德律，在他是没有什么的；因为他很有蔑视一切的倾向，民众的力量在他是不大觉着的。这时他的心意的活动比较简单，又比较松弛，故事后还怡然自若；我却不能了。这里平伯又比我高了。

在我们谈话中间，又来了两只歌舫。伙计照前一样的请我们点戏，我们照前一样的拒绝了。我受了三次窘，心里的不安更甚了。清艳的夜景也为之减色。船夫大约因为要赶第二趟生意，催着我们回去；我们无可无不可的答应了。我们渐渐和那些晕黄的灯光远了，只有些月色冷清清的随着我们的归舟。我们的船竟没个伴儿，秦淮河的夜正长哩！到大中桥近处，才遇着一只来船。这是一只载妓的板船，黑漆漆的没有一点光。船头上坐着一个妓女；暗里看出，白地小花的衫子，黑的下衣。她手里拉着胡琴，口里唱着青衫的调子。她唱得响亮而圆转；当她的船箭一般驶过去时，余音还袅袅的在我们耳际，使我们倾听而向往。想不到在弩末的游踪里，还能领略到这样的清歌！这时船过大中桥了，森森的水影，如黑暗张着巨口，要将我们的船吞了下去，我们回顾那渺渺的黄光，不胜依恋之情；我们感到了寂寞了！这一段地方夜色甚浓，又有两头的灯火招邀着；桥外的灯火不用说了，过了桥另有东关头疏疏的灯火。我们忽然仰头看见依人的素月，不觉深悔归来之早了！走过东关头，有一两只大船湾泊着，又有几只船向我们来着。嚣嚣的一阵歌声人语，仿佛笑我们无伴的孤舟哩。东关头转湾，河上的夜色更浓了；临水的妓楼上，时时从帘缝里射出一线一线的灯光；仿佛黑暗从酣睡里眨了一眨眼。我们默然的对着，静听那汩——汩的桨声，几乎要入睡了；朦胧里却温寻着适才的繁华的余味。我那不安的心在静里愈显活跃了！这时我们都有了不足之感，而我的更其浓厚。我们却只不愿回去，于是只能由懊悔而怅惘了。船里便满载着怅惘了。直到利涉桥下，微微嘈杂的人声，才使我豁然一惊；那光景却又不同。右岸的河房里，都大开了窗户，里面亮着晃晃的电灯，电灯的光射到水上，蜿蜒曲折，闪闪不息，正如跳舞着的仙女的臂膊。我们的船已在她的臂膊里了；如睡在摇篮里一样，倦了的我们便又入梦了。那电灯下的人物，只觉像蚂蚁一般，更不去萦念。这是最后的梦；可惜是最短的梦！黑暗重复落在我们面前，我们看见傍岸的空船上一星两星的，枯燥无力又摇摇不定的灯光。我们的梦醒了，我们知道就要上岸了；我们心里充满了幻灭的情思。

1923 年 10 月 11 日作完，于温州

佳作点评

"六朝金粉地，纸迷金醉处"，真是"一水秦淮多少梦"。此文是朱自清的代表作之一，文章记叙了作者泛舟秦淮河的见闻感受。郁达夫评论说，朱自清的散文能够贮满一种诗意。阅读全文，我们能够对此有切身的体会。

在一九二三年八月的一晚，作者"雇了一只'七板子'，在夕阳已去，皎月方来的时候，便下了船。于是桨声汩——汩，我们开始领略那晃荡着蔷薇色的历史的秦淮河的滋味了"。在行船中，作者不光是写景，更是把自己的多种感觉一一描述了出来。河水的色彩是在浓淡之间变化的，河面是宽窄不定的，两岸的房屋更是新旧交替着，月色、灯光也是明暗不一、变幻多样，耳边的歌声、乐声总是处于一种飘忽不定中，时而吵闹，时而虚无，令人心境忽冷忽热。在作者的描述中，在飘忽不定的变幻中，我们一直随着他在秦淮河上泛舟，一同领略了秦淮河之夜的特有韵味。

快乐的真谛

□ [美国]诺宾·基尔福德

在日常生活中，我们往往见到有人乐观，有人悲观。为何会这样？其实，外在的世界并没有什么不同，只是个人的处世态度不同罢了。

最能说明这个问题的是我在一家卖甜甜圈的商店前面见到一块招牌，上面写着："乐观者和悲观者之间的差别十分微妙：乐观者看到的是甜甜圈，而悲伤者看到的则是甜甜圈中间的小小空洞。"这个短短的幽默句子，透露了快乐的本质。事实上，人们眼睛见到的往往并非事物的全貌，只看见自己想寻求的东西。乐观者和悲观者各自寻求的东西不同，因而对同样的事物就采取了两种不同的态度。

有一天，我站在一间珠宝店的柜台前，把一个装着几本书的包裹放在旁边。当一个衣着讲究、仪表堂堂的男子进来，开始在柜台前看珠宝时，我礼貌地将我的包裹移开，但这个人却愤怒地看着我。他说他是个正直的人，绝对无意偷我的包裹。他觉得受到了侮辱，重重地将门关上，走出了珠宝店。我感到十分惊讶，这样一个无心的动作，竟会引起他如此的愤怒。后来，我领悟到这个人和我仿佛生活在两个不同的世界，但事实上世界是一样的，所差别的是我和他对事物的看法相反而已。

几天后的一天早晨，我一醒来便心情不佳，想到这一天又要在单调的例行工作中度过时，便觉得这个世界是多么枯燥、乏味。当我挤在密密麻麻的车阵中，缓慢地向市中心前进时，我满腔怨气地想："为什么有那么多笨蛋也能拿到驾驶执照？他们开车不是太快就是太慢，根本没有资格在高峰时间开车，这些人的驾驶执照都该被吊销。"后来，我和一辆大型卡车同时到达一个交叉路口，我心想："这家伙开的是大车，他一定会直冲过去。"但就在这时，卡车司机将头伸出车窗外，向我招招手给我一个开朗、愉快的微笑。当我将车子驶离岔路口时，我的愤怒突然完全消失，心情豁然开朗起来。

这位卡车司机的行为，使我仿佛置身于另一个世界，但事实上，这个世界依旧，所不同的只是我们的心境。

每个人在生活中都会有类似的小插曲，这些小插曲正是我们追求快乐的最佳方法。要活得快乐，就必须改变自己的态度。我想，这就是快乐的真谛吧！

佳作点评

快乐的真谛是什么？想必一定会有很多人在苦苦寻找这个答案。那么，就让我们阅读这篇文章吧，诺宾·基尔福德会给你一个满意的回答。他指出，"在日常生活中，我们往往见到有人乐观，有人悲观。为何会这样？其实，外在的世界并没有什么不同，只是个人的处世态度不同罢了。要活得快乐，就必须改变自己的态度。"要知道，"乐观者和悲观者之间的差别十分微妙：乐观者看到的是甜甜圈，而悲伤者看到的则是甜甜圈中间的小小空洞。"

珍爱光明

□ ［美国］海伦·凯勒

有些时候，我不说话，脑袋里却在寻思：倘若每一个人在他的青少年时期都经历一段瞎子与聋子的生活，那该是多么美妙的事啊！黑暗将使他更加珍惜光明，寂静将使他更加喜爱声音。

我经常询问我那些身体毫无残疾的朋友们，问他们看到了什么。有一天，我的一位好友来看我，她说她刚才在森林里散步，突然想来看我，我问她都看到了些什么，她回答说："一切都是老样子。"如果我不是习惯听这样的回答，那我一定会对它表示怀疑，因为我早就知道，那些美好的东西眼睛是看不到的。

我常自言自语，在森林里走了一个多小时，却没有发现什么值得注意的东西，这怎么可能呢？因为我这个瞎了眼睛的人，仅仅靠触觉就能发现许许多多有趣的东西。我清楚地感受着匀称的嫩叶，我爱抚地用手摸着白柳树光滑的外皮，或是松树粗糙的表皮。春天，我摸索着找寻树枝上的芽苞，寻找着大自然冬眠后醒来的第一个标志。奇特卷曲的光滑花瓣在我手中散发着清香。我在大自然的怀抱里感受着千奇百怪的事物。偶尔，如果幸运的话，我把手轻轻地放在一棵小树上，就能感觉到小鸟放声歌唱时的欢蹦乱跳。我喜欢让清凉的泉水从张开的指间流过。对于我来说，能走在轻软的草地上或芬芳的落叶铺成的道路上，比起走在豪华的波斯地毯上更幸福。四季的变换就像一幕幕令人激动的、无休无止的戏剧，它们的行动从我的指间流过。

有时，我在内心里呼唤着，请求给我一双明亮的眼睛吧。仅仅摸一摸就给了我如此巨大的欢乐，如果能看到，那该是多么令人高兴啊！然而，那些有视力的人却麻木地感受着世界，他们对充满绚丽多彩的景色和千姿百态的表演，都认为是理所当然的。人类就是这个毛病，对已有的东西往往一点儿都不珍惜，却去向往那些自己所没有的东西，这是非常可惜的。在光明的世界里，将视力的天赋只看作是为了方便，而不看作是充实生活的手段。

佳作点评

海伦·凯勒，是美国著名盲聋女作家、教育家、慈善家、社会活动家。她以自强不息的顽强毅力，在安妮老师的帮助下，掌握了多种语言，并完成一系列著作。

"珍惜你所拥有的"，人们对于这句话并不陌生，但有几个人能够做到呢？因为"人类就是这个毛病，对已有的东西往往一点儿都不珍惜，却去向往那些自己所没有的东西"。作者在文中告诫我们，"在光明的世界里，将视力的天赋只看作是为了方便，而不看作是充实生活的手段，这是非常可惜的"，要"像明天就要失去那样去利用你的眼睛，要把活着的每一天看作生命的最后一天，只要朝着阳光，便不会看见阴影"。

如果我是富豪

□［法国］卢梭

我不会到乡间为自己修建一幢别墅，也不会在穷乡僻壤筑起杜伊勒利宫，我要在一道林木葱茏、景色优美的山坡上拥有一间质朴的小屋，一间有着绿色挡风窗的小白屋。至于屋顶，我会把那茅草换成瓦片，这样在任何季节都将是最惬意的。因为瓦片比茅草干净，色调更加鲜明，而且我家乡的房子都是这样的，这能够让我感觉自己回到了童年。

无需庭院，但要一个饲养家禽的小院子；我无需马厩，但要一个牛栏，里面饲养着奶牛，每天为我带来新鲜的奶汁；我无需花圃，但要一畦菜地；我无需宽大的花园，但要一片如我下面所描绘的果园。树上的果子不必点数也不必采撷，供路人享用；我不会把果树贴墙种在房屋周围，使路人碰也不敢碰树上华美的果实。然而，这小小的挥霍代价轻微，因为我幽静的房屋坐落在偏远的外省，那儿金钱是不多的，但食物丰富，是个既富饶又穷困的地方。

然后，我邀请一批由我精心挑选出的朋友。男的喜欢寻欢作乐，而且个个是行家；女的乐于走出闺阁，参加野外游戏，懂得垂钓、捕鸟、翻晒草料、收摘葡萄，而不是只会刺绣、玩纸牌。那儿，都市的风气荡然无存，我们都变成山野的村民，每晚都有不同的活动恣意寻欢。白天，我们聚集在一起参加中外锻炼以及劳作，也许会使我们食欲大增。每餐饭都是盛宴，食物的丰富胜似佳肴。愉快的情绪、田野的劳动、嬉笑的游戏是世上最佳的厨师，而精美的调料对于日出而作的劳动者简直是可笑的玩意。这样的筵席不讲究礼仪也不讲究排场：到处都是餐厅——花园、小船；树阴下，有时筵席设在淙淙的泉水边，在如茵的草地上，在桤树和榛树之下；客人们手端丰盛的食物，欢快地唱着歌，歪歪斜斜地排成行列。草地桌椅、泉水环石当放酒菜的台子，饭后的水果就挂在枝头。上菜不分先后，只要胃口好，何必讲究客套；人人都喜欢亲自动手，不必假助他人。在这诚挚而亲密的气氛中，人们互相逗趣，互相戏谑，但又不涉鄙俚，毫无虚情假意和约束之感。完全不需要讨厌的仆人，因为他们会偷听我们谈话，低声评论我们的举止，用贪婪的目光数我们吃了多少块肉，有时迟迟不上酒，而且宴会太长时他们还唠唠叨叨。

为了成为自己的主人，我们将是自己的仆从，每个人都被大家服侍。我们任凭时间流逝，用餐即是休息，一直吃到太阳落山也没有什么不可以。如果有劳作归来的农夫荷锄从我们身边走过，我要对他讲几句亲切的话使他高兴；我要邀请他喝几口佳酿使他能够暂时忘却身体的疲劳，而我的内心又会呈现出些许的喜悦，并悄声对自己说："我还算是个好人。"

乡民的节日，我会和朋友赶去助兴；邻里的婚礼，也少不了我的凑趣。我给这些善良的人们带去几件同他们自己一样朴素的礼物，为喜庆增添几许欢愉；作为交换，我将得到无法估价的报偿，一种和我同样的人极少得到的报偿：倾心交谈和无比的快乐。我在他们的长餐桌边就座，高高兴兴地喝喜酒；我随声附和，同大家一道唱一首古老的民歌；在谷仓里，我们一同跳舞，心情犹如参加了巴黎歌剧院的舞会。不！比那里更加欢畅。

佳作点评

卢梭是法国伟大的启蒙思想家、哲学家、教育家、文学家,是18世纪法国大革命的思想先驱,启蒙运动最卓越的代表人物之一。

我们可以在文章中看到,作者热爱自然、崇尚自然。自然,渗透了他整个生命。他"要在一道林木葱茏、景色优美的山坡上拥有一间质朴的小屋"。他一生追求人的平等,反对私有制及其压迫。他和朋友在乡民的节日赶去助兴,"在谷仓里,我们一同跳舞,心情犹如参加了巴黎歌剧院的舞会。不!比那里更加欢畅。"

同情百万富翁

□ [英国] 萧伯纳

在这个王国里，我发现什么东西都是为成百万人生产的，而为百万富翁生产的却什么也没有。婴儿、儿童、少年、青年、绅士、太太、小姐、手艺人、职员，甚至贵族和国王都有供应。唯一不被重视并显然不被欢迎的就数百万富翁了，因为他们人数太少。穷光蛋有他们的旧货商场，那是在猎狐犬沟的一个货源充足、生意兴隆的市场，在那里一便士即能买到一双靴子。而你找遍世界，也找不到一个市场能批发50英镑一双的靴子、40畿尼一顶的高档帽子、自行车上的金钱饰品、值四颗珍珠一瓶的克娄巴特拉女王牌红葡萄酒。

因此，不幸的百万富翁对万贯家业要负有责任，而其享受又无法超越一般的有钱人。说真的，在好些方面，他的享受高不过许多穷人，甚至比不上穷人。因为一名军乐队的指挥穿得比他漂亮；驯马师的马童常骑更骏的马；那些小姐身边的侍从一直是头等车厢的占有者；到布赖顿过星期天，人人都乘普尔门式火车的客车。然而，一个买得起夹孔雀脑三明治的人，碰到只有火腿或牛肉供应，也只好徒唤奈何！

诸如此类不公平的情况，还远不只这些。一个年收入25英镑的人，一旦他的收入增加一倍，他的享受程度可以提高数倍。一个每年收入50英镑的人，一旦收入增加一倍，至少可以得到四倍的享受。说不定每年收入高达250英镑的人，双倍的收入也意味着双倍的享受。高出此数者，享受程度的增长与收入增长的比例就越来越小。最后，他成了财富的牺牲品，对于凡金钱所能买到的任何东西都感到厌腻，甚至恶心。

你说人人喜欢金钱，理应为多得几万英镑而兴奋，如同因为小孩子爱吃糖果，那么糖果店的小伙计乐意每天加班两小时一样。可是百万富翁究竟要那些金钱、财富做什么呢？难道他需要一大队游艇？要一支仆从大军？要整城的住房？或者整个一块大陆作为他狩猎的林苑？一个晚上他能上几个戏院看戏？一个人能同时穿几套衣服？一天又能比他的厨师多消化几磅食物？他要照管更多的钱财，要看更多向他告贷的信，难道这也是一种乐事？穷人可以做黄粱美梦，可以坐下来盘算，如果不知何时一位搭不上边、远得不能再远的亲戚给他留下一笔财产时他该如何消受，以致暂时忘了自己的穷困，因为这种飞来横财并非绝无仅有。而百万富翁却没有必要做这种黄粱美梦，难道这也是件乐事？

佳作点评

"富人有富人的苦恼，穷人有穷人的快乐。"在文中，作者诙谐幽默地提出一种观点：同情百万富翁。他讽刺这些所谓的高贵阶层，因为"在这个王国里，我发现什么东西都是为成百万人生产的，而为百万富翁生产的却什么也没有"。萧伯纳的文字幽默诙谐，语言尖锐，充满了思辨的深度。

萧伯纳是世界上杰出的现实主义戏剧作家，又是世界上著名的擅长幽默与讽刺的语言大师。他认真研读过《资本论》，公开声言他"是一个普通的无产者"。二十世纪三十年代初，萧伯纳曾访问苏联和中国，并与高尔基、鲁迅结下诚挚友谊。

湖畔相遇

□ ［法国］马塞尔·普鲁斯特

我给她的那封绝望的情书终于有了回信，信是在昨天赴林园晚宴之前收到的。信中说，她恐怕在动身之前无法跟我道别。我也十分冷漠地答复了她。是啊，事情最好就这样结束，但愿她有一个开心的夏季生活。接着，我换好衣服，乘坐敞篷车穿越林园。我虽然十分心痛，但我努力调整心态，使其渐趋于平和，我相信自己随着时间渐渐过去，我会把这段往事尘封起来。

汽车沿着湖边林荫道疾驰，在距离林荫道五十米远、环绕湖边的一条小径尽头，我发现一位缓步慢行的女人。一开始我没有认出她。她朝我微微招手致意，我终于认出了她，尽管我们之间隔着一段距离。正是她！我久久没有反应。她继续注视着我，大概是要我停车，带她同行。我对此毫无反应，但我心底却霎时涌起一股说不清的激情。"我曾经对此颇费猜测，"我思忖，"她始终无动于衷，其中必有一条我不明白的原因。我亲爱的心上人，她爱我。"一种无边无尽的幸福，一种不可抗拒的确信朝我袭来，我无法控制自己，眼泪不争气地溢眶而出。车子驶近阿尔姆农维尔城堡，我擦了擦自己的眼睛，眼前出现了她那温情脉脉，仿佛要擦拭我的眼泪的招手；她那温情脉脉的注视，仿佛是征询我让她上车的目光。我是满怀欣喜地赶赴晚宴的，我的兴奋通过我的神色、动作无声地表现出来。没有人知道他们不熟悉的一只小手曾经向我挥动致意，这种感觉在我身上燃起欢乐的熊熊之火。每个人都能看到这种火光，因为它已经烧透了我。

人们只等德·T夫人大驾光临，她马上就到。她是我所认识的人中最没意思、最最讨厌的家伙，尽管她还有几分姿色。然而我却庆幸自己能够原谅任何人的缺陷和丑陋，我带着诚挚的微笑朝她走去。

"您先前的行为让我很吃惊。"她说。

"先前！"我惊讶万分，"您的意思是先前我们见过面？"

"怎么您没有认出我？您确实离我很远。我沿着湖边行走，您却骄傲地坐在车上。我向您招手问好，可您像不认识我似的毫无反应。"

"什么，是您！"我叫嚷道，十分扫兴地重复了好几遍，"噢！我请求您原谅，真对不起！"

"他好像不快活！您好，夏洛特！"城堡女主人说，"不过您尽管放心，您现在不是跟他在一起了吗！"

我哑口无言，我的一切幸福就此破灭。

然而，最令我苦恼的是我始终忘记不了她那副含情脉脉的样子。尽管我已经承认了自己的错误。我试图跟她言归于好。我没有很快忘记她，在我痛苦的时候，为了使自己好受一些，我经常竭力使自己相信那是她的手，正如我一开始感觉的那样。我闭上眼睛，是为了再一次看见那双向我致意的小手，这双手如此惬意地擦拭我的眼睛，让我的额头清新凉爽。她在湖边温情脉脉地伸向我的那双戴着手套的小手犹如平安、爱情以及和解的小小象征，而她那略带忧伤的目光紧紧盯着我，似乎在请求："带我一程行吗？"

佳作点评

马塞尔·普鲁斯特（1871—1922），法国著名作家，代表作有长篇小说《追忆似水年华》《让·桑德伊》，短篇小说集《欢乐与时日》等。

普鲁斯特曾以文学名著《追忆似水年华》震惊文坛。本文运用第一人称的手法，写了与一个女人相遇的故事，作者苦苦暗恋着对方，而对方却毫不在意。在彼此相遇的瞬间擦肩而过。这是一种内心的煎熬。

爱情总是双方的，只有两个人共同参与的爱才是默契的，愉悦的；反之，只能是一种伤痛。心理描写细腻，对话的运用，既增强了文本的可读性，又成功地塑造了人物的性格特征。

对你总有一种内疚感

□ [法国] 西蒙娜·德·波伏娃

星期二 1951 年 10 月 30 日 林肯旅馆，纽约

纳尔逊，我真正的爱：

我累极了，但是如果不给你写信我实在无法入睡。在知道你仍旧爱我的，半小时后即要离开你实在太难了。如果早知道你仍能爱我，我原可安排多住些日子，想到这些，心中感到辛酸苦楚。我需要跟你说话，这是今晚唯一能梦见的平静。在火车和出租车里我哭了一路，飞机上则跟你讲了一路的话。

我知道你不喜欢语言，但这一次，让我说，如果我哭了，别害怕。你昨天让我读的前言中，托马斯·曼说陀思妥耶夫斯基每次发作前总有几秒钟的幸福，这种幸福相当于 10 年的生命。有时，你当然有力量能在几分钟内给我一种值 10 年健康的狂喜。也许你的肮脏的心深沉热情，不像我的那样狂热，你无法感受到几小时前我再次给了你那份爱情的礼物时我所感受的惊喜。使我觉得真正生病了。给你写信是想从这一病痛中解脱出

来。如果你觉得这封信不理智，请原谅我，我必须把自己从中解脱出来。我时常想告诉你，想再次告诉你，我对我们之间的关系的感受。

　　从第一天起我对你总有一种内疚感，因为我能给予你的很少，但又是那么深深地爱着你。我知道你是相信我的，也理解我对你说的一切。你永远不会同意长期到法国居住，我在巴黎各种关系把我拴住，你在美国没有被拴住。我不想在这一问题上再次为自己开脱：我不能抛下萨特、写作和法国。我承认当我告诉你不可能时，你是信任我的。然而我也明白，理解我的理由并未改变事实：我没有把自己的全部生命都给予了你，我把心和能给的一切都给了，但没有把生命给你。我接受了你的爱，把它变成遥远的爱。我一直感到自责内疚，正因为是对我所爱的人，因此这是我所体会过的最痛苦的感觉。我伤害了你，我离开了你，反过来也刺伤了我自己。我一直担心你会认为我把我们爱情中的所有好的部分拿走了，给你留下的是不好的。这不对。如果我未能给予你真正爱情所应给予的幸福，我也使自己很不幸福。我从各个方面一直都渴念你，我很内疚，怕你生我的气，这一切经常使我处于极端痛苦中。因为我给你的太少了，我认为你把我从你的心中赶出去是公平的。尽管承认是公平的并不等于说不痛苦。第一次在纽约已是痛苦的，去年就非常痛苦。请相信我，这次也是一样。如果我哭得很厉害，表现得有些荒谬可笑，那是来自整整一年都未曾愈合的深深的伤口。是的，我的爱仍是那么深，但被出乎意料地抛弃了，不再被对方爱了是极端痛苦的。然而，今年我来看你时我开始接受这一事实，我努力满足于你的友谊和我的爱。这并没有使我很快活，但我还可忍受。

　　今晚，我害怕了，真正地害怕了，因为你再次使我的防线崩溃。你说不再把我从你的心中驱走，我不需再同你的无动于衷做斗争，我手中已无任何武器，我感到如果你决定再把我赶走，我会再次受到伤害。今晚我无法忍受这一念头。我累死了。我觉得自己完全被你握在手中，毫无防御能力，这次我不得不求你：把我留在你心中或是把我赶走，别让我抓着你的爱情，然后突然发现它已不复存在。我不想再经历一次，我受不了。我也不蠢。如果你一旦爱上了另一个女人，那也没办法。我的意思是：不管你选择赶走或不赶走，我请你设身处地为我想想。目前请别把你的爱拿走，在心中保存它直到我们再次见面。

让我们在不久的将来见面。但最终还是由你决定，你心中跟我一样清楚，我不会麻烦你的。这将是你从我这儿收到的最可怕的一封信。我只是想说这次我向你提出了要求，我请你不要把我赶出你的心中，把我留在心中。知道你仍爱着我的时刻太短了，太短了！我无法接受仅仅是半个小时，必须持久。我要你再次充满爱意地亲吻我。我是多么的爱你，我爱你给予我的爱情，爱你重新激起了我的情欲和给予我幸福。即使这些都失去，或失去了一半，我仍固执地爱着你，因为你就是你。正因为你就是你，不管你给予或不给予我什么，我会永远把你珍藏在心中。当我们之间的爱又可能再次成为现实时，我感到自己垮了。我现在完全崩溃了。我给你写了这么一封愚蠢的信，请你不要生气。

我回到了"林肯旅馆"，努力睡觉。我害怕夜晚。我一生中最希望的就是再见到你。

星期三上午

最最亲爱的爱。我只睡了一小会儿，头仍然痛。我刚给法国航空公司去了电话，他们在10点钟等我上飞机，再一次心中感到痛苦。我拿不定主意是否给你打电话，最后决定不打，因为怕自己受不了。我不希望像你说的那样"在长途上哭泣"。

昨天晚上没说的是这些天和你在一起的甜蜜时光。从一开始你热情、快活，两年来我从没这样快活过。和你在一起生活有多么美好。再见，我的爱。

如果飞机出事的话，我最后想的将是感谢你给予我的一切。飞机不会出事，今后一年中我将继续爱你直到再投入你的怀抱。

我的永远炽烈的心亲吻你。把我藏在你心中，我爱你。

星期三 31 日纽芬兰

寄给美国印第安纳州加里福雷斯特街 6228 号的"住户"。

亲爱的住户。纽芬兰的鱼儿们向它们的环礁湖兄弟们致以温柔的问候。

我已飞了 4 个小时。吃了一顿美味的午餐，有鹅肝和香槟，但一路上我止不住哭。实在不好，因为飞机不像在加里的火车上没有人认识我，飞机上许多人声称认识我。我希望别再哭了。似乎积了一年的眼泪非流不可。我觉得自己像一个 80 岁的老妇一样丑，一个 20 岁的年轻人那样愚蠢。我想一个人 20 岁时还太年轻，不能像在 40 岁时那样傻。现在你的小家是 3 点，很温暖，你在家。

我的爱人和我同行。

佳作点评

西蒙娜·德·波伏娃（1908—1986），法国著名哲学家、文学家。代表作品有《第二性》《名士风流》《女客》等。

"我的永远炽烈的心亲吻你。把我藏在你心中，我爱你。"大胆火辣的问候，表达了波伏娃被情感燃烧的心情。炽热不是时间能扑灭的，它需要情爱的浇灌。两地书不仅是传递情感，更重要的是爱的宣言。

你的西蒙娜就这样朝夕同你相处

□［俄国］茨维塔耶娃

你好,鲍里斯!早晨6点钟,风一直在吹,在刮。我刚顺着林荫路到井边打水(两种不同的欢乐——空桶、满桶)并且顶着风的全身心向你问好。

在井边(水桶已经满满的)又一个括号:人们还都在睡觉——我停下来,迎着你抬起了头。我就这样朝夕同你相处,在你心里起床,在你心里入睡。

是的,你不知道,我有几行诗献给你,在《山》的创作的最紧张时刻写的(《终结之歌》)是一码事。只是《山》早一点——是男性的面貌,从一开始就是热恋,一下子便进入最高的音调,而《终结之歌》已经是突然爆发的女性的痛苦。迸发的泪水,是睡梦中的我——不是起床后的我。《山之歌》是从另一座山上看得见的山,《终结之歌》是压在我身上的一座山。我在它下面。是的,是献给你的深深地爱恋的诗,有几行还没写完,是在我心中对你的呼唤,是在我心中对我的呼唤。

西徐亚人爱好对着射击,鞭笞派教徒喜欢赞美基督的舞蹈——大海啊——我像蓝天一样敢跳进你的里面犹如听到每一句诗——

听到神秘的口哨，

我便停在路边，

我心情紧张不安。

每一行里都有停顿！

每一个句点里都有珍宝。

——眸子啊——我像光线一样分层射入你的里面。

我活跃兴奋。

按着吉他的音调，

我用思念把自己重调一番。

我重新加以改变。这是片断。整首诗由于还有两处空着没填好不能寄给你。若是高兴——这首诗就会写完的，这一首，还有其他几首。是的，你有没有下面这三首诗：

1924年夏天，两年前，我从捷克寄给你的《两个》：

海伦——阿喀琉斯——/ 是不和谐的一对；

我们——终于就这样错过；

我知道——只有你 / 一个人与我 / 匹敌共存。

别忘记复信。然后我寄给你。

鲍里斯，里尔克有一个成年的女儿，出嫁了，住在萨克森的一个地方，还有一个外孙女克里斯蒂娜，两岁。他很小的时候便结婚了，两年——在捷克——就吵翻了。鲍里斯，接下去是可憎（我的）：我的诗他读起来很费力，虽然早在十年以前，他不查词典便可以阅读冈察洛夫的作品。（阿利娅听我说了这件事，便立刻说："我知道，我知道，是奥勃洛摩夫的早晨，那里还有一座被毁坏的长廊。"）冈察洛夫——神秘莫测，是吗？这一点我也感觉到了。

如果是远古时代的——很美好，如果是奥勃洛摩夫——那就非常之差了。是里尔克的（第二格，如果愿意也可以是被里尔克）改造过的奥勃洛摩夫。多么大的奢靡呀！在这一点上我一下子就看出了他是一个外国人，也就是说，我是一个俄罗斯人，而他是一个德国人！有损尊严。有一种有某种固定的（虽然低廉，但正是由于低廉而固定的）价值的世界，于这个世界，里尔克他无论通过任何一种语言都不应当知道。冈察洛夫（在日常生活上与他相对，就某种四分之一世纪的俄罗斯文学史的意义来讲，我什么都没有写）从里尔克的口中完全消失了。应当更仁慈一些。

（无论是关于他的女儿，还是关于他的外孙女，以及关于冈察洛夫——对任何人都没讲过。双重的忌妒我一个人就够了。）

还有什么要说的，鲍里斯！信纸用完了，一天开始了。我刚从集市回来，今天村子里过节——第一批沙丁鱼！不是小沙丁鱼——因为不是罐头装的，而是网里的。

你知道吗，鲍里斯，我已经开始对大海感兴趣了，是出于某种愚蠢的好奇心——想要确认一下自己是不是无能为力。

拥抱你的脑袋——我仿佛觉得它是如此硕大——根据它里边容纳的东西——我在拥抱整座大山——乌拉尔！"乌拉尔宝石"——又是来自童年时代的声音！（母亲和父亲一起前往乌拉尔去为博物馆采集大理石。家庭女教师说，夜里老鼠咬了她的脚。塔鲁萨，鞭笞派教徒，五岁。）乌拉尔矿石，（密林）还有加拉赫伯爵的（库兹涅茨克的）水晶——这就是我的整个童年。

把它给你——镶满了黄玉和水晶。

夏天你到哪儿去？阿谢耶夫康复了吗？你可别病了。

好了，还有什么要说的呢？

——完了！——

你发现了吗，我把自己零零碎碎地献给了你？

一九二六年五月二十六日

佳作点评

　　茨维塔耶娃·玛琳娜·伊万诺夫娜（1892—1941），俄罗斯著名诗人、作家。代表作品有诗集《里程碑》《魔灯》等。

　　茨维塔耶娃和帕斯捷尔纳克的书信，是爱情的典范，虽然他们天各一方，这种柏拉图式的精神恋爱，是最痛苦的，最折磨人的。在远方，独自给爱人写信，倾诉内心的苦闷，这是人生路上的搀扶，对美好未来的渴望。

北戴河海滨的幻想·[中国]徐志摩
印度洋上的秋思·[中国]徐志摩
立秋之夜·[中国]郁达夫
苏州烟雨记·[中国]郁达夫
故都的秋·[中国]郁达夫
象牙戒指·[中国]石评梅
……

感动是一种养分

爱情不是花荫下的甜言，不是桃花源中的蜜语，不是轻绵的眼泪，更不是死硬的强迫，爱情是建立在共同的基础上的。

——莎士比亚

北戴河海滨的幻想

□ [中国] 徐志摩

他们都到海边去了。我为左眼发炎不曾去。我独坐在前廊，偎依在一张安适的大椅内，袒着胸怀，赤着脚，一头的散发，不时有风来撩拂。清晨的晴爽，不曾消醒我初起时睡态，但梦思却半被晓风吹断。我关紧眼帘内视，只见一斑斑消残的颜色，一似晚霞的余赭，留恋地胶附在天边。廊前的马樱、紫荆、藤萝青翠的叶与鲜红的花，都将他们的妙影映印在水汀上，幻出幽媚的情态无数；我的臂上与胸前，亦满缀了绿荫的斜纹。

从树荫的间琼平练正见海湾海波亦似被晨瞒唤醒，黄蓝相间的波光，在欣然地舞蹈。滩边不时见白涛涌起，迸射着雪样的水花。

浴线肉点点的小舟与浴客，水禽似的浮着；幼童的嚷叫，与水波拍岸声，与潜涛呜咽声，相间地起伏，竞报一滩的生趣与乐意。

但我独坐的廊前，却只是静静的，静静的无甚声响。妩媚的马樱，只是幽幽地微展着，蝇虫也敛翅不飞。因有远近树里的秋蝉，在纺纱似的锤引他们不尽的长吟。

在这不尽的长吟中，我独坐在冥想。难得是寂寞的环境，难得是静定的意境；寂寞中有不可言传的和谐，静默中有无限的创造。

我的心灵，比如海滨，生平初度的怒潮，已经渐次的消翳，只剩疏松的海砂中偶尔的回响，更有残缺的贝壳，反映星月的辉芒。

　　此时摸索潮余的斑痕，追想当时汹涌的情景，是梦或是真，再亦不须辨问，只此眉梢的轻皱，唇边的微哂，已足解无穷的奥绪，深深地蕴伏在灵魂的微纤之中。

　　青年永远趋向反叛，爱好冒险；永远如初度的航海者，幻想黄金机缘于浩森的烟波之外：想割断系岸的缆绳，扯起风帆，欣欣地投入无垠的怀抱。他厌恶的是平安，自喜的是放纵与豪迈。

　　无颜色的生涯，是他目中的荆棘；绝海与凶险，是他爱取由的途径。

　　他爱折玫瑰，为她的色香，亦为她冷酷的刺毒；他爱搏狂澜，为他的庄严与伟大，亦为他吞噬一切的天才，最是激发他探险与好奇的动机。

　　他崇拜行动：不可测，不可节，不可预逆，起动，消歇皆在无形中，狂风似的倏忽与猛烈与神秘。他崇拜斗争：从斗争中求剧烈的生命之意义，从斗争中求绝对的实在，在血染的战阵中，呼吸胜利之狂欢或歌败丧的哀曲。

　　幻想消灭是人生里命定的悲剧。青年的幻灭，更是悲剧中的悲剧，夜一般的沉黑，死一般的凶恶。纯粹的、猖狂的热情之火，不同于阿拉丁的神灯，只能放射一时的异彩，不能永久的朗照。转瞬间，或许，便已敛熄了最后的火舌，只留存有限的余烬与残灰，在未灭的余温里自伤与自慰。

　　流水之光、星之光、露珠之光、电之光，在青年的妙目中闪耀，我们不能不惊讶造化者艺术之神奇。然恐怖的黑影，倦与衰与饱食的黑影，同时亦紧紧地跟着时日进行，仿佛是烦恼、痛苦、失败，或庸俗的尾曳，亦在转瞬间，彗星似的扫灭了我们最自傲的神辉——流水涸，明星没，露珠散灭，电闪不再！

　　在这艳丽的日辉中，只见愉悦与欢舞与生趣，希望，闪烁的希望，在荡漾，在无穷的碧空中，在绿叶的光泽里，在虫鸟的歌吟中，在青草的摇荡中——夏之荣叶，春之成功。春光与希望，是长驻的；自然与人生，是调谐的。

远处有福的山谷内，莲馨花在坡前微笑，稚羊在乱石间跳跃，牧童们，有的吹着芦笛，有的平卧在草地上，仰看变幻的浮游的白云，放射下的青影在初黄的稻田中缥缈地移过。在远处安乐的村中，有妙龄的村姑在流涧边照映她自制的春裙；口衔烟斗的农夫三四，在预度秋收的喜盈；老妇人们坐在家门外阳光中取暖，她们的周围有不少的儿童，手擎着黄白的钱花在环舞与欢呼。

在远——远处的人间，有无限的平安与快乐，无限的春光……

在此，暂时可以忘却无数的落蕊与残红；亦可以忘却花荫中掉下的枯叶，私语地预告三秋的情意；亦可以忘却苦恼的僵瘪的人间，阳光与雨露的殷勤，不能再恢复他们腮颊上生命的微笑，亦可以忘却纷争的互杀的人间，阳光与雨露的仁慈，不能感化他们凶恶的兽性；亦可以忘却庸俗的卑琐的人间，行云与朝露的丰姿，不能引逗他们刹那间的凝视；亦可以忘却自觉的失堂的人间，绚烂的春时与媚草，只能反激他们悲伤的意绪。

我亦可以暂时忘却我自身的种种，忘却我童年期清风白水似的天真，忘却我少年期种种虚荣的希冀，忘却我渐次的生命的觉悟，忘却我热烈时理想的寻求，忘却我心灵中乐观与悲观的斗争，忘却我攀登文艺高峰的艰辛，忘却刹那的启示与彻悟之神奇，忘却我生命潮流之骤转，忘却我陷落在危险的漩涡中之幸与不幸，忘却我追忆不完全的梦境，忘却我大海里埋着的秘密，忘却曾经刳割我灵魂的利刃、炮烙我灵魂的烈焰、摧毁我灵魂的狂飙与暴雨，忘却我的深刻的怨与艾，忘却我的冀与愿，忘却我的恩泽与惠感，忘却我的过去与现在……

过去的实在，渐渐地膨胀，渐渐地模糊，渐渐地不可辨认现在的实在，渐渐地收缩，逼成了意识的一丝，细极狭极的线丝，又裂成了无数不相连续的黑点……黑点亦渐次的隐翳？

幻术似的灭了，灭了，一个可怕的黑暗的空虚……

佳作点评

这是徐志摩表露心迹、表达情思的一篇美文。在文中，我们可以看到作者极端苦闷、失望的情绪。这是五四运动退潮后，社会的黑暗在他心底的投射，他的社会理想破灭了，感到一种前所未有过的悲哀，心灵处于一种极度痛苦的状态。

徐志摩的文字轻盈空灵，写景状物都是为了表现自己的情感和思考，"我独坐的廊前，却只是静静的，静静的无甚声响"，只有"远近树里的秋蝉，在纺纱似的锤引他们不尽的长吟。在这不尽的长吟中，我独坐在冥想"。他想到了什么呢？"青年人的猖狂与幻灭，夜空的星月与残云，远处人间的平安快乐与近处人间的苦恼纷争，尽情的忘却与思想的变迁……"最后，"幻术似的灭了，灭了，一个可怕的黑暗的空虚……"

印度洋上的秋思

□ [中国] 徐志摩

昨夜中秋。黄昏时西天挂下一大帘的云母屏，掩住了落日的光潮，将海天一体化成暗蓝色，寂静得如黑衣尼在圣座前默祷。过了一刻，即听得船梢布篷上悉悉索索啜泣起来，低压的云夹着迷濛的雨色，将海线逼得像湖一般窄，沿边的黑影，也辨认不出是山是云，但涕泪的痕迹，却满布在空中水上。

又是一番秋意！那雨声在急骤之中，有零落萧疏的况味，连着阴沉的气氲，只是在我灵魂的耳畔私语道："秋！"我原来无欢的心境，抵御不住那样温婉的浸润，也就开放了春夏间所积受的秋思，和此时外来的怨艾构合，产出一个弱的婴儿——"愁"。

天色早已沉黑，雨也已休止。但方才啜泣的云，还疏松地幕在天空，只露着些惨白的微光；预告明月已经装束齐整，专等开幕。同时船烟正在莽莽苍苍地吞吐，筑成一座蟒鳞的长桥，直联及西天尽处，和船轮泛出的一流翠波白沫，上下对照，留恋西来的踪迹。

北天之幕豁处，一颗鲜翠的明星，喜孜孜地先来问探消息，像新嫁妇的侍婢，也穿扮得遍体光艳，但新娘依然姗姗未出。

我小的时候，每于中秋夜，呆坐在楼窗外等看"月华"。若然天上有云雾缭绕，我就替"亮晶晶的月亮"担忧。若然见了鱼鳞似的云彩，我的小心就欣欣怡悦，默祷着月儿快些开花，因为我常听人说只要有"瓦楞"云，就有月华；但在月光放彩以前，我母亲早已逼我去上床，所以月华只是我脑筋里一个不曾实现的想象，直到如今。

现在天上砌满了瓦楞云彩，霎时间引起了我早年许多有趣的记忆——但我的纯洁的童心，如今哪里去了？

月光有一种神秘的引力，她能使海波咆哮，她能使悲绪生潮。月下的喟息可以结聚成山，月下的情泪可以培畴百亩的畹兰、千茎的紫琳耿。我疑悲哀是人类先天的遗传，否则，何以我们几年不知悲感的时期，有时对着一泻的清辉，也往往凄心滴泪呢？

但我今夜却不曾流泪。不是无泪可滴，也不是文明教育将我最纯洁的本能锄净，却为是感觉了神圣的悲哀，将我理解的好奇心激动，想学契古特白登来解剖这神秘的"眸冷骨累"。冷的智永远是热的情的死仇。他们不能相容的。

但在这样浪漫的月夜，要来练习冷酷的分析，似乎不近人情，所以我的心机一转，重复将锋快的智刃收起，让沉醉的情泪自然流转，听他产生什么音乐；让绻缱的诗魂漫自低回，看他寻出什么梦境。

明月正在云岩中间，周围有一圈黄色的彩晕，一阵阵的轻霭，在她面前扯过。海上几百道起伏的银沟，一齐在微叱凄其的音节，此外不受清辉的波域，在暗中愤愤涨落，不知是怨是慕。

我一面将自己一部分的情感，看入自然界的现象，一面拿着纸笔，痴望着月彩，想从她明洁的辉光里，看出今夜地面上秋思的痕迹，希冀他们在我心里，凝成高洁情绪的精华。因为她光明的捷足，今夜遍走天涯、人间的恩怨，哪一件不经过她的慧眼呢？

印度的 Ganges(埂奇)河边有一座小村落，村外一个榕绒密绣的湖边坐着一对情醉的男女，他们中间草地上放着一尊古铜香炉，烧着上品的水息，那温柔婉恋的烟篆、沉馥香浓的热气，便是他们爱感的象征——月光从云端里轻俯下来，在那女子胸前的珠串上，水息的烟尾上，印下一个慈吻，微哂，重复登上她的云艇，上前驶去。

一家别院的楼上，窗帘不曾放下，几枝肥满的桐叶正在玻璃上摇曳逗趣，月光窥见了窗内一张小蚊床上紫纱帐里，安眠着一个安琪儿似的小孩，她轻轻挨进身去，在他温软的眼睫上，嫩桃似的腮上，抚摩了一会，又将她银色的纤指，理齐了他脐圆的额发，蔼然微哂着，又回她的云海去了。

一个失望的诗人，坐在河边一块石头上，满面写着忧郁的神情，他爱人的倩影，在他胸中像河水似的流动，他又不能在失望的渣滓里榨出些微甘液，他张开两手，仰着头，让大慈大悲的月光，那时正在过路，洗沐他泪腺湿肿的眼眶，他似乎感觉到清心的安慰，立即摸出一管笔，在白衣襟上写道：

月光，
你是失望儿的乳娘！

面海一座柴屋的窗棂里，望得见屋里的内容：一张小桌上放着半块面包和几条冷肉，晚餐的剩余，窗前几上开着一本家用的《圣经》，炉架上两座点着的烛台，不住地流泪，旁边坐着一个皱面驼腰的老妇人，两眼半闭不闭地落在伏在她膝上啜泣的一个少妇，她的长裙散在地板上像一只大花蝶。老妇人掉头向窗外望，只见远远海涛起伏，和慈祥的月光在拥抱蜜吻，她叹了声气向着斜照在《圣经》上的月彩喏道："真绝望了！真绝望了！"

她独自在她精雅的书室里，把灯火一齐熄了，倚在窗口一架藤椅上，月光从东墙肩上斜泻下去，笼住她的全身，在花瓶上幻出一个窈窕的倩影；她两根垂辫的发梢，她微澹的媚唇，和庭前几茎高峙的玉兰花，都在静谧的月色中微颤。她和她的呼吸，吐出一股幽香，不但邻近的花草，连月儿闻了，也禁不住迷醉，她腮边天然的妙涡，已有好几日不圆满：她瘦损了。但她在想什么呢？月光，你能否将我的梦魂带去，放在离她三五尺的玉兰花枝上。

威尔斯西境一座矿床附近,有三个工人,口叼着笨重的烟斗,在月光中间坐。他们所能想到的话都已讲完,但这异样的月彩,在他们对面的松林,左首的溪水上,平添了不可言语比说的妩媚,唯有他们工余倦极的眼珠不阁,彼此不约而同。今晚较往常多抽了两斗的烟,但他们矿火焦黑、煤块擦黑的面容,表示他们心灵的薄弱,在享乐烟斗以外;虽经秋月溪声的刺激,也不能有精美情绪之反感。等月影移西一些,他们默默地扑出一斗灰,起身进屋,各自登床睡去。月光从屋背飘眼望进去,只见他们都已睡熟;他们即使有梦,也无非矿内矿外的景色。

月光渡过了爱尔兰海峡,爬上海尔佛林的高峰,正对着默默的红潭,潭水凝定得像一大块冰,铁青色,四围斜坦的小峰,全都满铺着蟹清和蛋白色的岩片碎石,一株矮树都没有。沿潭间有些丛草,那全体形势,正像一大青碗,现在满盛了清洁的月辉,静极了,草里不闻虫吟,水里不闻鱼跃;只有石缝里游涧渐沥之声,断续地作响,仿佛一座大教堂里点着一星小火,益发对照出静穆宁寂的境界,月儿在铁色时潭面上,倦倚了半晌,重复跋起她的银舄过山去了。

昨天船离了新加坡以后,方向从正东改为东北,所以前几天的船梢正对落日,此后"晚霞的工厂"渐渐移到我们船向的左手来了。

昨夜吃过晚饭上甲板的时候,船右一海银波,在犀利之中涵有幽秘的彩色,凄清的表情,引起了我的凝视。那放银光的圆球正挂在你头上,如其起靠着船头仰望。她今夜并不十分鲜艳:她精圆的芳容上似乎轻笼着一层藕灰色的薄纱;轻漾着一种悲喟的声调;轻染着几痕泪化的雾霭。她并不十分鲜艳,然而她素洁温和的光线中,犹之少女浅蓝妙眼的斜瞟;犹之春阳融解在山巅白雪的反映的嫩色,含有不可解的迷力、媚态。世间凡具有感觉性的人,只要承沐着她的清辉,就发生也是不可理解的反应,引起隐覆的内心境界的紧张——像琴弦一样——人生最微妙的情绪,戟震生命所蕴藏高洁名贵创现的冲动。有时在心理状态之前,或同时,撼动躯体组织,使感觉血液中突起冰流之冰流,嗅神经难禁之酸辛,内藏汹涌之跳动,泪线之骤热与润湿,那就是秋月兴起的秋思——愁。

昨晚的月色就是秋思的泉源,岂止,直是悲哀幽骚悱怨沉郁的象征,是季候运转的伟剧中最神秘亦最自然的一幕,诗艺界最凄凉亦最微妙的一个消息。

今夜月明人望,不知秋思在谁家。

中国字形具有一种独一的妩媚,有几个字的结构,我看来纯是艺术家的匠心:这也是我们国粹之尤粹者之一。譬如"秋"字,已是一个极美的字形;"愁"字更是文字史上有数的杰作:有石开湖晕,风扫松针的妙处,这一群点画的配置,简直经过柯罗的书篆,米开朗基罗的雕圭,Chogin 的神感;像——用一个科学的比喻——原子的结构,将旋转宇宙的大力收缩成一个无形无踪的电核;这十三笔造成的象征,似乎是宇宙和人生悲惨的现象和经验,吁喟和涕泪,所凝成最纯粹精密的结晶,满充了催迷的秘力,你若然有高蒂闲(Gautier)异超的知感性,定然可以梦到,愁字变形为秋霞黯绿色的通明宝玉,若用银槌轻击之,当吐银色的幽咽电蛇似腾入云天。

我并不是为寻秋意而看月,更不是为觅新愁而访秋月;蓄意沉浸于悲哀的生活,是丹德所不许的。我看见月而感秋色,因秋窗而拈新愁:人是一簇脆弱而富于反射性的神经!

我重复回到现实的景色,轻裹在云锦之中的秋月,像一个遍体蒙纱的女郎;她那团圆清朗的外貌像新娘,但同时她幂弦的颜色,那是藕灰;她蜘躇的行动,掩泣的痕迹,又使人疑是送丧的丽姝,所以我曾说:

秋月呀?
我不盼望你团圆。

这是秋月的特色,不论他是悬在落日残照边的新镰,与"黄昏晓"竞艳的眉钩,中霄斗没西陲的金碗,星云参差间的银床,以至一轮腴满的中秋,不论盈昃高下,总在原来澄爽明秋之中,遍洒着一种我只能称之为

"悲哀的轻霭"和"传愁的以太"。即使你原来无愁,见此也禁不得沾染那"灰色的音调",渐渐兴感起来!

秋月呀!
谁禁得起银指尖儿浪漫地搔爬呵!

不信但看那一海的轻涛,可不是禁不住他玉指的抚摸,在那里低徊饮位呢!就是那:

无聊的云烟,
秋月的美满,
熏暖了飘心冷眼,
也清冷地穿上了轻绸的衣裳,
来参与这
美满的婚姻和丧礼。

▎佳作点评▎

"秋风秋雨愁煞人",又是一个以悲秋作为起意的文章,但作者没有仅仅限于这种愁思中,而是将自己的所思所想寄于月光,从印度河边,到威尔斯的矿床,再到海尔佛林的红潭;从情醉的男女,天使一样的小孩,失望的诗人,皱面驼腰的老妇人,啜泣的少妇,到口叼着笨重烟斗的矿工,都被这轻柔的月光所渗透,月光中饱含着作者悲天悯人的情怀。

许君远在《怀志摩先生》一文中说,当年赞扬徐志摩散文的人要多于赞扬他诗的人,他的散文笔调活泼,情趣幽美,迭字新鲜,气势跳纵,笔端充满感情,叙述委婉生动。读罢此文,我们对此会有切身的感受。

立秋之夜

□［中国］郁达夫

黝黑的天空里，明星如棋子似的散布在那里。比较狂猛的大风，在高处呜呜地响。马路上行人不多，但也不断。汽车过处，或天风落下来，阿斯法儿脱的路上，时时转起一阵黄沙。是穿着单衣觉得不热的时候。马路两旁永夜不熄的电灯，比前半夜减了光辉，各家店门已关上了。

两人尽默默地在马路上走。后面一个穿着一套半旧的夏布洋服，前面的穿着不流行的白纺绸长衫。他们两个原是朋友，穿洋服的是在访一个同乡的归途，穿长衫的是从一个将赴美国的同志那里回来，二人系在马路上偶然遇着的。二人都是失业者。"你上哪里去？"

走了一段，穿洋服的问穿长衫的说。

穿长衫的没有回话，默默地走了一段，头也不朝转来，反问穿洋服的说：

"你上哪里去？"

穿洋服的也不回答，默默地尽沿了电车线路在那里走。二人正走到一处电车停留处，后面一乘回车库去的末次电车来了。穿长衫的立下来停了一停，等后面的穿洋服的。穿洋服的慢慢走到穿长衫的身边的时候，停下的电车又开出去了。

"你为什么不坐了这电车回去？"

穿长衫的问穿洋服的说。穿洋服的不答，却脚也不停慢慢地向前走了，穿长衫的就在后面跟着。

二人走到一处三岔路口了，穿洋服的立下来停了一停。穿长衫的走近了穿洋服的身边，脚也不停下来，仍复慢慢地前进。穿洋服的一边跟着，一边问说："你为什么不进这岔路回去？"

二人默默地前去，他们的影子渐渐儿离三岔路口远了下去，小了下去；过了一忽，他们的影子就完全被夜气吞没了。三岔路口，落了天风，转起了一阵黄沙。比较狂猛的风，呜呜地在高处响着。一乘汽车来了，三岔路口又转起了一阵黄沙。这是立秋的晚上。

佳作点评

一个普通的立秋之晚，两个原是朋友的失业者，偶然相遇在深夜的马路上，他们有一搭没一搭地相互问询着，对未来的路充满了迷茫。文中穿插的景物描写，更衬托了凄凉的气氛。

郁达夫认为："文学作品是作家的自叙传，自叙传最能表现自我，显得真实。是社会的压榨机造成了一代青年的苦闷，我只求世人能够了解我的苦闷就对了，只是要赤裸裸地把我的心境写出。"

苏州烟雨记

□ [中国] 郁达夫

一

悠悠的碧落，一天一天的高远起来。清凉的早晚，觉得天寒袖薄，要缝件夹衣，更换单衫。楼头思妇，见了鹅黄的柳色，牵情望远，在绸衾的梦里，每欲奔赴玉门关外去。当这时候，我们若走出户外天空下去，老觉得好像有一件什么重大的物事，被我们忘了似的。可不是么？三伏的暑热，被我们忘掉了哟！

在都市的沉浊的空气中栖息的裸虫！在利欲的争场上吸血的战士！年年岁岁，不知四季的变迁，同鼹鼠似的埋伏在软红尘里的男男女女！你们想发见你们的灵性不想？你们有没有向上更新的念头？你们若欲上空旷的地方，去呼一口自由的空气，一则可以醒醒你们醉生梦死的头脑，二则可以看看那些就快凋谢的青枝绿叶，预藏一个来春再见之机，那么请你们跟了我来，Undich, ich Schnuere Den Sachand Wandere，我要去寻访伍子胥吹箫吃食之乡，展拜秦始皇求剑凿穿之墓，并想看看那有名的姑苏台苑哩！

"象以齿毙，膏用明煎"，为人切不可有所专好，因为一有了嗜癖，就不得不为所累。我闲居沪上，半年来既无职业，也无忙事，本来只须有几个买路钱，便是天南地北，也可以悠然独往的，然而实际上却是不然。因为自去年同几个同趣味的朋友，弄了几种我们所爱的文艺刊物出来之后，愚蠢的我们，就不得不天天服海儿克儿斯(Hercules)的苦役了，所以九月三日的早晨，决定和友人沈君，乘车上苏州去的时候，我还因有一篇文字没有交出之故，心里只在怦怦的跳动。

那一天（九月三日）也算是一天清秋的好天气。天上虽没有太阳，然而几块淡青的空处，和西洋女子的碧眼一般，在白云浮荡的中间，常在向我们地上的可怜虫密送秋波。不是雨天，不是晴日，若硬要把这一天的天气分出类来，我不管气象台的先生们笑我不笑我，姑且把它叫风云飞舞，阴晴交让的初秋的一日吧。

这一天的早晨，同乡的沈君，跑上我的寓所来说："今天我要上苏州去。"

我从我的屋顶下的房里，看看窗外的天空，听听市上的杂噪，忽而也起了一种怀慕远处之情(Sehusuchtmachder Ferne)。九点四十分的时候，我和沈君就摇来摇去的站在三等车中，被机关车搬向苏州去了。

"仙侣同舟！"古人每当行旅的时候，老在心中窃望着这一种艳福。我想人既是动物，无论男女，欲念总不能除，而我既是男人，女人当然是爱的。这一回我和沈君匆促上车，初不料的车上的人是那样拥挤的，后来从后面走上了前面，忽在人丛中听出了一种清脆的笑声来。"明眸皓齿的你们这几位女青年，你们可是上苏州去的么？"我见了她们的那一种活泼的样子，真想开口问她们一声，但是三千年的道德观，和见人就生恐惧的我的自卑狂，只使我红了脸，默默的站在她们身边，不过暗暗的闻吸闻吸从她们发上身上口中蒸发出来的香气罢了。我把她们偷看了几眼，心里又长叹了一声："啊啊！容颜要美，年纪要轻，更要有钱！"

二

我们同车的几个"仙侣",好像是什么女学校的学生。她们的活泼的样子——使恶魔讲起来就是轻佻——丰肥的肉体——使恶魔讲起来就是多淫——和烂熟的青春,都是神仙应有的条件,但是只有一件,只有一件事情,使我无论如何也不能把她们当作神仙的眷属看。非但如此,为这一件事情的原故,我简直不能把她们当作我的同胞看。这是什么呢,这便是她们故意想出风头而用的英文的谈话。假使我是不懂英文的人,那末从她们的绯红的嘴唇里滚出来的叽哩咕噜,正可以当作天女的灵言听了,倒能够对她们更加一层敬意。假使我是崇拜英文的人,那末听了她们的话,也可以感得几分亲热。但是我偏偏是一个程度与她们相仿的半通英文而又轻视英文的人,所以我的对她们的热意,被她们的谈话一吹几乎吹得冰冷了。世界上的人类,抱着功利主义,受利欲的催眠最深的,我想没有过于英美民族的了。但我们的这几位女同胞,不用《西厢》《牡丹亭》上的说白来表现她们的思想,不把《红楼梦》上言文一致的文字来代替她们的说话,偏偏要选了商人用的这一种有金钱臭味的英语来卖弄风情,是多么杀风景的事情啊!你们即使要用外国文,也应选择那神韵悠扬的法国语,或者更适当一点的就该用半清半俗,薄爱民语(La Languedes Bohemiers),何以要用这卑俗英语呢?啊啊,当现在崇拜黄金的世界,也无怪某某女学等卒业出来的学生,不愿为正当的中国人的糟糠之室,而愿意自荐枕席于那些犹太种的英美的下流商人的。我的朋友有一次说,"我们中国亡了,倒没有什么可惜,我们中国的女性亡了,却是很可惜的。现在在洋场上作寓公的有钱有势的中国的人物,尤其是外交商界政界的人物,他们的妻女,差不多没有一个不失身于外国的下流流氓的,你看这事伤心不伤心哩!"我是两性问题上的一个国粹保存主义者,最不忍见我国的娇美的女同胞,被那些外国流氓去足践。我的在外国留学时代的游荡,也是本于这主义的一种复仇的心思。我现在若有黄金千万,还想去买些白奴来,供我们中国的黄包车夫苦力小工享乐啦!

唉唉!风吹水皱,干侬底事,她们在那里贱卖血肉,于我何尤。我且探头出去看车窗外的茂茂的原田,青青的草地,和清溪茅舍,丛林旷地吧!

"啊啊,那一道隐隐的飞帆,这大约是苏州河吧?"

我看了那一条深碧的长河,长河彼岸的粘天的短树,和河内的帆船,就叫着问我的同行者沈君,他还没有回答我之先,立在我背后的一位老先生却回答说:"是的,那是苏州河,你看隐约的中间,不是有一条长堤看得见么!没有这一条堤,风势很大,是不便行舟的。"

我注目一看,果真在河中看出了一条隐约的长堤来。这时候,在东面车窗下坐着的旅客,都纷纷站起来望向窗外去。我把头朝转来一望,也看见了一个汪洋的湖面,起了无数的清波,在那里汹涌。天上黑云遮满了,所以湖面也只似用淡墨涂成的样子。湖的东岸,也有一排矮树,同凸出的雕刻似的,以阴沉灰黑的天空作了背景,在那里作苦闷之状。我不晓是什么理由,硬想把这一排沿湖的列树,断定是白杨之林。

三

车过了阳澄湖,同车的旅客,大家不向车的左右看而注意到车的前面去,我知道苏州就不远了。等苏州城内的一枝尖塔看得出来的时候,几位女学生,也停住了她们的黄金色的英语,说了几句中国话:"苏州到了!"

"可惜我们不能下去!"

"But we will come in the winter."

她们操的并不是柔媚的苏州音，大约是南京的学生吧？也许是上北京去的，但是我知道了她们不能同我一道下车，心里却起了一种微微的失望。

"女学生诸君，愿你们自重，愿你们能得着几位金龟佳婿，我要下车去了。"

心里这样的讲了几句，我等着车停之后，就顺着了下车的人流，也被他们推来推去的推下了车。

出了车站，马路上站了一忽，我只觉得许多穿长衫的人，路的两旁停着的黄包车、马车、车夫和驴马，都在灰色的空气里混战。跑来跑去的人的叫唤，一个钱两个钱的争执，萧条的道旁的杨柳，黄黄的马路，和在远处看得出来的一道长而且矮的土墙，便是我下车在苏州得着的最初的印象。

湿云低垂下来了。在上海动身时候看得见的几块青淡的天空也被灰色的层云埋没煞了。我仰起头来向天空一望，脸上早接受了两三点冰冷的雨点。

"危险危险，今天的一场冒险，怕要失败。"

我对在旁边站着的沈君这样讲了一句，就急忙招了几个马车夫来问他们的价钱。

我的脚踏苏州的土地，这原是第一次。沈君虽已来过一二回，但是那还是前清太平时节的故事，他的记忆也很模糊了。并且我这一回来，本来是随人热闹，偶尔发作的一种变态旅行，既无作用，又无目的的，所以马夫问我"上哪里去？"的时候，我想了半天，只回答了一句，"到苏州去！"究竟沈君是深于世故的人，看了我的不知所措的样子，就不慌不忙的问马车夫说："到府门去多少钱？"

好像是老熟的样子。马车夫倒也很公平，第一声只要了三块大洋。我们说太贵，他们就马上让了一块，我们又说太贵，他们又让了五角。我们又试了试说太贵，他们却不让了，所以就在一乘开口马车里坐了进去。

　　起初看不见的微雨，愈下愈大了，我和沈君坐在马车里，尽在野外的一条马路上横斜的前进。青色的草原，疏淡的树林，蜿蜒的城墙，浅浅的城河，变成这样，变成那样的在我们面前交换。醒人的凉风，休休的吹上我的微热的面上，和嗒嗒的马蹄声，在那里合奏交响乐。我一时忘记了秋雨，忘记了在上海剩下的未了的工作，并且忘记了半年来失业困穷的我，心里只想在马车上作独脚的跳舞，嘴里就不知不觉的念出了几句独脚跳舞歌来：

秋在何处，秋在何处？
在蟋蟀的床边，在怨妇楼头的砧杵，
你若要寻秋，你只须去落寞的荒郊行旅，
刺骨的凉风，吹消残暑，
漫漫的田野，刚结成禾黍，
一番雨过，野路牛迹里贮着些儿浅渚，
悠悠的碧落，反映在这浅渚里容与，
月光下，树林里，萧萧落叶的声音，便是秋的私语。

　　我把这几句词不像词、新诗不像新诗的东西唱了一回，又向四边看了一回，只见左右都是荒郊，前面只是一条没有尽头的长路，所以心里就害怕起来，怕马夫要把我们两个人搬到杳无人迹的地方去杀害。探头出去，大声的喝了一声："喂！你把我们拖上什么地方去？"

　　那狡猾的马夫，突然吃了一惊，噗的从那坐凳上跌下来，他的马一时也惊跳了一阵，幸而他虽跌倒在地下，他的马缰绳，还牢捏着不放，所以马没有跳跑。他一边爬起来，一边对我们说："先生！老实说，府门是送不到的，我只能送你们上洋关过去的密度桥上。从密度桥到府门，只有几步路。"

他说的是没有丈夫气的苏州话,我被他这几句柔软的话声一说,心已早放下了,并且看看他那五十来岁的面貌,也不像杀人犯的样子,所以点了一点头,就由他去了。

马车到了密度桥,我们就在微雨里走了下来,上沈君的友人寄寓在那里的葑门内的严衙前去。

四

进了封建时代的古城,经过了几条狭小的街巷,更越过了许多环桥,才寻到了沈君的友人施君的寓所。进了葑门以后,在那些清冷的街上,所得着的印象,我怎么也形容不出来,上海的市场,若说是二十世纪的市场,那末这苏州的一隅,只可以说是十八世纪的古都了。上海的杂乱和情形,若说是一个 Busy Port,那么苏州只可以说是一个 Sleepytown 了。总之阊门外的繁华,我未曾见到,专就我于这葑门里一隅的状况看来,我觉得苏州城,竟还是一个浪漫的古都,街上的石块,和人家的建筑,处处的环桥河水和狭小的街衢,没有一件不在那里夸示过去的中国民族的悠悠的态度。这一种美,若硬要用近代语来表现的时候,我想没有比"颓废美"的三字更适当的了。况且那时候天上又飞满了灰黑的湿云,秋雨又在微微的落下。

施君幸而还没有出去,我们一到他住的地方,他就迎了出来。沈君为我们介绍的时候,施君就慢慢的说:"原来就是郁君么?难得难得,你做的那篇……,我已经拜读了,失意人谁能不同声一哭!"

原来施君是我们的同乡,我被他说得有些羞愧了,想把话头转一个方向,所以就问他说:"施君,你没有事么?我们一同去吃饭吧。"

实际上我那时候,肚里也觉得非常饥饿了。

严衙前附近，都是钟鸣鼎食之家，所以找不出一家菜馆来。没有方法，我们只好进一家名锦帆榭的茶馆，托茶博士去为我们弄些酒菜来吃。因为那时候微雨未止，我们的肚里却响得厉害，想想饿着肚在微雨里奔跑，也不值得，所以就进了那家茶馆——，则也因为这家茶馆的名字不俗——打算坐它一二个钟头，再作第二步计划。

古语说得好，"有志者事竟成！"我们在锦帆榭的清淡的中厅桌上，喝喝酒，说说闲话，一天微雨，竟被我们的意志力，催阻住了。

初到一个名胜的地方，谁也同小孩子一样，不愿意悠悠的坐着的，我一见雨止，就促施君沈君，一同出了茶馆，打算上各处去逛去。从清冷修整狭小的卧龙街一直跑将下去，拐了一个弯，又走了几步，觉得街上的人和两旁的店，渐渐儿的多起来，繁盛起来，苏州城里最多的卖古书、旧货的店铺，一家一家的少了下去，卖近代的商品的店家，逐渐惹起我的注意来了。施君说："玄妙观就要到了，这就是观前街。"

到了玄妙观内，把四面的情形一看，我觉得玄妙观今日的繁华，与我空想中的境状大异。讲热闹赶不上上海午前的小菜场，讲怪异远不及上海城内的城隍庙，走尽了玄妙观的前后，在我脑里深深印入的印象，只有二个，一个是三五个女青年在观前街的一家箫琴铺里买箫，我站到她们身边去对她们呆看了许久，她们也回了我几眼。一个是玄妙观门口的一家书馆里，有一位很年轻的学生在那里买我和我朋友共编的杂志。除这两个深刻的印象外，我只觉得玄妙观里的许多茶馆，是苏州人的风雅的趣味的表现。

早晨一早起来，就跑上茶馆去。在那里有天天遇见的熟脸。对于这些熟脸，有妻子的人，觉得比妻子还亲而不狎；没有妻子的人，当然可把茶馆当作家庭，把这些同类当作兄弟了。大热的时候，坐在茶馆里，身上发出来的一阵阵的汗水，可以以口中咽下去的一口口的茶去填补。茶馆内虽则不通空气，但也没有火热的太阳，并且张三李四的家庭内幕和东洋中国的国际闲谈，都可以消去逼人的盛暑。天冷的时候，坐在茶馆里，第一个好处，就是现成的热茶。除茶喝多了，小便的时候要起冷噤之外，吞下几碗刚滚的热茶到肚里，一时却能消渴消寒。贫苦一点的人，更可以藉此熬饥。若茶馆主人开通一点，请几位奇形怪状的说书者来说书，风雅的茶客的兴趣，当然更要增加。有几家茶馆里有几个茶客，听说从十几岁的时候坐起，坐到五六十岁死时候止，坐的老是同一个座位，天天上茶馆来一分也不迟，一分也不早，老是在同一个时间。非但如此，有几个人，他自家死的时候，还要把这一个座位写在遗嘱里，要他的儿子天天去坐他那一个遗座。近来百货店的组织法应用到茶业上，茶馆的前头，除香气烹人的"火烧""锅贴""包子""烤山芋"之外，并且有酒有菜，足可使茶馆一天不出外而不感得什么缺憾。像上海的青莲阁，非但饮食俱全，并且人肉也在贱卖，中国的这样文明的茶馆，我想该是二十世纪的世界之光了。所以盲目的外国人，你们若要来调查中国的事情，你们只须上茶馆去调查就是，你们要想来管理中国，也须先去征得各茶馆里的茶客的同意，因为中国的国会所代表的，是中国人的劣根性无耻与贪婪，这些茶客所代表的倒是真真的民意哩！

五

出了玄妙观，我们又走了许多路，去逛遂园。遂园在苏州，同我在上海一样，有许多人还不晓得它的存在。从很狭很小的一个坍败的门口，曲曲折折走尽了几条小弄，我们才到了遂园的中心。苏州的建筑，以我这半日的经验讲来，进门的地方，都是狭窄芜废，走过几条曲巷，才有轩敞华丽的屋宇。我不知这一种方式，还是法国大革命前的民家一样，为避税而想出来的呢？还是为唤醒观者的观听起见，有修辞学上的欲扬先抑的笔法，使能得着一个对称的效力而想出来的？

遂园是一个中国式的庭园，有假山有池水有亭阁，有小桥也有几枝树木。不过各处的坍败的形迹和水上开残的荷花荷叶，同暗澹的天气合作一起，使我感到了一种秋意，使我看出了中国的将来和我自家的凋零的结果。啊！遂园呀遂园，我爱你这一种颓唐的情调！

在荷花池上的一个亭子里，喝了一碗茶，走出来的时候，我们在正厅上却遇着了许多穿轻绸绣缎的绅士淑女，静静的坐在那里喝茶咬瓜子，等说书者的到来。我在前面说过的中国人的悠悠的态度，和中国的亡国的悲壮美，在此地也能看得出来。啊啊，可怜我为人在客，否则我也挨到那些皮肤嫩白的太太小姐们的边上去静坐了。

出了遂园，我们因为时间不早，就劝施君回寓。我与沈君在狭长的街上飘流了一会，就决定到虎丘去。

佳作点评

九月的一天，沈君说要去苏州，"起了一种怀慕远处之情"的作者便也匆促上车了，他要摆脱"都市的沉浊的空气"，离开"在利欲的争场上吸血的战士！以及埋伏在软红尘里的男男女女"，但没有想到的是乘车时又遇到了一些英文对话的女学生，他觉得，"这几位女同胞，偏偏要选了商人用的这一种有金钱臭味的英语来卖弄风情，是多么杀风景的事情啊"。

路上的遭遇直接影响到了他在苏州的看景心情，在这里，他看到的是一种"颓废美"和"中国将来的凋零"，"苏州城竟还是一个浪漫的古都，街上的石块，和人家的建筑，处处的环桥河水和狭小的街衢，这一种美，若硬要用近代语来表现的时候，我想没有比'颓废美'的三字更适当的了。""遂园各处坍败的形迹和水上开残的荷花荷叶，同暗澹的天气合作一起，使我感到了一种秋意，使我看出了中国的将来和我自家的凋零的结果。"

他的文字透露出的是一种爱国忧民的情思以及寻不到出路的挣扎和苦闷。

故都的秋

□ [中国] 郁达夫

秋天，无论在什么地方的秋天，总是好的；可是啊，北国的秋，却特别地来得清，来得静，来得悲凉。我的不远千里，要从杭州赶上青岛，更要从青岛赶上北平来的理由，也不过想饱尝一尝这"秋"，这故都的秋味。

江南，秋当然也是有的，但草木凋得慢，空气来得润，天的颜色显得淡，并且又时常多雨而少风，一个人夹在苏州上海杭州，或厦门香港广州的市民中间，混混沌沌地过去，只能感到一点点清凉。秋的味，秋的色，秋的意境与姿态，总看不饱，尝不透，赏玩不到十足。秋并不是名花，也并不是美酒，那一种半开半醉的状态，在领略秋的过程上，是不合适的。

不逢北国之秋，已将近十余年了。在南方每年到了秋天，总要想起陶然亭的芦花，钓鱼台的柳影，西山的虫唱，玉泉的夜月，潭柘寺的钟声。在北平即使不出门去罢，就是在皇城人海之中，租人家一椽破屋来住着，早晨起来，泡一碗浓茶，向院子一坐，你也能看得到很高很高的碧绿的天色，听得到青天下驯鸽的飞声。从槐树叶底，朝东细数着一丝一丝漏下来的日光，或在破壁腰中，静对着像喇叭似的牵牛花（朝荣）的蓝朵，自然而然地也能够感觉到十分的秋意。说到了牵牛花，我以为以蓝色或白色者为佳，紫黑色次之，淡红色最下。最好，还要在牵牛花底，叫长着几根疏疏落落的尖细且长的秋草，使作陪衬。

北国的槐树，也是一种能使人联想起秋来的点缀。像花而又不是花的那一种落蕊，早晨起来，会铺得满地。脚踏上去，声音也没有，气味也没有，只能感出一点点极微细极柔软的触觉。扫街的在树影下一阵扫后，灰土上留下来的一条条扫帚的丝纹，看起来既觉得细腻，又觉得清闲，潜意识下并且还觉得有点儿落寞，古人所说的梧桐一叶而天下知秋的遥想，大约也就在这些深沉的地方。

秋蝉的衰弱的残声，更是北国的特产。因为北平处处全长着树，屋子又低，所以无论在什么地方，都听得见它们的啼唱。在南方是非要上郊外或山上去才听得到的。这秋蝉的嘶叫，在北平可和蟋蟀耗子一样，简直像是家家户户都养在家里的家虫。

还有秋雨哩，北方的秋雨，也似乎比南方的下得奇，下得有味，下得更像样。

在灰沉沉的天底下，忽而来一阵凉风，便息列索落地下起雨来了。一层雨过，云渐渐地卷向了西去，天又青了，太阳又露出脸来了；看着很厚的青布单衣或夹袄的都市闲人，咬着烟管，在雨后的斜桥影里，上桥头树底下去一立，遇见熟人，便会用了缓慢悠闲的声调，微叹着互答着地说：

"唉，天可真凉了——"（这"了"字念得很高，拖得很长。）

"可不是么？一层秋雨一层凉了！"

北方人念"阵"字，总老像是"层"字，平平仄仄起来，这念错的歧韵，倒来得正好。

北方的果树，到秋来，也是一种奇景。第一是枣子树；屋角，墙头，茅房边上，灶房门口，它都会一株株地长大起来。像橄榄又像鸽蛋似的这枣子颗儿，在小椭圆形的细叶中间，显出淡绿微黄的颜色的时候，正是秋的全盛时期；等枣树叶落，枣子红完，西北风就要起来了，北方便是尘沙灰土的世界，只有这枣子、柿子、葡萄，成熟到八九分的七八月之交，是北国的清秋的佳日，是一年之中最好也没有的 Golden Days。

有些批评家说，中国的文人学士，尤其是诗人，都带着很浓厚的颓废色彩，所以中国的诗文里，颂赞秋的文字特别多。但外国的诗人，又何尝不然？我虽则外国诗文念得不多，也不想开出账来，做一篇秋的诗歌散文钞，但你若去一翻英德法意等诗人的集子，或各国的诗文的 Anthology 来，总能够看到许多关于秋的歌颂与悲啼。各著名的大诗人的长篇田园诗或四季诗里，也总以关于秋的部分，写得最出色而最有味。足见有感觉的动物，有情趣的人类，对于秋，总是一样的能特别引起深沉、幽远、严厉、萧索的感触来的。不单是诗人，就是被关闭在牢狱里的囚犯，到了秋天，我想也一定会感到一种不能自已的深情；秋之于人，何尝有国别，更何尝有人种阶级的区别呢？不过在中国，文字里有一个"秋士"的成语，读本里又有着很普遍的欧阳子的《秋声》与苏东坡的《赤壁赋》等，就觉得中国的文人，与秋的关系特别深了。可是这秋的深味，尤其是中国的秋的深味，非要在北方，才感受得到底。

南国之秋，当然是也有它的特异的地方的，比如二十四桥的明月、钱塘江的秋潮、普陀山的凉雾、荔枝湾的残荷等等，可是色彩不浓，回味不永。比起北国的秋来，正像是黄酒之与白干、稀饭之与馍馍、鲈鱼之与大蟹、黄犬之与骆驼。

秋天，这北国的秋天，若留得住的话，我愿把寿命的三分之二折去，换得一个三分之一的零头。

▎佳作点评▏

这是郁达夫的散文代表作，他描写的是一个南方人眼中的北方之秋，深得刘禹锡"自古逢秋悲寂寥，我言秋日胜春朝。晴空一鹤排云上，便引诗情到碧霄"的真髓。在作者看来,"北国的秋,却特别地来得清,来得静,来得悲凉。我的不远千里,要从杭州赶上青岛,更要从青岛赶上北平来的理由,也不过想饱尝一尝这'秋',这故都的秋味"。"这北国的秋天,若留得住的话,我愿把寿命的三分之二折去,换得一个三分之一的零头。"

在文中,作者写景、叙事、抒情、议论融为一体,语言没有丝毫的雕琢,自然生成,感情细腻,情景交融,物我相融,是在用自己的心写"故都的秋"。

象牙戒指

□ [中国] 石评梅

记得那是一个枫叶如荼、黄花含笑的深秋天气,我约了晶清去雨华春吃螃蟹。晶清喜欢喝几杯酒,其实并不大量,只不过想效颦一下诗人名士的狂放。雪白的桌布上陈列着黄赭色的螃蟹,玻璃杯里斟满了玫瑰酒。晶清坐在我的对面,一句话也不说,一杯杯喝着,似乎还未曾浇洒了她心中的块垒。我执著杯望着窗外,驰想到桃花潭畔的母亲。正沉思着忽然眼前现出茫洋的大海,海上漂着一只船,船头站着激昂慷慨,愿血染了头颅誓志为主义努力的英雄!

在我神思飞越的时候,晶清已微醉了,她两腮有红采,正照映着天边的晚霞,一双惺忪似初醒时的眼,她注视着我执著酒杯的手,我笑着问她:"晶清!你真醉了吗?为什么总看着我的酒杯呢!"

"我不醉,我问你什么时候带上那个戒指,是谁给你的?"她很郑重地问我。

本来是件极微小的事吧!但经她这样正式地质问,反而令我不好开口,我低了头望着杯里血红潋滟的美酒,呆呆地不语。晶清似乎看出我的隐衷,她又问我道:"我知道是辛寄给你的吧!不过为什么他偏要给你这样惨白枯冷的东西？"

我听了她这几句话后，眼前似乎轻掠过一个黑影，顿时觉着桌上的杯盘都旋转起来，眼光里射出无数的银线。我晕了，晕倒在桌子旁边！晶清急忙跑到我身边扶着我。

过了几分钟我神经似乎复原，我抬起头又斟了一杯酒喝了，我向晶说："真的醉了！"

"你不要难受，告诉我你心里的烦恼，今天你一来我就看见你带了这个戒指，我就想一定有来由，不然你绝不带这些装饰品的。尤其这样惨白枯冷的东西，波微！你可能允许我脱掉它，我不愿意你带着它。"

"不能，晶清！我已经带了它三天了，我已经决定带着它和我的灵魂同在，原谅我朋友！我不能脱掉它。"

她的脸渐渐变成惨白，失去了那酒后的红采，眼里包含真诚的同情，令我更感到凄伤！她为谁呢！她确是为了我，为了我一个光华灿烂的命运，轻轻地束在这惨白枯冷的环内。

天已晚了，我遂和晶清回到学校。我把天辛寄来象牙戒指的那封信给她看，信是这样写的：

……我虽无力使海上无浪，但是经你正式决定了我们命运之后，我很相信这波涛山立狂风统治了的心海，总有一天风平浪静，不管这是在千百年后，或者就是这握笔的即刻；我们只有候平静来临，死寂来临，假如这是我们所希望的。容易丢去了的，便是兢兢然恋守着的；愿我们的友谊也和双手一样，可以紧紧握着的，也可以轻轻放开。宇宙作如斯观，我们便毫无痛苦，且可与宇宙同在。

双十节商团袭击，我手曾受微伤。不知是幸呢还是不幸，流弹洞穿了汽车的玻璃，而我能坐在车里不死！这里我还留着几块碎玻璃，见你时赠你做个纪念。昨天我忽然很早起来跑到店里购了两个象牙戒指：一个大点儿的我自己带在手上,一个小的我寄给你,愿你承受了它。或许你不忍吧!再令它如红叶一样的命运。愿我们用"白"来纪念这枯骨般死静的生命……

晶清看完这信以后,她虽未曾再劝我脱掉它,但是她心里很难受。有时很高兴时,她触目我这戒指,会马上令她沉默无语。

这是天辛未来北京前一月的事。

他病在德国医院时,出院那天我曾给他照了一张躺在床上的相,两手抚胸,很明显地便是他右手那个象牙戒指。后来,他死在协和医院,尸骸放在冰室里,我走进去看他的时候,第一触目的又是他右手上的象牙戒指。他是戴着它一直走进了坟墓。

佳作点评

象牙戒指是"评宇之恋"的见证,它见证了那一段催人泪下的生死之恋,那是远在广州的高君宇寄给她的。"一个大点儿的我自己带在手上,一个小的我寄给你",以及后来收到的高君宇遭到袭击大难不死时的汽车车窗碎玻璃,这些爱的信物都成为高死后陪伴在石评梅身边的遗物,她每每睹物思人,写下了很多悼念文章寄托哀思。高生前曾对石说:"你的所愿,我愿赴汤蹈火以求之,你的所不愿,我愿赴汤蹈火以阻之,不能这样,我怎能说是爱你!"高死后,石悲恸交加,她为高君宇的墓碑书写了碑文:"我是宝剑,我是火花,我愿生如闪电之耀亮,我愿死如彗星之迅忽。"并又写道:"君宇!我无力挽住迅忽如慧星之生命,我只有所把剩下的泪流到你坟头,直到我不能来看你的时候。"

高死后的第三年,石评梅由于悲伤过度,也病逝了,死后葬于高的墓旁。一对有情人,生未成婚,死而并葬。

龙潭之滨

□［中国］石评梅

细雨蒙蒙里，骑着驴儿踏上了龙潭道。

雨珠也解人意，只像沙霰一般落着，湿了的是崎岖不平的青石山路。半山岭的桃花正开着，一堆一堆远望去像青空中叠浮的桃色云，又像一个翠玉的篮儿里，满盛着红白的花。烟雾弥漫中，似一幅粉纱，轻轻地笼罩了青翠的山峰和卧崖。

谁都是悄悄地，只听见"得得"的蹄声。回头看芸，我不禁笑了，她垂鞭踏蹬，昂首挺胸的像个马上的英雄。虽然这是一幅美丽柔媚的图画，不是黄沙无垠的战场。

天边絮云一块块叠重着，雨丝被风吹着像细柳飘拂。远山翠碧如黛，如削的山峰里涌出的乳泉，汇成我驴蹄下一池清水。我骑在驴背上，望着这如画的河山，似醉似痴，轻轻颤动我心弦的凄音；往事如梦，不禁对着这高山流水深深地叹了一口气！

惭愧我既不会画，又不能诗，只任着秀丽的山水由我眼底逝去，像一只口衔落花的燕子，飞掠进深林。这边是悬崖，那边是深涧，狭道上满是崎岖的青石，明滑如镜，苍苔盈寸，因之驴蹄踏上去一步一滑！远远望去似乎人在削壁上高悬着。危险极了，我劝芸下来，驴交给驴夫牵着，我俩携着手一跳一窜地走着。四围望见什么，只有笔锋般的山峰像屏风一样环峙着：涧底淙淙流水碎玉般声音，好听似月下深林，晚风吹送来的环佩声。跨过了几个山峰，渡过了几池流水，远远地就听见有一种声音，不是檐前金铃玉铎那样清悠意远，不是短笛洞箫那样凄哀情深，差堪比拟像云深处回绕的春雷，似近又远，似远又近的在这山峰间蕴蓄着。芸和我正走在一块悬岩上，她紧握住我的手说："蒲，这是什么声音？"我莫回答她，抬头望见几块高岩上，已站满了人，疏疏洒洒像天上的小星般密布着。苹在高处招手叫我，她说："快来看龙潭！"在众人欢呼声中，我踟蹰不能向前：我已想着那里是一个令我意伤的境地，无论它是雄壮还是柔美。

一步一步慢腾腾地走到苹站着的那块岩石上，那春雷般的声音更响亮了。我俯首一望，身上很迅速地感到一种清冷，这清冷，由皮肤直浸入我的心，包裹了我整个的灵魂。

这便是龙潭，两个青碧的岩石中间，汹涌着一朵一片的絮云，它是比银还晶洁，比雪还皎白；一朵一朵地由这个山层飞下那个山层，一片一片由这个深涧飘到那个深涧。它像山灵的白袍，它像水神的银须；我意想它是翠屏上的一幅水珠帘，我意想它是裁剪下的一匹白绫。但是它都不能比拟，它似乎是一条银白色的蛟龙在深涧底回旋，它回旋中有无数的仙云拥护，有无数的天乐齐鸣！

我痴立在岩石上不动，看它瞬息万变，听它钟鼓并鸣。一朵白云飞来了，只在青石上一溅，莫有了！一片雪絮飘来了，只在青石上一掠，不见了！我站在最下的一层，抬起头可以看见上三层飞涛的壮观：到了这最后一层遂汇聚成一池碧澄的潭水，是一池清可见底，光能鉴人的泉水。

在这种情形下，我不知心头感到的是欣慰，还是凄酸？我轻渺像晴空中一缕烟线，不知是飘浮在天上还是人间？空洞洞的不知我自己是谁？谁是我自己？同来的游伴我也觉着她们都生了翅儿在云天上翱翔，那淡紫浅粉的羽衣，点缀在这般湖山画里，真不辨是神是仙了。

我的眼不能再看什么了，只见白云一片一片由深涧中乱飞！我的耳不能再听什么了，只听春雷轰轰在山坳里回旋！世界什么都莫有，连我都莫有，只有涛声絮云，只有潭水涧松。

芸和苹都跑在山上去照相。掉在水里的人的嬉笑声，才将我神驰的灵魂唤回来。我自己环视了一周山峰，俯视了一遍深潭，我低低喊着母亲，向着西方的彩云默祷！我觉着二十余年的尘梦，如今也应该一醒；近来悲惨的境遇，凄伤的身世，也应该找个结束。萍踪浪迹十余年漂泊天涯，难道人间莫有一块高峰，一池清溪，作我埋骨之地。如今这絮云堆中，只要我一动足，就可脱解了这人间的樊篱羁系，从此逍遥缥缈和晚风追逐。

我向着她们望了望，我的足已走到岩石的齿缘上，再有一步我就可离此尘世，在这洁白的潭水中，谡浣一下这颗尘沙蒙蔽的小心，忽然后边似乎有人牵着我的衣襟，回头一看芸紧皱着眉峰瞪视着我。

"走罢，到山后去玩玩。"她说着牵了我就转过一座山峰，她和我并坐在一块石头上。我现在才略略清醒，慢慢由遥远的地方把自己找回来，想到刚才的事又喜又怨，热泪不禁夺眶滴在襟上。我永不能忘记，那山峰下的一块岩石，那块岩石上我曾惊悟了二十余年的幻梦，像水云那样无凭呵！

可惜我不是独游，可惜又不是月夜。假如是月夜，是一个眉月伴疏星的月夜，来到这里，一定是不能想不能写的境地。白云絮飞的瀑布，在月下看着一定更美到不能言，钟鼓齐鸣的涛声，在月下。听着一定要美到不敢听。这时候我一定能向深潭明月里，找我自己的幻影去；谁也不知道，谁也想不到：那时芸或者也无力再阻挠我的清兴！

雨已停了，阳光揭起云幕悄悄在窥人；偶然间来到山野的我们，终于要归去。我不忍再看龙潭，遂同芸、苹走下山来，走远了，那春雷般似近似远的声音依然回绕在耳畔。

佳作点评

这是石评梅的一篇游记。为了调节石评梅的情绪,让她早日从对高君宇的哀思中走出来,几个好友邀她"在细雨蒙蒙里,骑着驴儿踏上了龙潭道"。但对于石来说,"如画的河山,似醉似痴,轻轻颤动我心弦的凄音","我已想着那里是一个令我意伤的境地,无论它是雄壮还是柔美"。"我觉着二十余年的尘梦,如今也应该一醒;近来悲惨的境遇,凄伤的身世,也应该找个结束。"原本散心之旅却勾起了她更多的感伤,可见她用情之深,用情至真。

我愿秋常驻人间

□［中国］庐隐

提到秋，谁都不免有一种凄迷哀凉的色调浮上心头；更试翻古往今来的骚人、墨客，在他们的歌咏中，也都把秋染上凄迷哀凉的色调，如李白的《秋思》："……天秋木叶下，月冷莎鸡悲，坐愁群芳歇，白露凋华滋。"柳永的《雪梅香辞》："景萧索，危楼独立面晴空，动悲秋情绪，当时宋玉应同。"周密的《声声慢》："对西风休赋登楼，怎去得，怕凄凉时节，团扇悲秋。"

这种凄迷哀凉的色调，便是美的元素，这种美的元素只有"秋"才有。也只有在"秋"的季节中，人们才体验得出，因为一个人在感官被极度的刺激和压轧的时候，常会使心头麻木。故在盛夏闷热时，或在严冬苦寒中，心灵永远如虫类的蛰伏。等到一声秋风吹到人间，也正等于一声春雷，震动大地，把一些僵木的灵魂如虫类般的唤醒了。

灵魂既经苏醒，灵的感官便与世界万汇相接触了。于是，见到阶前落叶萧萧下，而联想到不尽长江滚滚来，更因其特别自由敏感的神经，而感到不尽的长江是千古常存，而倏忽的生命，譬诸昙花一现。于是悲来填膺，愁绪横生。

这就是提到秋，谁都不免有一种凄迷哀凉的色调，浮上心头的原因。

其实秋是具有极丰富的色彩，极活泼的精神的。它的一切现象，并不像敏感的诗人墨客，所体验的那种凄迷哀凉。

当霜薄风清的秋晨，漫步郊野。你便可以看见如火般的颜色染在枫林、柿丛，和浓紫的颜色泼满了山巅天际，简直是一个气魄伟大的画家的大手笔，任意趣之所之，勾抹涂染，自有其雄伟的风姿，又岂是纤细的春景所能望其项背？

至于秋的犀利，可以洗尽积垢；秋月的明澈，可以照烛幽微；秋是又犀利又潇洒，不拘不束的一位艺术家的象征。这种色调，实可以苏醒现代困闷人群的灵魂，因此我愿秋常驻人间！

佳作点评

对于世人，"提到秋，谁都不免有一种凄迷哀凉的色调浮上心头"的感觉，作者反而认为，"其实秋是具有极丰富的色彩，极活泼的精神的"，"当霜薄风清的秋晨，漫步郊野。你便可以看见如火般的颜色染在枫林、柿丛，和浓紫的颜色泼满了山巅天际，简直是一个气魄伟大的画家的大手笔，任意趣之所之，勾抹涂染，自有其雄伟的风姿"。表达了自己要唤醒"现代困闷人群的灵魂"，洗尽积垢、照烛幽微的愿望。因为，"灵魂既经苏醒，灵的感官便与世界万汇相接触了"。

憧 憬

□［中国］庐隐

亲爱的——

你瞧！这叫人怎么能忍受？灵魂生着病，环境又是如是的狼狈，风雨从纱窗里一阵一阵打进来，屋顶上也滴着水。我蜷伏着，颤抖着，恰像一只羽毛尽湿的小鸟，我不能飞，只有失神的等候——等待着那不可知的命运之神。

我正像一个落水的难人，四面汹涌的海浪将我紧紧包围，我的眼发花，我的耳发聋，我的心发跳。正在这种危急的时候，海面上忽然飘来一张菩提叶，那上面坐着的正是你，轻轻地悄悄地来到我的面前，温柔地说道："可怜的灵魂，来吧！我载你到另一个世界。"我惊喜地抬起头来，然而当我认清楚是你时，我怕，我发颤，我不敢就爬上去。我知道我两肩所负荷的苦难太重了，你如何载得起？倘若不幸，连你也带累得沦陷于这无边的苦海，我又何忍？而且我很明白命运之神对于我是多么严重，它岂肯轻易地让我逃遁？因此我只有低头让一个一个白银似的浪花从我身上踏过。唉，我的爱，——你真是何必！世界并不少我这样狼狈的歌者，世界并不稀罕我这残废的战士，你为什么一定要把我救起，而且你还紧紧地将我接在怀里,使我听见奇秘的弦歌,使我开始对生命注意!

呵,多谢你,安慰我以美丽的笑靥,爱抚我以柔媚的心光,但是我求你不要再对我遮饰,你正在喘息,你正在挣扎——而你还是那样从容地唱着摇篮曲,叫我安睡。可怜!我哪能不感激你,我哪能不因感激你而怨恨我自己?唉!我为什么这样渺小?这样自私?这样卑鄙?拿爱的桂冠把你套住,使你吃尽苦头?——明明是砒霜而加以多量的糖,使你尝到一阵苦一阵甜,最后你将受不了荼毒而至于沦亡。

唉,亲爱的,你正在为我柔歌时,我已忍心悄悄地逃了,从你温柔的怀里逃了,甘心为冷硬的狂浪所淹没。我昏昏沉沉在万流里漂泊,我的心发出忏悔的痛哭,然而同时我听见你招魂的哀歌。

爱人,世界上正缺乏真情的歌唱。人与人之间隔着万重的铜山,因之我虔诚地祈求你尽你的能力去唱,唱出最美丽最温柔的歌调,给人群一些新奇的同感。

我在苦海波心不知漂泊几何岁月,后来我飘到一个孤岛上,那里堆满了贝壳和沙砾,我听着我的生命在沙底呻吟,我看着撒旦站在黑云上狞笑。啊,我为我的末路悲悼,我不由地跪下向神明祈祷,我说:"主呵!告诉我,谁藏着玫瑰的香露?谁采撷了智慧之果?……一切一切,我所需要的,你都告诉我!你知道我为追求这些受尽人间的坎坷!……一切一切,我所需要的,你都告诉我!你知道我为追求这些受尽人间的坎坷!……现在我将要回到你的神座下,你可怜我,快些告诉我吧!"

我低着头,闭着眼,虔诚地等候回答,谁想到你又是那样轻轻地悄悄地来了!你热烈地抱住我说:"不要怕,我的爱!……我为追求你,曾跋涉过海底的宫阙,我为追求你,曾跪遍山岳;谁知那里一切都是陌生,一切都是缥缈,哪有你美丽的倩影?哪有你熟悉的声音?于是我夜夜唱着招魂的哀歌,希冀你的回应;最后我是来到这孤岛边,我是找到了你!呵,我的爱,从此我再不能与你分离!"

啊，天！——这时你的口发渴，我的肚子饥饿，我的两臂空虚——当你将我引到浅草平铺的海滨——我没有固执，我没有避忌，我忘记命运的残苛；我喝你唇上的露珠，我吃你智慧之果，我拥抱你温软的玉躯。那时你教给我以世界的美丽，你指点我以生命的奥义，唉，我还有什么不满足？然而，吾爱，你不要惊奇，我要死——死在你充满灵光漾溢情爱的怀里，如此，我才可以伟大，如此我才能不朽！

我的救主，我的爱，你赐予我的如是深厚，而你反谦和地说我给你的太多太多！

然而我相信这绝不是虚伪，绝不是世人所惯用的技巧，这是伟大的爱所发扬出来的彩霓！——美丽而协和，这是人类世界所稀有的奇迹！

今后人世莫非将有更美丽的歌唱，将有更神秘的微笑吗？我爱，这都是你的力量啊！

前此撒旦的狞笑时常在我心中徘徊，我的灵魂永远是非常狼狈——有时我似跳出尘寰，世界上的法则都从我手里撕碎，我游心于苍冥，我与神祇接近。然而有时我又陷在命运的网里，不能挣扎，不能反抗，这种不安定的心情像忽聚忽散的云影。吾爱，这样多变幻的灵魂，多么苦恼，我需要一种神怪的力将我维系，然而这事真是不容易。我曾多方面地试验过：我皈依过宗教，我服膺过名利，我膜拜过爱情，而这一切都太拘执太浅薄了，不能和我多变的心神感应，不能满足我饥渴的灵魂，使我常感到不调协，使我常感到孤寂，但是自碰见你，我的世界变了颜色——我了解不朽，我清楚神秘。

亲爱的，让我们似风和云的结合吧。我们永远互相感应，互相融洽，那么，就让世人把我们摒弃，我们也绝对的充实，绝对的无憾。

亲爱的，你知道我是怎样怪癖，在人间我希冀承受每一个人的温情，同时又最怕人们和我亲近。我不需要形式固定的任何东西，我所需要的是适应我幽秘心弦的音浪。我哭，不一定是伤心；我笑，不定是快乐，这一切外形的表现不能象征我心弦的颤动。有时我的眼泪和我的笑声是一同来的，这种心波，前此只有我自己知道，我自己感着，现在你是将我整个的看透了。你说：

"我握着你的心，
我听你的心音；
忽然轻忽然沉，
忽然热忽然冷，
有时动有时静——
我知道你最晰清。"

呵！这是何等深刻之言。从此我不敢藐视人群，从此我不敢玩弄一切，因为你已经照彻我的幽秘。我不再倔强，在你面前我将服帖柔顺如一只羔羊。呵，爱的神，你诚然是绝高的智慧，我愿永远生息于你的光辉之下，我也再不彷徨于歧路，我也再不望着前途流泪，一切一切你都给了我，新奇的觉醒——我的家，我的神……

你的冷鸥
一九二八年

佳作点评

　　李唯建、庐隐的《云鸥情书集》可以说是现代作家中最早出版的情书集之一，在情书中庐隐自称"冷鸥"，李唯建自称"异云"，所以取名《云鸥情书集》。这是一段轰轰烈烈的感情，尽管年龄相差十岁，但庐隐突破了世俗的藩篱，勇敢地追求着自己的幸福和爱情。

　　文中表达了庐隐对爱情的坚定追求和毫不妥协，正如庐隐在《自传》

中所说,"没有一篇,没有一句,甚至没有一个字,是造作出来的",它"不像一般人的情书,在这里面,有我们真正的做人的态度,也有真正的热情,也有丰富的想象"。

西窗风雨

□ [中国] 庐隐

天边酝酿着玄色的雨云，仿佛幽灵似的阴冥；林丛同时激扬着瑟瑟的西风，怔坐于窗下的我，心身忽觉紧张，灵焰似乎电流般的一闪。年来蛰伏于烦忧中的灵魂恢宏了元气，才知觉我还不曾整个毁灭，灵焰仍然悄悄地煎逼着呢——它使我厌弃人群，同时又使我感到孤寂；它使我冷漠一切，同时又使我对于一切的不幸热血腾沸。啊！天机是怎样得不可测度！它不时改换它的方面，它有时使杲杲的烈日，激起我的兴奋，"希望"和蜿蜒的蛇般交缠着我的烦忧久渍的心，正如同含有毒质的讥讽。我全个的灵魂此时不免战栗，有时它又故示冷淡，使凄凄的风雨来毁灭我的灵焰。这虽是恶作剧，但我已觉得是无穷的恩惠；在这冷漠之下至少可抑止我的心波奔扬！

正是一阵风，一阵雨，不住敲打着西窗，无论它是怎样含有音乐的意味，而我只有默默地诅咒似的祈祷，恳求直截了当地毁灭一切吧！忽然夹杂于这发发弗弗的风雨声中，一个邮差送进一封信来，正是故乡的消息。哎！残余生命的河中，久已失却鼓舞的气力了，然而看完这一封信，不由自主的红上眼圈，不禁反复地念着："寿儿一呕而亡！"

正是一个残春的黄昏里，我从学校回家，一进门就看见一个枯瘦如柴的乡下孩子，穿着一身鸠结龌龊的蓝布衣裳，头光秃秃地不见一根头发，伏在一张矮凳上睡着了。后来才知道是新从乡下买来的小丫头。我正站着对这个倒运的小生命出神，福儿跑来告诉我说："她已经六岁，然而只有这一点点高，脖颈还没邻家三岁的孩子肥大呢。那一双只有骨架的手和脚，更看不得。"我说："她不定怎样受饥冻呢，不然谁肯把自己的骨肉这样糟践……你看这样困倦，足见精神太差了，为什么不喊她到房里去睡？……""哦！太太说她满身都长着虱子，等洗了澡才许她到屋子里，她不知怎样就坐在这里睡着了。"我同福儿正谈着，邻舍的阿金手里拿着一块烧饼跑过来，一壁吃着一壁高声叫："快看这小叫花子睡觉呢。"这乡下孩子被他惊醒了，她揉揉眼睛，四处张望着，看见阿金手里的饼，露着渴求的注视，最终她哭了。福儿跑过去，吓她道："为什么哭？仔细太太来打你！"这倒是福儿经验之谈(她也不过七岁买来的，现在十七岁了)。不过我从来没用过丫头，也不知道对付丫头的心理，这时看见这小丫头哭，我知道她定是要想吃阿金手里的饼。如果是在她自己母亲跟前，她必定要向她母亲要求，虽是母亲不给她，她也终至于哭了，然而比这时不敢开口的哭，我总觉是平淡很多。我想若果是我遭了不幸，我的萱儿也被这样看待，我将何以为情！我想到这里不由得十分同情于那小丫头，因拿了两个铜元叫福儿到门口买了一个烧饼给她，她愁锁的双眉舒展了，露着可怜的笑容在那枯蜡般的两颊上。我问她："你家有什么人？"她畏畏缩缩地往我跟前挪了两步。我说："走过来，不要怕，我不打你，明天还买饼给你吃呢。"她果然又向前凑了凑，我又问她："你爹和你妈呢？"她说："都死了！""那么你跟什么人过活……"她似乎不懂，看着我怔怔不动，我又问她："谁把你卖了？"她摇摇头仍然不回答。"唉！真是孺子何罪？受此荼毒！"我自叹着到屋里。

萱儿这时正睡醒，她投到我怀里，要吃饼。福儿把炖好的牛奶和饼干都拿来了,她吃着笑着,一片活泼天机,怎么知道在这世界上有许多不幸的小生命呢。

过了两天这个乡下孩子已经有了名字,叫寿儿。于是不时听见"寿儿扫地"的呼唤声,我每逢听到这声音,总不免有些怀疑,扫帚比她的身量还高,她竟会扫地?这倒有些难为煞人了!那一天早晨,她居然拿着扫帚到我房里来了,她用尽全身的力气,喘吁吁地、不自然地扫着。我越看越觉得不受用,我因叫她不用扫了,但她一声不响,也不停止她拿扫帚的双手,一直地扫完了。我便拉住她的手说:"我不叫你扫,你为什么还在扫?"她低着头不响,我又再三地问她,才听见从咽喉底发出游蜂似的小声道:"太太叫我扫,不扫完要挨打。"她这句话又使我想起昨天早晨,我还没有起床的时候,曾听见她悲苦的声音,想来就是为了扫地的缘故吧!但我真不忍再问下去,我只问道:"好,现在你扫完了可以去吧?"实在的,我不愿我灵魂未曾整个毁灭之先,再受这不幸的生命的伤痕的焚炙。我抚摸着萱儿丰润的双颊,我深深地感谢上帝!然而我深愧对那个寿儿的母亲,人类只是一个自私的虫儿呵!

桌上放着的信,被西风吹得飘落地上,我拾了起来,"寿儿一呕而亡!"几个字,仿佛金蛇般横居于我灵区之中,我仿佛看见那可怜的寿儿,已经用她天上的母亲的爱泪,洗清她六年来尘梦中的伤污了,上帝仍旧是仁爱的,使她在短促期间内,超拔了自己,但愿从此不要再世为人了!——我不住为寿儿庆幸。

这时西窗外的风雨比先更急了,它们仿佛不忍劫后的余焰再过分地焚炙。不过那种刻骨悲哀的了解,我实在太深切了,欢乐是怎样麻醉人们的神经,悲哀也是同样使人神经麻醉,况且我这时候既为一切不幸的哀挽,又为已经超脱的寿儿庆幸。

唉,真是说不上来的喜共愁——怎能不使我如醉如梦,更何心问西窗外的风雨,是几时停的呵!

佳作点评

在一个风雨交加的时候，一个来自故乡的消息让"我"更加不安起来，可怜的寿儿"一呕而亡"，她没有像她的名字一样长寿，过早地离开了人世，而一个"乡下买来的小丫头"的死去是不会有人注意的，只有"我"这个"母亲"得到这个消息后"不由自主地红上眼圈"而已。作品反映了作者对传统封建意识和社会不公的批判，她在呼吁人性的平等以及人的解放。

鲁迅先生的万年青

□［中国］萧红

鲁迅先生家里的花瓶，好像画上所见的西洋女子用以取水的瓶子，灰蓝色，有点从瓷釉而自然堆起的纹痕，瓶口的两边，还有两个瓶耳，瓶里种的是几棵万年青。

我第一次看到这花的时候，我就问过：

"这叫什么名字？屋里不生火炉，也不冻死？"

第一次，走进鲁迅家里去，那是近黄昏的时节，而且是个冬天，所以那楼下室稍微有一点儿暗，同时鲁迅先生的纸烟，当它离开嘴边而停在桌角的地方，那烟纹的疮痕一直升腾到他有一些白丝的发梢那么高，而且再升腾就看不见了。

"这花，叫'万年青'，永久这样！"他在花瓶旁边的烟灰盒中，抖掉了纸烟上的灰烬，那红的烟火，就越红了，好像一朵小红花似的和他的袖口相距离着。

"这花不怕冻？"以后，我又问过，记不得是在什么时候了。

许先生说："不怕的，最耐久！"而且她还拿着瓶口给我抓着。

我还看到了那花瓶的底边是一些圆石子，以后，因为熟识了的缘故，我就自己动手看过一两次，又加上这花瓶是常常摆在客厅的黑色长桌上；又加上自己是来自寒带的北方，对于这在四季里都不凋零的植物，总带着一点儿惊奇。

而现在这"万年青"依旧活着，每次到许先生家去，看到那花，有时仍站在那黑色的长桌子上，有时站在鲁迅先生照相的前面。

花瓶是换了，用一个玻璃瓶装着，看得到淡黄色的须根，站在瓶底。

有时候许先生一面和我们谈论着，一面检查着房中所有的花草。看一看叶子是不是黄了？该剪掉的剪掉，该洒水的洒水，因为不停的动作是她的习惯。有时候就检查着这"万年青"，有时候就谈鲁迅先生，就在他的照相前面谈着，但那感觉，却像谈着古人那么悠远了。

至于那花瓶呢？站在墓地的青草上面去了，而且瓶底已经丢失，虽然丢失了也就让它空空地站在墓边。我所看到的是从春天一直站到秋天；它一直站到邻旁墓头的石榴树开了花而后结成了石榴。

从开炮以后，只有许先生绕道去过一次，别人就没有去过。当然那墓草是长得很高了，而且荒了，还说什么花瓶，恐怕鲁迅先生的瓷半身像也要被荒了的草埋没到他的胸口。

我们在这边，只能写纪念鲁迅先生的文章，而谁去努力剪齐墓上的荒草？我们是越去越远了，但无论多少远，那荒草是总要记在心上的。

佳作点评

萧红是鲁迅最喜欢的女作家，被其称为"当今中国最有前途的女作家"，而萧红更是把鲁迅当亲人和师长一样看待。在萧红回忆鲁迅的文章中，我们仍能感到这种师生情。她的文字没有空洞的话，只把自己看到的和感觉到的搬到纸上去，但字里行间涌动着深深的感情，让人读罢回味悠长。

春意挂上了树梢

□［中国］萧红

三月花还没有开，人们嗅不到花香，只是马路上融化了积雪的泥泞干起来。天空打起朦胧的多有春意的云彩；暖风和轻纱一般浮动在街道上，院子里。春末了，关外的人们才知道春来。春是来了，街头的白杨树蹿着芽，拖马车的马冒着气，马车夫们的大毡靴也不见了，行人道上外国女人的脚又从长统套鞋里显现出来。笑声，见面打招呼声，又复活在行人道上。商店为着快快地传播春天的感觉，橱窗里的花已经开了，草也绿了，那是布置着公园的夏景。我看得很凝神的时候，有人撞了我一下，是汪林，她也戴着那样小沿的帽子。

"天真暖啦！走路都有点儿热。"

看着她转过"商市街"，我们才来到另一家店铺，并不是买什么，只是看看，同时晒晒太阳。这样好的行人道，有树，也有椅子，坐在椅子上，把眼睛闭起，一切春的梦，春的谜，春的暖力……这一切把自己完全陷进去。听着，听着吧！春在歌唱……

"大爷，大奶奶……帮帮吧！……"这是什么歌呢，从背后来的？这不是春天的歌吧！

那个叫化子嘴里吃着个烂梨，一条腿和一只脚肿得把另一只显得好像不存在似的。"我的腿冻坏啦！大爷，帮帮吧！唉唉……！"

有谁还记得冬天？阳光这样暖了！街树蹿着芽！

手风琴在隔道唱起来，这也不是春天的调，只要一看那个瞎人为着拉琴而扭歪的头，就觉得很残忍。瞎人他摸不到春天，他没有。坏了腿的人，他走不到春天，他有腿也等于无腿。

世界上这一些不幸的人，存在着也等于不存在，倒不如赶早把他们消灭掉，免得在春天他们会唱这样难听的歌。

汪林在院心吸着一支烟卷，她又换一套衣裳。那是淡绿色的，和树枝发出的芽一样的颜色。她腋下夹着一封信，看见我们，赶忙把信送进衣袋去。

"大概又是情书吧！"郎华随便说着玩笑话。

她跑进屋去了。香烟的烟缕在门外打了一下旋卷才消灭。

夜，春夜，中央大街充满了音乐的夜。流浪人的音乐，日本舞场的音乐，外国饭店的音乐……七点钟以后。中央大街的中段，在一条横口，那个很响的扩音机哇哇地叫起来，这歌声差不多响彻全街。若站在商店的玻璃窗前，会疑心是从玻璃发着震响。一条完全在风雪里寂寞的大街，今天第一次又号叫起来。

外国人！绅士样的，流氓样的，老婆子，少女们，跑了满街……有的连起人排来封闭住商店的窗子，但这只限于年轻人。也有的同唱机一样唱起来，但这也只限于年轻人。这好像特有的年轻人的集会。他们和姑娘们一道说笑，和姑娘们连起排来走。中国人混在这些卷发人中间，少得只有七分之一，或八分之一。但是汪林在其中，我们又遇到她。她和另一个也和她同样打扮漂亮的、白脸的女人同走……卷发的人用俄国话说她漂亮，她也用俄国话和他们笑了一阵。

中央大街的南端，人渐渐稀疏了。

墙根、转角，都发现着哀哭，老头子、孩子、母亲们……哀哭着的是永久被人间遗弃的人们！那边，还望得见那边快乐的人群，还听得见那边快乐的声音。

三月，花还没有，人们嗅不到花香。

夜的街，树枝上嫩绿的芽子看不见，是冬天吧？是秋天吧？但快乐的人们，不问四季总是快乐；哀哭的人们，不问四秀也总是哀哭！

佳作点评

作为东北的作家，萧红一直对生养自己的那片土地充满着感情。在春来了的时节里，本应是生机勃勃的东北大地却满带着一种冬的冷酷和无情，"三月花还没有开，人们嗅不到花香"，那些生活在最底层的不幸者在春光里乞讨、哀哭，而外国人和一些衣食无忧的中国人则是逛逛街、晒晒太阳、唱着欢快的歌，尽情享受春光。

这体现的是作者对畸形社会的揭露和对下层百姓的同情，"瞎人他摸不到春天，他没有。坏了腿的人，他走不到春天，他有腿也等于无腿"。因为，"快乐的人们，不问四季总是快乐；哀哭的人们，不问四季也总是哀哭！"

江行的晨暮

□ ［中国］朱湘

美在任何的地方，即使是古老的城外，一个轮船码头的上面。

等船，在划子上，在暮秋夜里九点钟的时候，有一点儿冷的风。天与江，都暗了；不过，仔细地看去，江水还浮着黄色。中间所横着的一条深黑，那是江的南岸。

在众星的点缀里，长庚星闪耀得像一盏较远的电灯。一条水银色的光带晃动在江水之上，看得见一盏红色的渔灯。

岸上的房屋是一排黑的轮廓。一条趸船在四五丈以外的地点。模糊的电灯，平时令人不快的，在这时候，在这条趸船上，反而，不仅是悦目，简直是美了。在它的光围下面，聚集着有一些人形的轮廓。不过，并听不见人声，像这条划子上这样。

忽然间，在前面江心里，有一些黝黯的帆船顺流而下，没有声音，像一些巨大的鸟。

一个商埠旁边的清晨。

太阳升上了有二十度，覆碗的月亮与地平线还有四十度的距离。几大片鳞云黏在浅碧的天空里；看来，云好像是在太阳的后面，并且远了不少。

山岭披着古铜色的衣，褶痕是大有画意的。

水汽腾上有两尺多高。有几只肥大的鸥鸟，它们，在阳光之内，暂时的闪白。

月亮是在左舷的这边。

水汽腾上有一尺多高；在这边，它是时隐时显的。在船影之内，它简直是看不见了。

颜色十分清润的，是远洲的列树，水平线上的帆船。江水由船边的黄到中心的铁青到岸边的银灰色。有几只小轮在喷吐着煤烟：在烟囱的端际，它是黑色，在船影里，淡青、米色、苍白；在斜映着的阳光里，棕黄。

清晨时候的江行是色彩的。

佳作点评

《江行的晨暮》收在朱湘散文书信集《中书集》中，鲁迅曾称其为"中国的济慈"。

在朱湘的这篇寄托了个人情感的美文中，我们首先感受到的是诗意，情景交融寓情于景的诗意。"美在任何的地方，即使是古老的城外，一个轮船码头的上面"，文章开头就表现了作者发现美、描写美、追求美的心理以及对光明的生活的渴求。但在现实的情境下，"江水由船边的黄到中心的铁青到岸边的银灰色……"他又有些迷茫。

故乡的杨梅

□ [中国] 鲁彦

过完了长期的蛰伏生活,眼看着新黄嫩绿的春天爬上了枯枝,正欣喜着想跑到大自然的怀中,发泄胸中的郁抑,却忽然病了。

唉,忽然病了。

我这粗壮的躯壳,不知道经过了多少炎夏和严冬,被轮船和火车抛掷过多少次海角与天涯,尝受过多少辛劳与艰苦,从来不知道战栗或疲倦的呵,现在却呆木地躺在床上,不能随意地转侧了。

尤其是这躯壳内的这一颗心。它历年可是铁一样的。对着眼前的艰苦,它不会畏缩;对着未来的憧憬,它不肯绝望;对着过去的痛苦,它不愿回忆的呵。然而现在,它却尽管凄凉地往复地想了。

唉,唉,可悲呵,这病着的躯壳的病着的心。

尤其是对着这细雨连绵的春天。

这雨,落在西北,可不全像江南的故乡的雨吗?细细的,丝一样,若断若续的。

故乡的雨、故乡的天、故乡的山河和田野……,还有那蔚蓝中衬着整齐的金黄的菜花的春天、藤黄的稻穗带着可爱的气息的夏天、蟋蟀和纺织娘们在濡湿的草中唱着诗的秋天、小船吱吱地独着沉默的薄冰的冬天……还有那熟识的道路，还有那亲密的故居……

不，不，我不想这些，我现在不能回去，而且是病着，我得让我的心平静：恢复我过去的铁一般的坚硬，告诉自己：这雨是落在西北，不是故乡的雨——而且不像春天的雨，却像夏天的雨。

不要那样想吧，我的可怜的心呵，我的头正像夏天的烈日下的汽油缸，将要炸裂了，我的嘴唇正干燥得将要迸出火花来了呢。让这夏天的雨来压下我头部的炎热，让……让……

唉，唉，就说是故乡的杨梅吧……它正是在类似这样的雨天成熟的呵。

故乡的食物，我没有比这更喜欢的了。倘若我爱故乡，不如就说我完全是爱的这叫作杨梅的果子吧。

呵，相思的杨梅！它有着多么惊异的形状，多么可爱的颜色，多么甜美的滋味呀。

它是圆的，和大的龙眼一样大小，远看并不稀奇，拿到手里，原来它是遍身生着刺的哩。这并非是它的壳，这就是它的肉。不知道的人，一定以为这满身生着刺的果子是不能进口的了，否则也须用什么刀子削去那刺的尖端的吧？然而这是过虑。

它原来是希望人家爱它吃它的。只要等它渐渐长熟，它的刺也渐渐软了，平了。那时放到嘴里，软滑之外还带着什么感觉呢？

没有人能想得到，它还保存着它的特点，每一根刺平滑地在舌尖上触了过去，细腻柔软而且亲切——这好比最甜蜜的吻，使人迷醉呵。

颜色更可爱呢。它最先是淡红的，像娇嫩的婴儿的面颊，随后变成了深红，像是处女的害羞，最后黑红了——不，我们说它是黑的。然而它并不是黑，也不是黑红，原来是红的。太红了，所以像是黑。轻轻地啄开它，我们就看见了那新鲜红嫩的内部，同时我们已染上了一嘴的红水。说他新鲜红嫩，有的人也许以为一定像贵妃的肉色似的荔枝吧？嗳，那就错了。荔枝的光色是呆板的，像玻璃，像鱼目；杨梅的光色却是生动的，像映着朝霞的露水呢。

滋味吗？没有十分成熟是酸带甜，成熟了便单是甜。这甜味可绝不使人讨厌，不但爱吃甜味的人尝了一下舍不得丢掉，就连不爱吃甜味的人也会完全给它吸引住，越吃越爱吃。它是甜的，然而又依然是酸的，而这酸味，我们需待吃饱了杨梅以后，再吃别的东西的时候，才能领会得到。那时我们才知道自己的牙齿酸了、软了，连豆腐也咬不下了，于是我们才恍然悟到刚才吃多了酸的杨梅。我们知道这个，然而我们仍然爱它，我们仍须吃一个大饱。它真是世上最迷人的东西。

唉，唉，故乡的杨梅呵。

细雨如丝的时节，人家把它一船一船地载来，一担一担地挑来，我们一篮一篮地买了进来，挂一篮在檐口下，放一篮在水缸盖上，倒上一脸盆，用冷水一洗，一颗一颗地放进嘴里，一面还没有吃了，一面又早已从脸盆里拿起了一颗，一口气吃了一二十颗，有时来不及把它的核一一吐出来，便一直吞进了肚里。

"生了虫呢……蛇吃过了呢……"母亲看见我们吃得快、吃得多，便这样地说了起来，要我们仔细地看一看，多多地洗一番。

但我们并不管这些，它成了我们的生命，我们越吃越快了。

"好吃，好吃，"我们心里这样想着，嘴里却没有余暇说话。待肚子胀上加胀，胀上加胀，眼看着一脸盆的杨梅吃得一颗也不留，这才呆笨地挺着肚子，走了开去，叹气似的嘘出一声"咳"来……

唉，可爱的故乡的杨梅呵。

一年，二年……我已有十六七年不曾尝到它的滋味了。偶尔回到故乡，不是在严寒的冬天，便是在酷热的夏天，或者杨梅还未成熟，或者杨梅已经落完了。这中间，曾经有两次，在异地见到过杨梅，比故乡的小，比故乡的酸,颜色又不及故乡的红。我想回味过去,把它买了许多来。

"长在树上,有虫爬过,有蛇吃过呢……"

我现在成了大人,有了知识,爱惜自己的生命甚于杨梅了。

我用沸滚的开水去细细地洗杨梅,觉得还不够消除那上面的微菌似的。

于是它不但更不像故乡的,简直不是杨梅了。我只尝了一两颗,便不再吃下去。

最后一次我终于在离故乡不远的地方见到了可爱的故乡的杨梅。

然而又因为我成了大人,有了知识,爱惜自己的生命甚于杨梅,偶然发现一条小虫,也就拒绝了回味的欢愉。

现在我的味觉也显然改变了,即使回到故乡,遇到细雨如丝的杨梅时节,即使并不害怕从前的那种吃法,我的舌头应该感觉不出从前的那种美味了,我的牙齿应该不能像从前似的能够容忍那酸性了。

唉,故乡离开我愈远了。

我们中间横着许多鸿沟。那不是千万里的山河的阻隔,那是……

唉,唉,我到底病了。我为什么要想到这些呢?

看呵,这眼前的如丝的细雨,不是若断若续地落在西北的春天里吗?

佳作点评

鲁彦,一个"师法鲁迅"并以乡土文学闻名文坛的作家,常言道:"月是故乡明,水是故乡甜。"在其作品中表现的是绵延不尽的思乡之情、恋恋不舍的乡恋以及儿时难忘的故乡生活,他总是用细腻的文笔带领读者进入作品中所展现的情景,让人久久回味。

在这篇文章中,作者通过精练朴实的语言、情切感人的描述,让我们对杨梅产生了如见其形、如观其色、如品其味的感觉。读完文章,想必流涎已不自觉地出现在嘴边了吧。

怀晚晴老人

□ [中国] 夏丏尊

壁间挂着一张和尚的照片，这是弘一法师。自从八一三前夕，全家六七口从上海华界迁避租界以来，老是挤居在一间客堂里，除了随身带出的一点儿衣被以外，什么都没有，家具尚是向朋友家借凑来的，装饰品当然谈不到，真可谓家徒四壁，挂这张照片也还是过了好几个月以后的事。

弘一法师的照片我曾有好几张，迁避时都未曾带出。现在挂着的一张，是他去年从青岛回厦门，路过上海时请他重拍的。

他去年春间从厦门往青岛湛山寺讲律，原约中秋后返厦门。八一三以后不多久，我接到他的信，说要回上海来再到厦门去。那时上海正是炮火喧天，炸弹如雨，青岛还很平静。我劝他暂住青岛，并报告他我个人损失和困顿的情形。他来信似乎非回厦门不可，叫我不必替他过虑，且安慰我说："湛山寺居僧近百人，每月食物至少需三百元。现在住持者不生忧虑，因依佛法自有灵感，不致绝粮也。"

在大场陷落的前几天，他果然到上海来了。从新北门某寓馆打电话到开明书店找我。我不在店，雪邨先生代我先去看他。据说，他向章先生详问我的一切，逃难的情形、儿女的情形、事业和财产的情形，什么都问到。章先生逐项报告他,他听到一项就念一句佛。我赶去看他已在夜间,他却没有详细问什么。几年不见,彼此都觉得老了。他见我有愁苦的神情,笑对我说道:"世间一切,本来都是假的,不可认真。前回我不是替你写过一幅金刚经的四句偈了吗?'一切有为法,如梦幻泡影,如露亦如电,应作如是观。'你现在正可觉悟这真理了。"

他说三天后有船开厦门,在上海可住二日。第二天又去看他。那旅馆是一面靠近民国路一面靠近外滩的,日本飞机正狂炸浦东和南市一带,在房间里坐着,每几分钟就要受震惊一次。我有些挡不住,他却镇静如常,只微动着嘴唇。这一定又在念佛了。和几位朋友拉他同到觉林蔬食处午餐,以后要求他到附近照相馆留一摄影——就是这张相片。

他回到厦门以后,依旧忙于讲经说法。厦门失陷时,我们很记念他,后来知道他已早到了漳州了。来信说:"近来在漳州城区弘扬佛法,十分顺利。当此国难之时,人多发心归信佛法也。"今年夏间,我丢了一个孙儿,他知道了,写信来劝我念佛。秋间,老友经子渊先生病笃了,他也写信来叫我转交,劝他念佛。因为战时邮件缓慢,这信到时,子渊先生已逝去,不及见了。

厦门陷落后,丰子恺君从桂林来信,说想迎接他到桂林去。我当时就猜测他不会答应的。果然,子恺前几天来信说,他不愿到桂林去。据子恺来信,他复子恺的信说:"朽人年来老态日增,不久即往生极乐。故于今春在泉州及惠安尽力宏法,近在漳州亦尔。犹如夕阳,殷红绚彩,随即西沉。吾生亦尔,世寿将尽,聊作最后之记念耳……缘是不克他往,谨谢厚谊。"这几句话非常积极雄壮,毫没有感伤气。

他自题白马湖的庵居叫"晚晴山房",有时也自称晚晴老人。据他和我说,他从儿时就欢喜唐人"人间爱晚晴"(李义山句)的诗句,所以有此称号。"犹如夕阳,殷红绚彩,随即西沉"这几句话,恰好就是晚晴二字的注脚,可以道出他的心事的。

他今年五十九岁，再过几天就六十岁了。去年在上海离别时，曾对我说："后年我六十岁，如果有缘，当重来江浙，顺便到白马湖晚晴山房去小住一回，且看吧。"他的话原是毫不执著的。凡事随缘，要看"缘"的有无，但我总希望有这个"缘"。

佳作点评

弘一法师，俗名李叔同，晚号晚晴老人，被称为中兴南山律宗第十一代世祖，为世人留下了咀嚼不尽的精神财富，其一生充满了传奇色彩，是中国绚丽至极归于平淡的典型人物。赵朴初评价大师的一生："无尽奇珍供世眼，一轮圆月耀天心。"

作为好友，夏李之间一直鸿雁不断、互相关心，夏丏尊更是和丰子恺等人一同为大师筑下了"晚晴山房"，供其居住弘法。我们看到，夏的文字朴素简洁，丝毫没有拖泥带水之态，均为心有所感发而为文，娓娓道来中尽显思友之情。真如叶圣陶所言："读他的作品就像听一位密友倾吐他的肺腑之言。"

梦 呓

□ [中国] 缪崇群

夜静的时候,我反常常地不能睡眠。枯涩的眼睛,睁着疼,闭着也疼,横竖睁着闭着都是一样的在黑暗里。我不要看见什么了,光明曾经伤害了我的眼睛,并且暴露了我的一切的恶劣的行迹。

白昼,我的心情烦躁,比谁都不能安宁,为了一点儿小小事故,我詈骂、我咆哮,有时甚或摔过一个茶杯,接着又去掼碎两只玻璃杯子。我涨红了脸,喘着气。我不管邻人是否在隔壁讪笑,直等发作完了,心里才稍稍觉得有点平息。

说不出什么是对象,一无长物的我,只伴着一个和我患着同样痼疾的妻:她也是没有一点儿比我更幸福的命运;操劳着,受难着,用着残余的气力去挣扎;虽然早晨吃粥晚上吃粥,但难于得来的还就是做粥所需要的米。我咆哮的时候是没有理由,然而妻在一边阴自啜泣,不知怎么又引起了我暴虐的诅咒。

追求光明的人,才原是没有光明的人。

现在,黑夜到来了,邻人的鼾声,像牛吼一般从隔壁传来,它示着威,使我从心底发着火一般的妒忌,可是无可奈何地只有自己在床上辗转，轻轻地，又唯恐扰醒了身旁的妻。

——一个可怜的女人！我仿佛在心里暗暗念着她的名字，安息的时候你是安息了。忘掉了白昼的事罢，生活在黑暗里的人们也就不知道什么叫黑暗了。

不时地，妻忽然梦呓了，模模糊糊地说着断续的句子，带着她苦心的自白和伤怨的调子，每一个字音，像都是对我有一种绝大的刺戟。

我凝神地倾着耳，我一个字也不能辨地自己忏悔了，虔诚地忏悔了。

梦呓是她的心灵的话语，她不知道的她的长期沉郁着的心灵是在黑暗中和我对话了。

"醒醒！醒醒！"被妻唤醒过来，我还听见自己哭泣的余音。我摸一摸潮湿了的脸，我没有说什么。

因为妻也没有问什么，倒使我非常难堪了。她不知道她的梦呓会使我的心灵忏悔，但她也不知道白昼以丑角的身份出现于人间舞台而黑夜作妇人的啜泣的人又是怎么一回事的。

佳作点评

柯灵说："在国难中贫病相煎，心力交困，春蚕丝尽，蜡炬泪干，含恨以殁的，缪崇群就是一例。"这是收于1939年《废墟集》中的一篇文章，文中表现的是作者"白昼，我的心情烦躁，比谁都不能安宁，夜静的时候，我反常常地不能睡眠"。每一句话都是"苦心的自白和伤怨的调子以及哭泣的自己"，孤独寂寞、苦闷困惑时刻陪伴着他，而朴素流畅的文字更是触动了我们心底那最柔弱的角落。

又是一年春草绿

□［中国］梁遇春

一年四季，我最怕的却是春天。夏的沉闷，秋的枯燥，冬的寂寞，我都能够忍受，有时还感到片刻的欣欢。灼热的阳光、憔悴的霜林、浓密的乌云，这些东西跟满目疮痍的人世是这么相称，真可算作这出永远演不完的悲剧的绝好背景。当个演员，同时又当个观客的我虽然心酸，看到这么美妙的艺术，有时也免不了陶然色喜，传出灵魂上的笑涡了。坐在炉边，听到呼呼的北风，一页一页翻阅一些畸零人的书信或日记，我的心境大概有点像人们所谓春的情调罢。可是一看到阶前草绿、窗外花红，我就感到宇宙的不调和，好像在弥留病人的榻旁听到少女轻脆的笑声。不，简直好像参加婚礼时候听到凄楚的丧钟。这到底是恶魔的调侃呀，还是垂泪的慈母拿几件新奇的玩物来哄临终的孩子呢？每当大地春回的时候，我常想起哈姆雷特里面那位姑娘戴着鲜花圈子，唱着歌儿，沉到水里去了。这真是莫大的悲剧呀，比哈姆雷特的命运还来得可伤，叫人们啼笑皆非，只好朦胧地徜徉于迷途之上，在谜的空气里度过鲜血染着鲜花的一生了。坟墓旁年年开遍了春花，宇宙永远是这样二元，两者错综起来，就构成了这个杂乱下劣的人世了。其实不单自然界是这样子安排颠倒遇颠连，人事也无非如此白莲与污泥相接。在卑鄙坏恶的人群里偏有些雪白晶清的灵魂，可是旷世的伟人又是三寸名心未死，落个白玉之玷了。天下有了伪君子，我们虽然亲眼看见美德，也不敢贸然去相信了；可是极无聊，极不堪的下流种子有时却磊落大方、一鸣惊人，情愿把自己牺牲了。席勒说："只有错误才是活的，真理只好算作个死东西罢了。"可见连抽象的境界里都不会有个称心如意的事情了。"可哀惟有人间世"，大概就是为着这个原因罢。

  我是个常带笑脸的人，虽然心绪凄凄的时候居多。可是我的笑并不是百无聊赖时的苦笑，假使人生单使我们觉得无可奈何，"独闭空斋画大圈"，那么这个世界也不值得一笑了。我的笑也不是世故老人的冷笑，忙忙扰扰的哀乐虽然尝过了不少，鬼鬼祟祟的把戏虽然也窥破了一二，我却总不拿这类下流的伎俩放在眼里，以为不值得尊称为世故的对象，所以不管有多么焦头烂额，立在这片瓦砾场中，我向来不屑对于这些加之以冷笑。我的笑也不是哀莫大于心死以后的狞笑，我现在最感到苦痛的就是我的心太活跃了，不知怎的，无论到哪儿去，总有些触目伤心，凄然泪下的意思，大有失恋与伤逝治于一炉的光景，怎么还会狞笑呢。我的辛酸心境并不是年轻人常有的那种累带诗意的感伤情调，那是生命之杯盛满后溅出来的泡花，那是无上的快乐呀，释迦牟尼佛所以会那么陶然，也就是为着他具了那个清风朗月的慈悲境界罢。走入人生迷园而不能自拔的我怎么会有这种的闲情逸致呢！我的辛酸心境也不是像丁尼生所说的，"天下最沉痛的事情莫过于回忆起欣欢的日子"。这位诗人自己却又说道："曾经亲爱过，后来永诀了，总比绝没有亲爱过好多了。"我是没有过这么一度的鸟语花香，我的生涯好比没有绿洲的空旷沙漠，好比没有棕榈的热带国土，简直是挂着蛛网，未曾听过管弦声的一所空屋。我的辛酸心境更不是像近代仕女们脸上故意贴上的"黑点"，朋友们看到我微笑着道出许多伤心话，总是不能见谅，以为这些娓娓酸话无非拿来点缀风光，更增生活的妩媚罢了。"知己从来不易知",其实我们也用不着这样苛求,谁敢说真知道了自己呢,否则希腊人也不必在神庙里刻上"知道你自己"那句话了。可是我就没有走过芳花缤纷的蔷薇的路,我只看见枯树同落叶;狂欢的宴席上排了一个白森森的人头固然可以叫古代的波斯人感到人生的悠忽而更见沉醉,骷髅搂着如花的少女跳舞固然可以使荒山上月光里的撒但摇着头上的两角哈哈大笑,但是八百里的荆棘岭总不能算做愉快的旅程罢;梅花落后,雪月空明,当然是个好境界,可是牛山濯濯的峭壁上一年到底只有一阵一阵的狂风瞎吹着,那就会叫人思之欲泣了。这些话虽然言之过甚,缩小来看,也可以映出我这个无可为欢处的心境了。

在这个无时无地都有哭声回响着的世界里年年偏有这么一个春天;在这个满天澄蓝,泼地草绿的季节毒蛇却也换了一套春装睡眼朦胧地来跟人们作伴了,禁闭于层冰底下的秽气也随着春水的绿波传到情侣的身旁了。这些矛盾恐怕就是数千年来贤哲所追求的宇宙本质罢!蕞尔的我大概也分了一份上帝这笔礼物罢。笑涡里贮着泪珠儿的我活在这个乌云里夹着闪电,早上彩霞暮雨凄凄的宇宙里,天人合一,也可以说是无憾了,何必再去寻找那个无根的解释呢。"满眼春风百事非",这般就是这般。

佳作点评

生机盎然的春天,在作者看来却是"满眼春风百事非","一年四季,我最怕的却是春天",文章开头就让人感到一种压抑和悲伤,"灼热的阳光,憔悴的霜林,浓密的乌云,这些东西跟满目疮痍的人世是这么相称,真可算作这出永远演不完的悲剧的绝好背景"。作为一个极有才华却又过早凋谢的花朵,短短的二十六年岁月,让他的人生还没来得及开演就谢幕了。对于这样一个过早感受人生的人来说,他的悲剧感是与生俱来的,是世间百态过早地在他身上烙下的烙印。"在这个无时无地都有哭声回响着的世界里年年偏有这么一个春天；在这个满天澄蓝，遍地草绿的季节毒蛇却也换了一套春装睡眼朦胧地来跟人们作伴了，禁闭于层冰底下的秽气也随着春水的绿波传到情侣的身旁了。这些矛盾恐怕就是数千年来贤哲所追求的宇宙本质罢。"

从清华园到宣化

□ [中国] 郑振铎

别后，坐载重汽车向清华园车站出发。沿途道路太坏，颠簸得心跳身痛。因为坐得高，绿榆树枝，时时扑面打来，一不小心，不低头，便会被打得痛极。8时12分，上平绥车，向西走，"渐入佳境"。左边是平原，麦田花畦，色彩方整若图案。右边，大山峙立，峰尖巉巉若齿，色极青翠。白云环绕半山，益增幻趣。绝似大幅工笔的青绿山水图。天阴，欲雨未雨。道旁大石巨崖棋布罗立，而小树散缀于岩间，益显其细弱可怜。沿途马缨花树最多，树尖即在车窗之下，绿衣红饰，楚楚有致。9时半，到南口。车停得很久。下去买了一筐桃子，总有一百多个，价仅二角，味极甜美。果贩们抢着叫卖，以脱手卖出为幸，据说获利极少。过南口，车即上山。溪水清冽，铮淙有声。过了几个山洞，山势险峻甚。在青龙桥站停了一会儿。又过山洞，经八达岭下，即入大平原。俨然换一天地。山势平衍若土阜，绿得可爱。长城如在车下。回顾八达岭一带，则山皆壁立，崚削不可攀援。长城蜿蜒卧于山顶，雉堞相望。山下则堡垒形的烽火台连绵不断。昔日的国防，是这样的设备得周密，今已一无所用了。长城一线已不能阻限敌人们铁骑的蹂躏了！

11 时 45 分到康庄。这是一个很大的车站，待运的货物堆积得极多。有许多山羊，装在牲畜车上，当是从西边运来的。12 时 25 分，过怀来，山势又险峻起来。山色黄绿相间，斑斓若虎皮纹，白云若断若连的懒散地拥抱于山腰。太阳光从云隙中射下，一缕一缕的，映照山上，益显得彩色的幻变不居。

　　下午 1 时余，到土木堡。此地即明英宗被也先所俘处，侍臣及兵士们死难者极多。闻有大墓一，今已不知所在。有显忠祠一，祀死难诸臣的，今尚在堡内。我们下车，预备在此处停留数小时。堡离车站数里，在田垄间走着。进沛津门，即入堡。房屋构造，道路情形，已和"关内"不同。大街极窄小，满是泥泞，不堪下足，除小毛驴外，似无其他代步物。街下有"岁进士"和"选元"的匾额，初不知所指，后读题字，始知前者为"岁贡生"，后者为"选拔贡生"。商店很少，有所谓"孟尝君子之店"者，即为旅馆。门上又悬"好大豆腐"的招记，后又数见此招记。似居民食物主要品即为豆腐。到显忠祠，房屋破败不堪，明碑也鲜存者。此祠立于景泰间，至万历时焚于火，清初又毁于兵。康熙五十六年（1717）雷有乾等重建之。嘉庆间又加重修。祠后，辟屋铜文昌帝君，壁上画天聋、地哑像，乔模作态，幽默可喜。3 时半，回到车站，4 时又上车西去。6 时 20 分到下花园车站。这个地方，辽代的遗迹颇多，惜未及下车。鸡鸣山远峙于左，洋河浊浪滔滔，车即沿河而走。右有一峰孤笋，若废垒，四无依傍，拔地数十丈，色若焦煤，是一奇景。一路上都是稻田，大有江南的风光。6 时 55 分到辛庄子，溯河而上，洋河之水，势极湍急，奔流而下，潺潺之声满耳。堤岸皆方石所筑，极齐整，间亦有已被冲刷坏了的。对山一带，自山腰以下，皆是黄色，风力吹积之痕迹，宛然可见。漠外的沙碛，第一次睹得一斑。山色本来是绿的；为了黄沙的烘托，觉得幽暗，更显出暗绿。柳树极多，极目皆是。

　　7 时 40 分到宣化。车停在车站，拟即在此过夜。城外有兵士甚多，正在筑土堡，据说是在盖建营房。夜间，风很大，虎虎有声，不像是夏天。

8日，清晨即起身。遥望山腰，白云绵绵不绝，有若衣带环束者，有若炊烟上升者。半山黄沙，看得更清楚。7时半，坐人力车进城。入昌平门，门两旁有烧砖砌成之金刚神。城门上钉的是钟形之铁钉；极别致。城墙上有一石刻小孩做向下放便势；下有一猴，头顶一盘承之。据车夫说，从前每逢天将雨，盘上便有水渍。今已没有这效验了。穿城而过，出北门。北门的城楼，即有名之威远楼，明代所建，今尚未全颓。正对此楼，为镇虏台，台高四丈，远望极雄壮。旁有一小阜，名药王阁。我们走上去，无一人，屋内皆停棺木。狗吠声极凶猛。一老太婆在最高处出而问客。语声不可懂。她骨瘦如柴，说一声话，便要咳嗽几声。明白的是肺痨病已到不可救药的地步，真所谓"与鬼为邻"的了。我心头上觉得有物梗塞，非常难过，便离开了她，向镇虏台走来。台下为龙王殿，台上有匾曰"眺远"。此台为嘉靖甲寅(1554)所建，登之，可眺望全城。有明代碑记，凡"镇虏台"之"虏"字，皆已被铲去，殆是清代驻防军人所为。台下山旁，有洞穴二，初不知为何物，入其中，可容人坐立。车夫云："为一山西客民所居，今已弃之而去。"这是我第一次见到的穴居。

过镇虏台，便望见恒山寺(一名北岳庙)。寺占一山巅，需过一小河始可达。山径已湮没，无路可上。行于乱石细草之间，尚不难走。前殿为安天殿，后殿为子孙娘娘庙。有顺治十年(1653)及乾隆甲午(1774)二碑。山石皆铁色。对河即为龙烟铁矿办事处。本有铁路支线一，因此矿停工，路亦被拆去。此矿规模极大，炼矿砂处，在北平之石景山。恒山寺下葡萄园极多，亦间有瓜田。平津一带所需之葡萄，皆由此处供给。又有天主堂的修道院一，建筑不久，式样似辅仁大学，当为同时所造的。院主为本国人吴君，在内修道者，有五六十人，都是从远方来的。

回到城内，游城中央的镇朔楼，本为鼓楼，大鼓尚存，今改为民众教育馆，办事精神很好，图书有《万有文库》等，尚不少。其北为清远楼，尚是旧形，原为钟楼，崇阁三层，为明成化间御史秦纮所造，因上楼之门被锁上了，未能上去。清远楼正居城的中央，楼下通自衡四达，似峨（格）特式的建筑，全是圆拱式的。

甘霖桥东有朝玄观（亦作朝天观），有宣德九年(1434)杨荣撰及正统三年(1438)吴大节撰的碑记。楼阁虽已破败，而宏伟的规模犹在。

次到介春园（今名玉家花园），园本清初王毅洲（墨庄）的藏书处，乾隆间为李氏所得。道光十年(1830)，始为守备王焕功所得，大加经营，为一邑名胜。鱼池花木，幽雅宜人，今也已衰败，半沦为葡萄园，闻年可出葡萄八千斤。园亭的建筑大有日本风（味），小巧玲珑。春时芍药极盛，今仅存数株耳。大树不少，正有两株绝大的，被斫伐去，斥卖给贾人。工匠丁丁的在挖掘树根，不禁有重读柴霍夫《樱桃园》剧之感。

次到弥陀寺。朝玄观的道士云："先有弥陀，后有宣化，不可不看。"但此寺今已改为第二师范，仅存明代的铜钟及大铜佛各一。其实，弥陀寺乃始建于元中书右丞相安童，元、清皆曾重修。今碑文皆不见。铜佛高一丈八尺五寸，重四千余斤，为明宣德十四年(1439)九月十五日比丘性杲真源募缘建造。校园中，有大葡萄树数株，远者已有六十余年。

次去参观一清真寺，脱鞋入殿。此地教徒约五千人，甚占势力。

宣化本为李克用的沙陀国城，余址今尚可辨，又有镇国府，为明武宗的行在，曾辇豹房珍宝及妇女实其中，称曰"家里"，今为女子师范学校。惜因时促，均未及游。

宣化城内用水，皆依靠洋河，全城皆有小沟渠，引水入城，饮用、洗濯，及灌溉葡萄园皆用此水。人工河道，规模之小，似当以此处为最。

佳作点评

这是作者《西行书简》中的一篇文章，《西行书简》是作者在平绥路上旅行时沿途寄给妻子高君箴的"私信"。编后记写道："1937年7月7日，作者从清华园出发。旅行的目的，大约是注意平绥沿线的风景、古迹、美建、风俗、宗教，以及经济，物产种种的状况。郑振铎被分配的主要任务是注意沿线的古迹文物。"

作者笔下的祖国河山"绝似大幅工笔的青绿山水图"，"左边是平原，麦田花畦，色彩方整若图案。右边，大山峙立，峰尖巉巉若齿，色极青翠。白云环绕半山，益增幻趣"。但作者却看到"回顾八达岭一带，则山皆壁立，峻削不可攀援。长城蜿蜒卧于山顶，雉堞相望。山下则堡垒形的烽火台连绵不断。昔日的国防，是这样的设备得周密，今已一无所用了。长城一线已不能阻限敌人们铁骑的蹂躏了！"字里行间透出的是作者忧国忧民的感慨和知识分子勇于担当的社会责任感。

超越现实

□ [美国] 亨利·梭罗

那在制度之外的,在最远一颗星后面的,在亚当之前的,或在末代以后的真理尤被人们尊崇。自然,在永恒中是有着真理和崇高的。可是,所有这些时代,这些地方和这些场合,都是此时此地的啊!上帝的伟大之处就在它存在于现实之中,尽管,时光已经逝去,也不会增添丝毫神圣。只有永远渗透现实,发掘围绕我们的现实,我们才能明白什么是崇高。宇宙经常顺从我们的观念,不论我们走得快或慢,路轨已为我们铺好。就让我们倾注所有精力去亲和了解它们吧。诗人和艺术家从未得到这样美丽而崇高的设计,但它们知道自己的一些继承者不能完成它的。

让我们放下所有,轻身自然地生活一天吧,不要因硬壳果或掉在轨道上的一只蚊虫的翅膀而出了轨。让我们黎明即起,用不用或早餐,平静而又无不安之感,由它去之,随钟去鸣,孩子去哭,——下个决心,好好地过一天。为什么我们要投降,甚至于随波逐流呢!好吧,就让我们与子午线浅滩上的所谓午餐之类的惊险与漩涡做较量并战胜它。熬过了这种危险,你就平安了,以后是下山的路。神经不要松弛,利用那黎明似的魄力,向另一个方向航行。如果汽笛啸叫了,让它叫得沙哑吧。如果钟响了,为什么我们要奔跑呢?我们还要研究它算什么音乐?

我们要静下心来干我们的事业，并让我们的脚在那些污泥似的意见、偏见、传统、谬见与表面中间迈步，这蒙蔽全地球的淤土啊，让我们越过巴黎、伦敦、纽约、波士顿，教会与国家，诗歌，哲学与宗教，直到我们达到一个坚硬的底层。那里的基石被我们称之为现实，然后说，这就是了，不错的了，然后你可以在这之上，在洪水、冰霜和火焰下面，开始在这里构建属于自己的王国，一切随心所愿，也许能安全地立起一个灯柱，或一个测量仪器，不是尼罗河水测量器，而是测量现实的仪器。让未来的时代能知道，谎骗与虚有其表曾多次被洪水冲积，然后留下了厚厚的淤泥。

如果你直立在事实对面，你就会看到太阳闪耀在它的两面，它好像一柄东方的短弯刀，你能感到它的甘美的锋镐正剖开你的心和骨髓，你也心满意足地愿意结束你的人间事业了。生也罢，死也罢，我们仅仅追求现实。如果我们真要死了，让我们听到我们喉咙中的咯咯声，感到四肢上的寒冷吧，如果我们活着，让我们干我们的事情好了。

佳作点评

亨利·梭罗是19世纪美国最具世界影响力的作家、哲学家，他将自己的关于生活意义的哲学思考通过明白流畅、简洁准确的文字传达给了读者，他告诫我们，"让我们放下所有，轻身自然地生活一天吧，不要因硬壳果或掉在轨道上的一只蚊虫的翅膀而出了轨"，"我们要静下心来干我们的事业，并让我们的脚在那些污泥似的意见、偏见、传统、谬见与表面中间迈步"，"如果你直立在事实对面，你就会看到太阳闪耀在它的两面，它好像一柄东方的短弯刀，你能感到它的甘美的锋镐正剖开你的心和骨髓，你也心满意足地愿意结束你的人间事业了。生也罢，死也罢，我们仅仅追求现实。如果我们真要死了，让我们听到我们喉咙中的咯咯声，感到四肢上的寒冷吧，如果我们活着，让我们干我们的事情好了。"

论生活

□ [俄国] 列夫·托尔斯泰

请注意，握好你的钢笔。以下的内容是你必须要做好笔记的：

（一）习惯是伟大的。习惯使得以前无论何时都需要许多努力——精神的要素和动物的要素相斗争——的各种行为，不再需要那些努力和注意，而让它们能够使用到后来的工作上面去。习惯是凝固基石的石灰，它使得在基石上面能够加上新的石块。可是，这种习惯的善的性能，当斗争的解决对动物的要素有利的时候，也可以变成不道德的原因。即发生了人吃人、执行死刑、进行战争、私有土地、卖淫等等的事情。

（二）不错，信心、迷信、妄想，都给人生以巨大的力量。然而，在这种场合，为了实行人生一切法则，就得制定重要的、唯一的、而且大部分可能的形式和方法，比如教会法则的实行、去势、自焚、无信仰者的绝灭等等。而在没有迷信的信仰的场合，为要解决以上帝的共同法则为基础的人生最重要的一切问题，爱是必要的。这种活动并没有像前者有鲜明的现象。

（三）自我牺牲越来得大，要谦虚也就越来得困难。相反的场合也正相反。

（四）临死的人所说的话，意味特别来得深长。可是，我们不是时常都朝着死亡走着吗？尤其是老年人更加明显的是这样。让老年人理解自己所说的话意味特别深长吧。

　　（五）"他跪拜、哭泣、诵读祈祷书，向上帝请教自救之道；但，在心之深处却感到：这一切都是无聊的事情，没有谁会救自己的。"

　　（六）为要使所谓"野蛮人"变成文明人而传授自己教会信仰的牧师们，是多么可怕，是多么可惊的不逊和疯狂呵！

　　（七）被我们称作世界的，是由意识和被意识到的东西这两部分所合成的。没有意识，也就没有世界吧？可是，却不能说：没有世界，也就没有意识吧？可不是吗？

　　（八）在言语上我们常常说：不要跟人谈及他所难于理解的事物。可是，在实际上，我们却往往不能自制，完全无益地浪费唇舌，而且感情激动地对那些人谈着他们所不理解的事情。

　　（九）一切利己的生活，都是非理性的、动物的生活。未成年的孩子们和动物的生活，就是这样的。但，所有利己的生活，对于有理性的成年人，都是一种不自然的状态——跟疯狂相同。然而，世上大部分的妇女，在儿童时代，都过着合法的利己生活，其次生活于动物的家庭爱的利己主义，以及生活于利己的夫妇爱，而且是物质主义，不久就依靠孩子们而生活，失去外部的利己生活，具备着思虑和辨别；但依旧还是缺少普遍的博爱精神，而停留在动物的状态中。这种女性的生活状态是很可怕的，然而却是极普通的。

　　（十）你想要为别人服务，劳动者想要劳动。但，要为工作而得到利益，必定要有工具。不但是这样，而且必定要有最好的工具。可是，你是怎么样的呢？具备着各种物质、性格、习惯、知识等等的你，果然能够从自身提出为万众服务的最好的工具吗？对于你，必要的事情，并不是服务于人，而是服务于上帝。而服务于上帝这件事情——是明白的、被规定了的。那就是你要扩大自己内心的爱。由于扩大自己内心的爱，你就不得不服务于人们。而你，对于自己，对于人们，对于上帝，都将同样必要地服务。

（十一）不幸的并不是受到痛苦的人，而是将痛苦给予他人的人。

（十二）所有的人都时常在成长的过程当中，因而不能把任何人加以否定。可是，有些人，他们在现在的境地，过于隔绝和无知，我们只好完全像对待孩子般地去对待他们。即，我们虽然爱、尊敬、庇护他们，但不能够跟他们站在同一水准，也不能够向他们要求对于他们所缺少的东西的理解。但有一件事情使得这样地对待这些人更加困难，那就是：孩子们具有知识欲和真实性，而这些成了人的"孩子们"却缺乏这些东西；反之，他们保留着冷淡以及对于自己所不理解的东西的否定，而最重要的一点，就是自信太过。

佳作点评

生活是什么？托尔斯泰将带领我们一起去探索这个问题。作为俄国著名的作家、思想家，他一生都在用自己的实践探寻着这个问题，他的作品也是这些探索的反映和结晶。他在寻找一种单纯生活的快乐，"一切利己的生活，都是非理性的、动物的生活"，"不幸的并不是受到痛苦的人，而是将痛苦给予他人的人"，而这种单纯的生活却隐藏着生命本真的意义。因为，生活无论是什么样的，都是一种至高无上的幸福。

此文文字朴实，自然清新，通俗易懂，没有呆板的说教，但却蕴含着深刻的哲理。

生活的道路

□ [俄国] 列夫·托尔斯泰

一个人如要不虚度自己的一生,他必须知道什么是他该做的和不该做的。为了知道这一点,他必须理解他自己和他生活在其中的那个世界是怎么一回事。这是各民族最英明、最善良的人们一直在传授的。全部这些学说在主要方面彼此之间是一致的,也与每个人的理智和良心对他的启示相一致。这个学说是这样的。

除了我们看到的、听到的、探索到的和从人们那儿知道的东西之外,还有一些我们所没有看到的、没有听到的、没有探索到的和任何人也没有告诉过我们的,但却是世界上我们最理解的东西,这就是赋予我们以生命并被我们称之为"我"的东西。

我们承认赋予我们以生命的无形之源在一切活的生物身上都有,尤其在与我们类似的生物——人的身上特别活跃。

我们在自己身上意识到的和在与我们类似的生物——人身上承认的、赋予全部生物以生命的、万有的无形之源,我们称之为灵魂;而赋予全部生物以生命的、万有的无形之源本身,我们称之为上帝。

人们的肉体使人们的灵魂彼此分离并与上帝分离,人们的灵魂力求与它们所分离的东西融合，通过爱达到与别人的灵魂融合，而与上帝融合则依靠自己的宗教意识。人生的意义和幸福就在于通过爱和自己的宗教意识日益与别人的灵魂和上帝融合。

人的灵魂与其他生物和上帝的日益融合也是人的日益幸福，是通过灵魂摆脱妨碍人类之爱与自己的宗教意识的障碍取得的，那些障碍是罪孽，即对肉欲的放纵、诱惑，或对幸福的错误理解、迷信，即为罪孽与诱惑辩解的错误学说。

妨碍人类与其他生物及上帝统一的罪孽有：

贪吃之罪，即贪食与酗酒；

淫乱之罪，即放荡的性生活；

游手好闲之罪，是将自己从满足自己需要的必要的劳动中解脱出来；

贪财之罪，是用别人的劳动成果来获取和保存财产；

罪孽之中最坏的莫过于使人们分离，如嫉妒、恐惧、斥责、敌意、愤怒，总之对人们不怀好意。阻止人的灵魂通过爱与上帝及其他生物融合的罪孽，就是这些。

吸引人们犯罪的诱惑是对人际关系的错误认识，也就是骄傲的诱惑，即自己优于其他人的错误认识。

不平等的诱惑是可能把人分成最高等和低等人的错误认识。

支配他人的诱惑是一部分人有可能和有权利用暴力安排另一部分人的生活的错误认识。

惩治人的诱惑是一部分人有权为了公道或者改造而对人行恶的错误认识。

虚荣的诱惑是人的行为准则没有从理智和良心出发，是对人间的意见与法规的错误认识。

吸引人们犯罪的诱惑就是这些。为罪孽和诱惑辩解的迷信是国家的迷信、教会的迷信和科学的迷信。

国家的迷信认为少数游手好闲之徒统治大多数劳动人民是必要的和有益的。

教会的迷信是这样的信念：不断地给人们以启迪的宗教真理被发现了，攫取到教给人们正确信念的权利的某些人才拥有唯一的表现得尽善至美的这种宗教理论。

科学的迷信是这样的信念：一切人的生活所必要的、唯一的、正确的知识仅仅是那些偶然从浩瀚的知识领域择选出来的、形形色色的片断，大部分是些不需要的知识，这些知识在一定时间内引起少数人的注意，他们摆脱了生活必需的劳动，因而过着一种不道德和不合理性的生活。

罪孽、诱惑和迷信，一面阻止灵魂与其他生物和上帝融合，一面又剥夺人们仅有的幸福，因此为了人们能够享有这种幸福，应当与罪孽、诱惑和迷信作斗争。为此，人应尽力而为。

这种努力永远受人控制，首先是因为它仅仅发生在眼前的一瞬间，即发生在超越时间的那一点上，在那种情况下，过去与将来相接近，人永远是自由的。

其次，这些努力受人们控制，还因为它们不是去完成某些可能完成不了的行为，而仅仅要求对人来说永远可能的克制，即努力克制违背爱他人和认识人自身的宗教意识的行为。

对肉欲的放纵把人引向一切罪孽，因此为了与罪孽作斗争，人们需要努力克制放纵的行为、言论和思想，即努力超脱肉体。

一部分人有凌驾于其他人之上的优越性的错误认识，把人引向一切诱惑。因此为了与诱惑作斗争，人应该努力克制自己凌驾于其他人之上的行为、言论和思想，即努力使自己谦虚起来。

对虚伪的认可把人引向一切迷信，因此为了同迷信作斗争，人应该努力克制自己有违真理的行为、议论和思想，即力求真实。

放弃个人利益、谦虚和诚实的努力，在人身上消除通过爱使他的灵魂与其他生物和上帝融合的障碍的同时，又给予他永远是他可能获得的幸福，因而人所想象的恶无非是表示：人错误地理解自己的生活和不去做那唯他所特有的幸福允许他做的一切。

人所想象的死亡，同样如此，仅仅对于那些认为自己的生命处于时间之流失之中的人而言才是存在的。而对那些认识生命的真谛、认为生命是人在现时为了摆脱阻挠他与上帝和其他生物融合的一切而作出努力的人来说，没有，也不可能有死亡。

对于理解自己的生命像它应该被理解的那样的人来说，唯有通过爱，唯有依靠人在现时的努力才能获得对自己宗教意识的认识而使自己的灵魂日益与一切生物和上帝融合，不存在肉体死亡之后他的灵魂会怎么样的问题。灵魂过去没有，将来也不会有，而永远只存在于现在。至于肉体死亡之后，灵魂将如何认识自己，人不应该知道，也不需要知道。

为了使人不把自己的精神力量集中于关心自己个人的灵魂在想象出来的另一个未来世界中的地位，而仅仅专注于取得现今这个世界完全确定的、没有任何力量能破坏的、与一切生物和上帝结合的幸福，人不应该知道，也不需要知道他的灵魂以后会怎样，因为如果他理解自己的生命，就像它应当被理解的那样，把它看作是自己的灵魂与其他生物的灵魂以及与上帝不断地、越来越紧密地融合，那么他的生命就不可能是别的，而只可能是他的追求，即任何什么也破坏不了的幸福。

佳作点评

1910年冬，寻求肉体与精神解脱的托尔斯泰，完全不顾八十三岁的高龄，悄然离家出走，一周之后即长逝于一个凄凉的小车站。在《生活的道路》里，作者对灵魂与肉体、上帝与人类、爱与诱惑、罪孽与幸福进行了深刻的探讨，是这位伟大思想家对人生和社会的总结，也是对人类命运的一种探索和解说。

　　他认为:"一个人如要不虚度自己的一生,他必须知道什么是他该做的和不该做的。人生的意义和幸福就在于通过爱和自己的宗教意识日益与别人的灵魂和上帝融合。"

完美的呼唤

□ [英国] 汤姆·琼斯

完美是需要倾注一生去追求,去实现的,为此,我们发出了声声呼唤。

首先呼唤你,天才——

你是精灵之子,没有你的扶助,我们将逆流而行,苦苦挣扎,徒劳无获。你耕耘智慧种粒,引万能之泉将其培育,使之完美成长。天才啊,请以你的善良携起我的手,领我穿越自然界千折百转的迷宫,让我洞穿超凡脱俗所有的奥秘。给我以训导吧,天才,让我借你的智慧之光清晰地认识人类。人们的思想常常被迷雾所遮掩,对骗人的伎俩表示崇拜,而对欺诈又表示鄙弃,实事上,骗子就是人们自己,应当接受嘲笑。揭开这迷惑人眼的纱帘吧,自欺伪装成智慧,贪婪假扮为富有,野心冒充为光荣。剥掉它们浅薄的伪装吧!你曾经引导过阿里斯托芬,引导过塞万提斯、莎士比亚,也请你将智慧之光赐予我吧!使我双眼明亮,知道所谓善良便是只讪笑愚蠢,所谓惭愧便是为自己的无知而生悲。

其次是呼唤你,人道——

你与天才是世交好友,形影不离。把你全部仁慈之心赐给我吧。你是永不枯竭的源泉，浇灌着高贵纯真的友谊、甜美瑰丽的爱情、宽宏大量的气度、真诚热烈的感激、温暖细致的同情、坦率无私的忠告。你赋予善良以热烈的力量，能使人热泪盈眶或羞惭赧颜，或者使人们心中泛起哀伤、欢乐与慈悲的波澜。

然后是呼唤你，知识——

因为有你的滋养，天才之树才得以茂盛参天。知识啊，请你降临到我的笔端吧！从少不更事的幼年，我便早已久仰你的英明。我欲以我的虔诚之心，向你表达我执著的追求。来吧，从你那无边无际、丰饶富足、逐年堆积起来的宝库中，倾泻出你灿烂辉煌的财富吧！无论你宝库的大门上镌刻的是何种文字，都请你把开启的钥匙暂且先交给我吧！

最后我呼唤你，经验——

你一直是智者、仁人、学问家和绅士的同伴。不，你不仅是他们的同伴。你还和形形色色的人是老相识，从达官贵族到弱小贫民。人类要想认识自己，唯有通过你铺展的道路。而那些幽居于书斋深宅的学究们，无论有多么高的天赋、多么渊博的学识，都无法真切地感知到人类的性格。

▎佳作点评▕

　　汤姆·琼斯告诉我们说，完美是需要倾注一生去追求、去实现的。呼唤一个从心底发出的声音，仿佛是在寻找自己的老朋友，而完美就是这个呼唤寻找的老朋友，因为人生的不完美，我们留下了很多的遗憾。所以，我们呼唤天才、人道、知识、经验，希望借助他们来找到自己的完美。读罢该文，掩卷沉思，声声呼唤依旧回荡在我们的心上……

享 受

□［德国］康德

平复一切痛苦最容易、最彻底的办法是，人们也许可以使一个有理性的人想到这样一个念头：一般说来，如果生命只用于享受幸运机会的话，那么它是完全没有任何价值的，只有生命被用来指向某个目的时才有价值。运气是不能带来这种价值的，只有智慧才能为人创造它，因而是他力所能及的。生活永远不快乐的人，就是那些担心价值损失而忧心忡忡者。

年轻人！我希望你能放弃关于娱乐、饮宴、爱情等等的满足，就算不是出于禁欲主义的意图，而是出于高尚的享乐主义要在将来得到不断增长的享受。这种生活情致上的节省，实际上会使你更富有，所以就算你在生命的尽头，亦不要放弃这种对欲望的节省。把享受控制在你手中这种意识，正如所有理想的东西一样，要比所有通过一下子耗尽自身因而放弃整个总体来满足感官的东西要更加有益，更加广博。

鉴赏力与过度豪华的享受是相违背的，于是在社交公共活动中，便有了奢侈的说法。但这种过度豪华如果没有鉴赏性，就是公开的放纵。现在让我们来讨论一下关于享受的两种不同结果。奢侈就是一种对生活资源的严重浪费，它会导致贫穷；放纵却影响了人的身体健康，它会导致死亡。

后者则是一味地享受，最终自食其果。两者所具的表面性光彩却比自身的享乐性更多。前者是为了理想的鉴赏力而精心考究，比如在舞会上和剧场里，后者是为了在口味和感官上的丰富多彩。用反浪费法对这两者加以限制，这是毋庸置疑的。然而，用来部分地软化人民，以便能更好地统治美的艺术，却会由于简单粗暴的干预而产生与政府的意图相违背的效果。

好的生活方式是与社会活动相适应的。显而易见，好的生活方式会受到奢侈损害，而有钱人或上等人却常常说："我懂得生活！"这一说法意味着在社会享受中，他目光远大，为了使享受从两方面得到增益，他带着有节制的、清醒的头脑精明地做出选择。

佳作点评

康德是德国哲学家，他被认为是对现代欧洲最具影响力的思想家之一，也是启蒙运动最后一位主要哲学家。那么，在他的眼中，人生的意义在哪里呢？他谆谆告诫我们说："如果生命只用于享受幸运机会的话，那么它是完全没有任何价值的，只有生命被用来指向某个目的时才有价值。"作为一个极有生活规律的人，他又说："年轻人！我希望你能放弃关于娱乐、饮宴、爱情等等的满足，就算不是出于禁欲主义的意图，而是出于高尚的享乐主义要在将来得到不断增长的享受。这种生活情致上的节省，实际上会使你更富有，所以就算你在生命的尽头，亦不要放弃这种对欲望的节省。"因为，"你一定要支配自己的身体，要不然它就会支配你！"

一片树叶

□［日本］东山魁夷

人看待自然和风景，应当以谦虚、恭顺的态度。为此，出门旅行是很有必要的，同大自然直接接触，或深入异乡，领略一下当地人的生活情趣。然而，就是我们的周围，哪怕是庭院的一木一叶，只要用心观察，有时领略到生命的涵义也是很深刻的。

我注视着院子里的树木，更准确地说，是在凝望枝头上的一片树叶，它在夏日的阳光里闪耀着光辉，泛着美丽的绿色。这不禁使我想起了当它还是幼芽的时候，我所看到的情景。那是去年初冬，就在这片新叶尚未吐露的地方，吊着一片干枯的黄叶，不久就脱离了枝条飘落到地上，而就在原来的枝丫上，你这幼小的坚强的嫩芽，生机勃勃地诞生了。

任凭寒风如何残暴猛烈，任凭大雪纷纷，你默默地忍受着，慢慢地在体内积攒着力量，等待着春风拂来。一日清晨，微雨乍晴，我看到树枝上缀满粒粒珍珠，这是一枚枚新生的幼芽凝聚着雨水闪闪发光。于是我感到春天已临近，万物都开始在催芽。

春天终于来了，这嫩芽高高兴兴地吐翠了。然而，散落在地面上的陈叶，早已腐烂成春泥，滋润着树根。

你迅速长成一片嫩叶，在初夏的太阳下浮绿泛金。对于柔弱的绿叶来说，初夏，既是生机旺盛的季节，也是最易遭受害虫侵蚀的季节。幸好，你平安地迎来了暑天，而今正同伙伴们织成浓密的青荫，遮蔽着枝头。

你的未来我已预测了。到了仲夏，鸣蝉将在你的浓荫下长啸；等一场台风袭过，那喳喳蝉鸣变成了凄切的哀吟，天气也随之凉爽起来。没过多久，树根深处秋虫的吟唱代替了寒蝉凄切的长啸，这唧唧虫鸣，的确为静寂的秋夜增添了不少雅趣。

不知不觉中，你的绿意黯然失色了，最终变成了一片黄叶，在瑟瑟的秋雨里垂挂着。夜里秋风敲打着窗子，第二天早晨起来，树枝上已经消失了你的踪影。只看到你所在的那个枝丫上又冒出了一个嫩芽。等到这个幼芽绽放绿意的时候，你早已腐烂化在泥土之中了。

这就是自然的轮回，不光是一片绿叶，生活在世界上的万物，都有一个相同的归宿。一叶坠地，决不是毫无意义的。正是这片片黄叶，换来了整株大树的盎然生机。这一片树叶的诞生和消亡，正标志着生命四季里的不停转化。

同样道理，一个人的死关系着整个人类的生。死，固然是人人所不欢迎的。如果在你生的时候，你珍爱自己的生命，同时也珍爱他人的生命。那么，当你生命渐尽、行将回归大地的时候，你绝不会一丝痛苦，甚至感到庆幸。这就是我观察庭院里的一片树叶所得的启示。这样说有点儿不准确，应该说是那片树叶向我娓娓讲述生死轮回的真谛。

佳作点评

生和死到底是怎样的关系？它们之间有联系吗？作者在文中以小见大，把自己的这种对生命的感动与思考融入到了一片树叶中，借助一片树叶的萌芽、吐翠、长成、变黄、凋落过程的描述，抒写了对生死轮回的深切感悟。想必，你已看懂了作者的感悟，而这个感悟也会深深地打动你我，令我们陷入沉思。

　　文章含义深刻，文字简单，意随笔到，浑然天成，景中有情、情中有景。

论 美

□ [黎巴嫩] 纪伯伦

于是一个诗人说：请给我们谈美。

他回答说：你们到哪里追求美，除了她自己作了你的道路，引导着你之外，你如何能找着她呢？

除了她做了你的言语的编造者之外，你如何能谈论她呢？

冤抑的、受伤的人说："美是仁爱的，柔和的，如同一位年轻的母亲，在她自己的光荣中半含着羞涩，在我们中间行走。"

热情的人说："不，美是一种全能的可畏的东西。暴风似的，撼摇了上天下地。"

疲乏的、忧苦的人说："美是温柔的微语，在我们心灵中说话。她的声音传达到我们的寂静中，如同微晕的光，在阴影的恐惧中颤动。"

烦躁的人却说："我们听见她在万山中叫号，与她的呼声俱来的，有兽蹄之声、振翼之音，与狮子之吼。"

在夜里守城的人说："美要与晓曦从东方一起升起。"

在日中的时候，工人和旅客说："我们曾看见她凭倚在落日的窗户上俯视大地。"

在冬日，阻雪的人说："她要和春天一同来临，跳跃于山峰之上。"

在夏日的炎热里，刈者说："我们曾看见她与秋叶一同跳舞，我们也看见她的发中有一堆白雪。"

这些都是他们关于美的谈说。

实际上，你却不是谈她，只是谈着你那未曾满足的需要。

美不是一种需要，只是一种欢乐。

她不是干渴的口，也不是伸出的空虚的手，却是发焰的心、陶醉的灵魂。

她不是那你能看到的形象，能听到的歌声，却是你虽闭目时也能看见的形象，虽掩耳时也能听见的歌声。

她不是犁痕下树皮中的液汁，也不是结系在兽爪间的禽鸟。

她是一座永远开花的花园，一群永远飞翔的天使。

阿法利斯的民众啊，在生命揭露圣洁面容时的美，就是生命。

但你就是生命，你也是面纱。

美是永生揽镜自照。

但你就是永生，你也是镜子。

佳作点评

什么是美？美是什么？作者告诉我们，"美不是一种需要，只是一种欢乐""是发焰的心，陶醉的灵魂""就是生命"。生命就是你我，你我就是美！而我们大部分人却被表象所迷惑，没有认识到美的存在，结果只是在寻找着"自己那未曾满足的需要"。至此，作者大声疾呼："美是永生揽镜自照，但你就是永生，你也是镜子。"

版权声明

本书部分作品无法与权利人取得联系，为了尊重作者的著作权，特委托北京版权代理有限责任公司向权利人转付稿酬。请您与北京版权代理有限责任公司联系并领取稿酬。联系方式如下：

北京版权代理有限责任公司

北京市东城区朝阳门内55号南门1006室

邮编：100010

电话：（010）58642004

E-mail:bookpodcn@gmail.com

Website:www.bookpod.cn